沸腾的村庄

王善余 著

中国言实出版社

图书在版编目(CIP)数据

沸腾的村庄 / 王善余著. -- 北京：中国言实出版
社, 2022.12

ISBN 978-7-5171-4339-0

Ⅰ.①沸… Ⅱ.①王… Ⅲ.①长篇小说—中国—当代
Ⅳ.①I247.5

中国国家版本馆CIP数据核字(2023)第003392号

沸腾的村庄

责任编辑：郭江妮

责任校对：邱　耿

出版发行：中国言实出版社

地　　址：北京市朝阳区北苑路180号加利大厦5号楼105室

邮　编：100101

编辑部：北京市海淀区花园路6号院B座6层

邮　编：100088

电　话：010-64924853（总编室）　010-64924716（发行部）

网　址：www.zgyscbs.cn　电子邮箱：zgyscbs@263.net

经　　销：新华书店

印　　刷：成都市兴雅致印务有限责任公司

版　　次：2023年2月第1版　2023年2月第1次印刷

规　　格：880毫米×1230毫米　1/32　8印张

字　　数：187千字

定　　价：78.00元

书　　号：ISBN 978-7-5171-4339-0

为乡村振兴立传

——《沸腾的村庄》序

《沸腾的村庄》是王善余的第一部长篇小说。

村庄沸腾了，为什么？哪里的村庄沸腾了？怎么沸腾的？沸点是什么？一看书名，我就急着想追寻答案。

善余出手不凡，第一部长篇小说就显示他农村生活的深厚积淀和农村题材创作的扎实功底。把一个贫穷小村庄脱贫致富的历程写得活灵活现，波澜壮阔。

不搞小说创作的人不知小说创作的艰苦。没有农村生活经验和文学情怀别想从事农村题材的小说创作。善余具备农村题材小说创作优势。他找到了自己小说创作的突破口，找到了《沸腾的村庄》的沸点，为乡村振兴立了传。

乡村振兴是国家战略。为乡村振兴立传，很不容易的。乡村振兴的主体应当是农民，激发他们的内生动力才是乡村振兴的根本之策。而要塑造他们的形象将会更加艰难。仅熟悉过去的农村生活，要么沉浸在田园生活的恬淡里，要么浸泡在艰难岁月的苦涩中。仅熟悉当下农村生活，或许能写出当下农村的火热生活，但不一定能为热火的生活描绘深沉的底色。善余既熟悉过去的农村生活，更熟悉当下的农村生活，选择为乡村振兴立传，条件具备，勇气可嘉。

近几十年来，我国农村题材的优秀小说作品还是过少。究其原因，一言难尽。说是农村生活变化太大、太快、难以捕捉吧，难道比农民翻身得解放时的变化还大、还快吗？说农村生活枯燥没得写吧，有人不是也写得很好吗？作为农村长大的作家，我曾长期纠结于农村题材小说创作，甚至一度放弃过农村题材小说创作。我是这样理解农村题材小说创作窘境原因的：农村成长起来的作家中对当代农村生活缺乏深刻认识，很难掐准新农村建设中的旋律音阶，而年轻作家中又很少有人是真正的农村人。不然，中国作协近年为何要倡导实施"新山乡巨变"农村题材创作计划？但从作家个体创作经验看，即使具备农村题材小说创作的诸多必备条件，而且也创作出了优秀的农村题材小说，但要想将这些作品推向文化市场并不容易。这是许多作家不得不面对的现实。因此，农村题材尤其是乡村振兴题材的小说创作困难重重。

但是，同样生长在农村并且仍在农村工作的善余却知难而进，长期致力于农村题材的小说创作。在发表大量中短篇小说基础上，用了近三年时间完成了长篇小说《沸腾的村庄》。我利用春节假期一口气读完，为善余这部精彩的乡村振兴题材长篇小说欢欣鼓舞。

《沸腾的村庄》应当是善余呕心沥血的精品力作。小说以一个叫梨园村近百年的变迁为线索，围绕两代人争取过上美好生活，为我们徐徐展开了一幅苏北乡村生活的画卷，环环相扣地塑造了一组农民的群像，他们最终在乡村振兴战略的指引下走上了致富之路，这堪称一部真实鲜活的乡村振兴奋斗史。

梨园村是七十多年前一些山东难民逃荒到骆马湖畔落脚定居的村落，自然禀赋先天不足，但生活在这里的近三百村民却顽强地生存着，而且始终在为发家致富奋斗。有些村民学会了不同的手艺，有杀猪的、有剃头的、会裁缝的、会磨豆腐的，千方百计谋求生路。当然也有少数村民为了生存铤而走险。但是，作为做了二十五年村支书的刘北斗更是为全村的发展殚精竭虑，探索各种致富路径，例如旱田改水田，改种黄花菜，为穷困户争取低保，但终究不能带领村民摆脱贫穷的命运——"穷日子像绳索一样勒得他们喘不过气来"。直到上面派来了驻村第一书记张天宇，梨园村沸腾的沸点要出现了。因为张天宇取消了梨园村一些人的低保，面临威胁和排挤。但张天宇很快就用行动给梨园村注入活力。他协调九个村让出土地同时向上争取为梨园村修建高等级公路，挖掘乡土人才石磨兴办"李氏五香豆腐厂"项目，为九月菊争取农机补贴进而成立农机合作社，等等。金秋季节，梨园村百姓笑容满面迎来了大丰收。

梨园村的变化是中国农村变化的一个缩影。但是，我们不能以中国农村数十年的变化去观察梨园村。很明显，小说比历史更加真实鲜活。理性概括代替不了感性的丰富和生动。否则，小说将失去它的价值和意义。善余笔下的梨园村不是简简单单的一个中国农村缩影，而是由一个个血肉丰满的人物构成的一个乡村社会，这个乡村社会既有它与中国各地乡村社会一样的共性，更有梨园村的特殊性。在善余经营的这个村庄社会里，尽管没有人与人之间的激烈矛盾冲突，但是他们面对着一个共同的敌人——贫穷。在他们与贫穷苦斗的数十年间，梨园村顶着文明村的帽子却总也摆脱不掉贫困村的命运。驻村第一书记张天宇来了，梨园村就沸腾了。张天宇有什么高招？变化体现在哪里？张天宇的高招在于思想解放，在于适应时代要求大胆争取项目。变化体现在村民的精神面貌焕然一新。"游手好闲"的石磨成了致富带头人，九月菊如愿以偿地实现致富梦，而长期苦苦探索致富路的老支书也为事业后继有人感到欣慰。

在梨园村乡村社会里，善余塑造了一组农村人物群像，个个生动，人人鲜活，令读者过目不忘。每个人的遭遇和他们为个人、为家庭的奋斗史就是一部中国当代农民的奋斗史。为战胜贫穷，他们忍辱负重，顽强生存，有人不惜舍命。在"沸腾"之前，他们在贫穷的岁月里挣扎扑腾，各显神通。这个群体既延续着中国农民的传统性格，又有新的时代特征。他们身上有鲁迅笔下的阿Q和祥林嫂身影，有陈忠实笔下的田小娥身影；有的像《三里湾》里的"糊涂涂""常有理"和"惹不起"；老支书刘北斗则有点像《山乡巨变》里的"亭面糊"；而张天宇无疑就是《红旗谱》中的梁生宝和《艳阳天》里的萧长春。但由于他们生活的时代不同，身上已经没有中国农村题材经典小说人物身上的阶级烙印，取而代之的是他们为追求富裕的时代特质。

我们不妨通过分析几个小说灵魂人物观察《沸腾的村庄》的时代性和文学性。

刘北斗，一个土生土长的村支书，做事公道，为人正派，有时机智狡黠，得到乡亲们认可。做梨园村支部书记二十多年，稳如磐石。乡里乡亲，沾亲带故，他人情味十足。几十年致力于改变梨园村贫穷面貌，始终没有什么高招。他对梨园村家家户户都非常了解，不时出现在每个家庭红白喜事的重大事件现场。帮助村民摆平不少事情，但有时还是力不从心。帮助干爹李有田儿子石磨吃低保；旱田改水田不成，调结构种黄花菜又遭连阴雨烂掉；兄弟刘驼子麦地被儿子租给城里人李仁贵斗狗，他悄悄报警制服赌徒，处处显得老谋深算。在上面派来驻村第一书记张天宇后，刘北斗虽然也有情绪，但还是化解村民怨言，帮助张天宇做了许多工作。刘北斗这一形象是当代农村支部书记的一个典型，本事不大，离他不行。齐不齐，一把泥。

张天宇，大学文化，区文化旅游局长，正科级干部，家住城里。受命下派到梨园村当了驻村第一书记，说服妻子白梅支持他。年轻有为，志向远大，视野开阔，激情澎湃。他是小说里最亮眼的人物。尽管他只在下篇才出现，但足以照亮全书。张天宇的"驻村第一书记"不是镀金的，而是吃住在梨园村，而且一住就是三年。三年里，张天宇走访贫困户，取消虚假低保；扶持有文化有梦想的石磨兴办"李氏五香豆腐厂"；帮助梨园村争取修建高等级公路项目；为赵美玉患白血病的孩子发起捐赠并成功完成骨髓移植手术；帮助九月菊争取农机补贴成立农机合作社。一桩桩一件件的实事都做给农民看，带着农民干。张天宇是实实在在的新农村里新村干的新典型。乡村振兴，张天宇功不可没。

石磨，真名李成人，这个人物贯穿全书，是善余着墨超过刘北斗的心爱人物。看完全书，石磨这个人物的确值得研究分析。在刘驼子、丁苍耳、肖一刀、九月菊、赵美玉等一群人中，石磨是一个另类，具有复杂的文学性和典型性。他生长在豆腐世家，学习成绩很好，因父母双亡，生活陷入困厄。在梨园村，他像《尘埃落定》中的二少爷傻子那样，不招人待见。如果不是干哥刘北斗同情他，他简直难以活命。因为埋头研究祖上留下的李氏豆腐秘方，到乡里、县里争取支持，结果不是碰钉子就是无功而返；又因制止一场打架斗殴而身陷囹圄。重获自由之后的他开凿地下室，依然研究祖传豆腐秘方。在村民眼里，他游手好闲，好吃懒做，成为不该吃低保却吃了低保的年轻人。张天宇到任后，他对张天宇开始对抗，然后在张天宇帮助下"复祖业、圆新梦"，做起了"李氏五香豆腐厂"总经理，成为梨园村致富带头人。石磨实现了自己的梦想，蜕变成一个对梨园村对社会有用之材。这个人物之所以说他具有文学性和典型性就因为善余赋予他的矛盾结合体。学历高，身份低；志向大，机遇少；宁可忍辱二十年，不愿透露心中秘密；对九月菊有好感，但从不敢表达爱情。但当张天宇几次走访后，他不仅打开自己的地下研究室，而且向张天宇敞开了心扉：

其实，那么多年我一直在伪装，装作无所作为，这样做也是为了生存，因为我必须去适应身边的环境，坚强地活下去，只有活下去才有机会圆上自己的梦……人都怕我、躲我，而背后都在辱骂我，嘲笑我。这么多年，我就像一个浑身长满刺的刺猬，是为了保护自己，为了活着……

为了梦想，为了活着，石磨忍受了别人难以忍受的精神折磨，浪费了人生二十年美好光阴，令人痛心的同时难道不值得深思吗？善余成功塑造了石磨这一农村落魄知识分子形象，先抑后扬，寄予同情，更给予赞美，与刘北斗和张天宇一起构成了《沸腾的村庄》里的灵魂人物。

《沸腾的村庄》在结构上独具匠心，巧妙安排，体现了善余的良苦用心。虽然分了上下两篇，但章节上延续一个体例，有着严密的逻辑关系，是浑然一体的。以刘北斗为线索人物的上篇，人物众多，可以看成是各类农民在贫困线上的苦苦挣扎，是善余精心为乡村振兴铺垫的深厚底色，是因。以张天宇为中心人物的下篇，集中展示驻村第一书记帮助石磨和九月菊等人实现各自梦想的艰难而生动的历程，是善余为乡村振兴描绘的浓墨重彩开端，是果。全书继承了古典小说创作手法，每章结尾留下的悬念基本上都是下一章的开头，形成了环环相扣的链式结构。这在最大程度上有利于完成了对各类性格人物的刻画，既条理清晰，又重点突出，结束时到达高潮。

我注意到，《沸腾的村庄》里细节丰富精彩，耐人寻味。而耐人寻味的丰富细节来自深厚的农村生活经验积累。没有相当丰厚的农村生活经验，难以撷取鲜活的细节表现人物。善余用丰富精彩的细节编织起的沸腾的村庄——梨园村成为真正意义上的"这一个"。不少章节的标题就往往是一个细节。"草垛里的煤炭"，写了赵美玉、九月菊把从船闸上偷来的煤炭藏进草垛和枯井；"木匣里的祖传秘方"写石磨发现自家祖传秘方，进而放弃复读再次高考，决心振兴祖业；"灭鼠药与恐吓信"，是石磨曾在张天宇办公桌上放的两件东西。"挂在树杈上的嘲笑"呢，树上挂着什么？挂着扶贫羊，马大陆为儿子相亲，把给他的扶贫羊杀了，当然成为笑话。在"大爱光辉与农机合作社"这一章的开头，善余抓住九月菊一个细节充满了文学的细腻想象，更有意思。

村里传出风声，梨园村李氏五香豆腐加工厂即将开工建设，石磨任厂长也是板上钉钉。九月菊心花怒放，激动得手忙脚乱，砸鸡蛋烧汤中，扔进锅里的居然是蛋壳。她气得直跺脚，甜蜜地愤怒着。"该死的九月菊，又费了一个鸡蛋。又不是你当厂长，你激动个啥？"她从锅里捡出蛋壳，扔到地上，愤怒地踩上一脚。

善余对女性心理描写拿捏得非常到位。

《沸腾的村庄》的语言简洁劲道，有嚼头。描写文字洋溢着诗意，叙述文字充满智慧，对话文字则既符合人物性格，又不时露出机锋，让人忍俊不禁。

掩卷沉思，寻味《沸腾的村庄》。梨园村沸腾了吗？沸腾了。沸点在哪里？驻村第一书记的到来。怎么沸腾的？为战胜贫穷，一群村民热血沸腾，梨园村没有理由不沸腾。为乡村振兴立传，善余为农村题材长篇小说创作增添了《沸腾的村庄》，可喜可贺，值得期待！

国家一级作家
中国作家协会会员
江苏省作家协会主席团委员　　王清平
宿迁市作家协会名誉主席

二〇二三年二月九日

目录

---上 篇---

一 老支书的苦恼 / 003

二 李氏豆腐的前世今生 / 011

三 湖水送来稻谷香 / 019

四 草垛里的煤炭 / 030

五 肖一刀的没落 / 041

六 木匣里的祖传秘方 / 050

七 吃低保的年轻人 / 059

八 骆马湖的浪花 / 068

九 鸡飞蛋打的马大陆 / 077

十 赵美玉的觉醒 / 087

十一 麦地里的疯狂 / 099

十二 腐烂的黄花菜 / 111

CONTENTS

CONTENTS

—————— 下 篇 ——————

十三　梨园村来了第一书记　　　　　　　/ 125

十四　"低保户"的危机　　　　　　　　/ 133

十五　灭鼠药与恐吓信　　　　　　　　/ 143

十六　村部大院里的风波　　　　　　　/ 154

十七　光棍汉的梦想　　　　　　　　　/ 163

十八　土坯房"秘密"　　　　　　　　　/ 171

十九　九月菊的谋略　　　　　　　　　/ 179

二十　第一书记拍案而起　　　　　　　/ 188

二十一　挂在树杈上的嘲笑　　　　　　/ 196

二十二　"李氏豆腐"项目不能丢　　　　/ 203

二十三　一场事故的启示　　　　　　　/ 212

二十四　梨园村不能没有企业　　　　　/ 218

二十五　大爱光辉与农机合作社　　　　/ 227

二十六　金秋的收获　　　　　　　　　/ 234

上篇

一 老支书的苦恼

掐指算来,刘北斗当梨园村支书一当就是 25 年。事实上,刘北斗没想过当这么长时间,他也想过把带领梨园村这份责任交给别人。他几次跟乡里说了让贤的想法,他说:"不行啦,啥都不中用啦,让年轻人接手吧……"有鉴于此,乡里打算协助村民选举梨园村新支书。可村民不让,村民说俺就认刘支书,别人不认。

村民的态度,刘北斗是感激的。但这么多年来,梨园村没看出什么变化,不少人家还住着土坯房,生病住不起院,光棍娶不上媳妇……刘北斗觉得内疚。

"赵支书啊,赵支书,当初你没那个肺病就好了……"

梨园村所在地原是马陵山麓一片荒地,这里地势隆起,沟壑纵横,灌木丛生,是新中国成立前土匪出没之处,也死过不少人。十里八里之外的人家孩子夭折了,都扔在这里。野狗龇牙咧嘴汇聚于此血腥地争夺食物。有风水先生路过此地,回去就跟自家的女人说:"那块地风水不好,阴气太重。"他的女人问是哪块地,风水先生说就是骆马湖东南角的乱岗地。不久风水先生的话传遍了方圆十几里,赶集上街的人都绕着道走。若有孩子哭闹,做娘的会说,再哭闹,提腿把你扔乱岗地去。与乱岗地遥遥相望的湖泊,史称骆马湖。骆马湖边住着百余户人家,除了种庄稼养家糊口,下湖捕鱼摸虾是他们赖以生存的另一个营生。

谁能想得到呢，当地土匪被剿灭没过多少日子，这块荒凉阴森之地，居然来了一帮人搭棚落脚，刨挖耕种，过上了颇为安稳的日子。这帮人就是从山东那边逃荒过来的难民。

日本人投降那年，山东一带遇到天灾，难民们被天灾追赶着四处漂泊，其中一些人流落到了骆马湖畔。当地村民得知他们是山东那边遇到天灾逃荒过来的，家家户户拿出红薯干、红薯饼来安抚这群走投无路的难民。吃着红薯干、红薯饼，肚里有了食，难民们开始考虑长久之计，要是能找个安身的地方就好了。这群山东人长吁短叹，满面愁容，湖边村民明白了他们的心思，也想让他们在这里安家落户，可这里的条件不允许啊。住在湖边的人都晓得，骆马湖每年春秋时节风平浪静，但到了夏季，汛期来临，沂蒙山一带的洪水会像猛兽一样横冲直撞而来，加上连天阴雨，湖水暴涨，种下的麦子难免灭顶之灾，一年的口粮全没了。老天爷是硬生生从人的嘴里抢食呢。但这群人既然流落至此，也不能袖手旁观，这不是骆马湖人的品性。有个老者说："我看这么着吧，湖东边有块几百亩的荒地，没人住，也没人种，夏季再大的雨也淹不了它，湖水再涨也到不了那里；如果愿意，你们可以在那里落脚。"

正在他们动心的时候，旁边一个妇人插话说："那里可不能住，扔死小孩的地方，闹鬼呢。风水先生都说那里风水不好，阴气重……"

老者轻捻长须，看那妇人一眼，道："哪来那么多话，风水先生的话也能信？"

一个姓刘的大汉子，湿润着眼睛给老者跪下了。老者弯下腰，把他搀扶起来，连声说："不能这样，不能这样……"

他们在湖边庄户人的帮助下，开垦荒丘，每年春秋种上玉米、大豆、红薯之类的旱作物。这个人迹罕至的荒丘野地升起了烟火，多年以后，就形成了几十户的村落。不知哪一年，这里出现了梨树，春天白花盛开，秋天黄梨垂挂。人们仿佛看到了能让他们的日子走出贫苦单调的远景。梨树逐年增多，没几年发展成蔚为壮观的梨园。每年秋季，前来观景买梨的人络绎不绝。这是哪儿买的甜梨？梨园村的。这么着，当年逃荒过来的山东人居住的村子就有了香甜好听的名字。

梨园村上了岁数的人忘不了湖边的住户，每年黄梨丰收时节，都会大筐小筐地送上门去，像走亲戚那样，在那家喝了酒，收不住千恩万谢声。出门时，又回头对主人说："梨别老搁着，抓紧吃吧，明年再给你送来……"

第二年，梨园村的人没能把梨送到湖边庄户人的门上。公家说骆马湖要建成水库，周边村民一律搬迁，分散安置到各个公社。搬迁那阵子，站在高高的丘陵上，看着这支年年岁岁和骆马湖争夺粮食的队伍，挑着家什，推着车子，背着行囊，逐渐消失在苍茫的视野，梨园村的老人们几乎哭红了眼。时隔多年，他们对搬离骆马湖的庄户人仍念念不忘，每年夏季，眺望着一望无际的骆马湖，他们的眼前浮现出低矮的草舍，犁地的耕牛和庄户人劳作的背影。

梨园村在日出日落中熬过了艰难的时日。老天爷没有让这群劳苦的庄稼人过上吃穿不愁的日子。周边村组都有大块的水稻田，沟渠直抵田间地头，每年夏季，骆马湖和运河水源源不断流进水稻田，稻子就有了喜人的长势，秋里的收成让庄稼人感动得差一点跪下来给苍天磕几个响头。

村支书刘北斗参加完乡里召开的三夏会议，又随乡领导、村干部们观摩了清湖村、石头村百亩水田的插秧现场，女人们娴熟流畅的插秧动作，让刘北斗看得眼花缭乱，那纵横成行的稻苗编织出乡村夏季迷人的风光。

回来的路上，刘北斗垂着头，苦着脸，进了家门，长吁短叹。老伴见他这个样子，以为他工作没干好挨了乡干部一顿批，就安慰说："乡干部说两句别往心里去，往后咱把工作干好就是了。"

老伴的话像往火里浇了一勺油，刘北斗愤怒地瞪着眼说："你知道啥！"

"你中邪了。"老伴心里这样骂着，却不敢再接刘北斗的话，埋头纳手里的鞋底。

一场观摩让刘北斗受到严重刺激，他和村里的会计说："咱梨园村哪有人家的运气啊，你看清湖、石头村水稻田整得跟玻璃似的，大沟小渠往地里送水，水稻吃饱喝足了，秋里能没个好收成？亩产千把斤水稻只多不少。"

老会计顺着刘北斗的心路说："可不是呢。梨园村怎么能跟人家比啊。每年只种两茬旱作物，产量低得可怜，除了交公粮，家家哪还有什么余粮啊。"

刘北斗说："历史上梨园村栽过几年水稻。当年全村青壮年劳力一拥而上开沟挖渠，用水泵往渠里打水，看着骆马湖水流进田里，梨园村人那个高兴劲儿啊，就跟过年一样。"

刘北斗的话触动了老会计的情绪，他腾地站起来，手向外指着，忿然道："提起这事，谁不记得？全村人拼死拼活地干，好不容易挖出一条送水渠，刚栽两季水稻，骆马湖管理办的人就不让水泵从湖里抽水了，说什么非法用水，连个正经审批手续都没有，硬是堵上了骆马湖出水口。"

刘北斗摆摆手："不提这事。再说我们也有责任，考虑问题不周全。"

刘北斗端着烟袋，失神地望着远方，绿油油的稻苗，潺潺奔流的渠水，秋天丰硕的收成，无比诱人地浮现在他的眼前。一种巨大的失落感和挫败感撞击着他的心。

入了秋，有人找到刘北斗的门上，说孩子上学拿不出学费，让刘北斗想想办法。刘驼子和刘北斗是本家兄弟，正月有哮喘病，做不了重活，就靠种两亩薄田应付六张嘴。家里三间土坯房又矮又旧，后墙像他的驼背一样变了形，用几根木桩撑着，随时可能墙倒屋塌。正月喘气不行，生育能力却毫不逊色。三十露头就生了四个儿女，除了大儿子书读得半途而废，成天扛着鞭子放羊外，其他三个孩子都在念书。眼下，二儿子开学就上初中了，听说学费和住宿费就得二三百。刘驼子想什么法子也拿不出这笔钱。

刘驼子已经来刘北斗家好几回了，刘北斗几乎赔上两盒烟。刘驼子说："北斗哥，一笔写不出两个刘子，当年领着一群人从山东逃荒到这里落脚的，不就是俺姓刘的祖上吗？你现在是村里的支书，你二侄子开学就上初中啦，学费和住宿费就得好几百呢，我到哪儿去弄这笔钱啦。"刘北斗说："你让我替你去抢银行？"刘驼子赔着笑说："我哪是那个意思，北斗哥。你不是村支书嘛，社员有难处你不能袖手旁观吧？"刘北斗对着门框磕去烟袋锅里的烟灰，嘴对着烟袋锅噗地吹了一口，说："我是村支书不假，但并不代表样样事我都得管，这上头也没明文规定村支书除了负责村里的全面工作，还要负责解决全村孩子学费问题。"

刘驼子黑了脸，勾着头抬脚出门。刘北斗的声音追上来："……孩子念书的事马虎不得。"刘驼子收住脚，他想听到村支书在孩子学费上给他一个准话儿。

"不要在一棵树上吊死，别指望种地能让你过上好日子，要想手里宽绰点，不想个挣钱的路子不行……"

刘北斗这句话让刘驼子琢磨了一夜。

刘驼子躺在床上，头底枕着两只手，跟正月说："北斗哥说不能在一棵树上吊死，得想个挣钱的路子。你说，我都快半辈子的人了，斗大的字不识一升，上哪儿找挣钱的路子？"

正月听他这么一说，眼里亮了一下，她把男人的胳膊拿在手里，说："你看石磨他爹他妈两口子做豆腐卖，生意可好了，豆腐渣喂猪，差不多一年能磅两回猪，人家从来没为孩子上学花钱烦过心。"

刘驼子睁大两眼说："你让我去做豆腐？"

正月说："俺也没说让你去做豆腐。你再想想，有没有适合你干的事，哪怕挣点油盐钱也成。"

每次到乡里开会，刘北斗的耳朵里都灌满了如何抓好集体经济、如何流转土地、如何带领群众脱贫致富之类的话。乡干部把未来乡村的面貌、农民的生活，描绘得那样令人神往；而梨园村的几百口人，在天上还没有掉下馅饼的时候，只能在干燥贫瘠的土地里刨食。

刘北斗三天两头往乡政府跑，不了解情况的人，还以为他在政府大院里上班呢。刘北斗拿出一个老支书跑断腿、磨破嘴的执着做什么？他心里揣着一个连他老伴都不知道的盘算哩。要想减轻梨园村群众负担，让群众轻轻松松喘口气，就必须解决一个大问题——他希望乡领导体察民情，多多开恩，减少梨园村上交公粮的任务。

刘北斗在全乡十余个村支书中年纪最大，任职时间最长，人也最老实，乡党政主要领导都很尊敬他、信任他。梨园村虽然是个出了名的贫困村，除了硬性经济指标完成不了，其他工作都走在前头。大小会议上，书记乡长没让梨园村当家人刘北斗丢过脸。刘北斗天生就是做村支书的料。人们私下里都这么说。

所以，工作上遇到困难或者阻力，只要刘北斗说一声，乡里会全力以赴予以解决。

让刘北斗没料到的是，他多次向乡领导提出的减少梨园村完粮任务的请求，被乡领导回绝了。

乡党委书记江河水说："老刘啊，梨园村百分之九十的耕地种植旱作物，产量确实比不上水稻，每年除了交公粮，老百姓家里只剩下点口粮了，根本没有余粮进入市场。这么一来，老百姓的收入就成问题。不过，再怎么说，交给公家的粮食不能打折扣呀！"

刘北斗伸出苍老的手，抹一把脸上的褶皱说："江书记啊，种地完粮天经地义，合情合理，可梨园村情况特殊啊，每年除了收一季小麦，再种点麦茬花生、大秫秫和黄豆，哪还有什么别的农作物？过去年月，各个地方都一个样，一块儿干活，一块儿过苦日子，人这心里啊也没什么抱怨。现在改革开放多少年了，土地包到了各家各户，种地人的日子一天天好起来，可人心里却没往天踏实。"

江河水说："说说看。"

刘北斗说："贫富差距越来越大，穷的穷富的富，你说人这心里能踏实吗？别的地方不说，就说梨园村吧，梨园村是全区少有的旱作物村，粮食产量低，群众收入自然比不上别的村。没办法啊，丘陵地，土质又差，水稻产量高，可水从哪里来？总不能让群众挑着水桶从骆马湖里挑水灌溉吧？"

刘北斗说到这里，又想起前些年挖渠引水栽水稻的事，想起骆马湖管理办强行阻止的事，眼里冒火，悲愤交加，真想破口大骂一通。但理智制止了他的冲动。和江书记提这事除了诉诉苦，泄泄愤，又有啥用？

江河水微微地点着头，脸上露出笑容，他对这个老部下善解人意而毫无抱怨的一番话感到无比欣慰；同时，他又为一时无法改变梨园村的贫困局面，找不到让梨园村群众增收致富的路子和办法而焦急和愧疚。他安慰刘北斗说："刘书记，这么多年来，你一心扑在梨园村村民身上，做梦都想带领群众致富，我代表乡党委政府，也代表梨园村村民感谢你。关于如何解决梨园村部分贫困户生活问题，我们会认真研究的，区里只要下来低保指标，我们会优先考虑梨园村。"

这天，刘北斗正在村部里开会，李有田的干娘孙刘氏，挪着小脚，挂着拐杖，蹒跚着进了村部，看到一屋人在开会，老人家走到刘北斗面前，伸出手一把攥住他的手，声泪俱下："……死人啦！天塌啦！……两个都死啦！"

二 李氏豆腐的前世今生

卖豆腐的李有田和他的女人在梨园村落脚那年，刘北斗就不念书了，和他父亲偷偷摸摸进县城卖苕种。苕种是集体的，分给社员播种，长出的苕子沤肥壮地、滋养庄稼、提高产量。刘北斗的父亲让穷日子逼出了智慧，撒苕种时，神不知鬼不觉地攒了十几斤苕种，进城卖了，给老婆孩子买几件城里人退下的旧衣服或者给一大家子解馋的羊头、狗肉之类的稀罕物。

太阳沉入地平线的时候，天边残存着一抹晚霞，暮色很快遮住了它。刘北斗父子坐上停在县城东边运河里的渡船，穿过高粱地，跨过毛渠沟，抄近道一脚湿漉漉地往家赶。刚到村口，天上的星星全出来了。父亲呼呼地喘着粗气，刘北斗鞋提在手里，脚趾丫里夹着泥水和草屑。

"北斗，看看有没有人。"

到了村西边一块玉米地边，父亲停下来，对刘北斗说。

父子俩坐在田埂上，身后是一人多高的玉米棵，棵棵结满青衣包裹的玉米棒子。父亲让刘北斗守着用卖苕种的钱买回的粉丝和羊头，自己弓着身子，贴着玉米棵走了几百米地；玉米棵擦着父亲的身子，发出刷刷的声响。父亲是在侦察村里有没有情况。刘北斗一个人抱着膝盖坐在那里，牙齿间冷风嗖嗖，脊背上汗毛直竖。刘北斗绝不认为这是天冷的反应，他没少听过玉米地里蹿出鬼魂的传说。

父亲回来了。他说："儿子，那边有人在说话呢，咱得等等。"话音未落，一只手扯住他的衣角，那只手说："好心的兄弟，行行好，给俺找个活路吧。"

刘北斗父子几乎异口同声"啊"地尖叫一声，随后像身上着火一样，腾地跳将起来。

一个三十多岁的汉子呵呵笑了两声说："兄弟莫怕，俺是人，不是鬼。"

刘北斗的父亲深深地吐了一口气说："俺魂都要让你吓掉了。——你躲玉米地做什么？"

那人说："兄弟，不瞒你说，俺不是此地人，是永胜公社的。"

"到梨园村走亲戚？"

"要走亲戚，用着藏在玉米地等天黑吗？"

"那你一个人躲在玉米地究竟为啥？"

见刘北斗父亲不停追问，那人说："哪是我一个人，还有家里的。出来吧。"

玉米地里走出一个妇人，怀里抱着包裹，发髻上别着银簪。

刘北斗父亲问："老弟贵姓？"

中年人说："免贵姓李，李有田。"

刘北斗父亲说："你两口子躲在玉米地里，又不是投奔亲戚，到底遇到什么事啦？"

李有田叹了一声："……唉，说来话长……还不是祖上开过豆腐坊，出了名，——万岁爷都吃过咱家的豆腐哩。"

刘北斗父亲突然来了神："咦？万岁爷吃过你家的豆腐？看来你家祖上做豆腐的手艺和豆腐的口味非同一般哪，也有年头了。"

刘北斗父亲的话激起了李有田介绍李家豆腐辉煌历史的兴致。他说："大清还在的时候，俺家祖上就开了豆腐小作坊，由于用料讲究、配方独特、工艺精湛，出锅的豆腐没人不爱吃的。不仅平民百姓日日惦记着李家的豆腐，就是达官贵人、地主豪绅也念念不忘。一传十十传百，李家的豆腐名声就传到了宫廷。这么一来，李家豆腐就成了皇上饭桌上一道美食。"李有田又说："每次皇上想吃李家豆腐了，钦差们坐着官船顺着京杭大运河，日夜兼程，一路南下，停在李家屯附近的运河渡口。听上辈人说，每次官船开到运河渡口，方圆几里的人从四面八方赶来看景。不少老人讲过，河岸上人头挨人头，扒着肩，踮起脚，看李家的伙计抬着绸缎盖着的一箩筐豆腐，踩着搁在船头的跳板，吱吱呀呀地上船。那跳板上下抖动，跳板上的人扭着步子，比戏台上的还好看哩。听说有人被挤进河里了，扑腾着手脚，嘴里向上喷水。……那人啊，比逛庙会的人还多，县衙专门派人到现场维持秩序……"

刘北斗父亲像听鼓书一样意犹未尽，连声夸赞"了不起，真了不起"。又问李家豆腐配方和手艺传下来没。李有田拧着眉，陷入沉重的忧伤，正要开口诉说眼下的遭遇，他的女人说："大哥你不知道，就是这个老祖宗传下来的让人眼红嫉妒的手艺给俺家招灾惹祸。老头子性子硬，受不了折磨，一根草绳吊死啦。"

李有田蹲在田埂上，头埋在双膝间，呜咽起来。刘北斗把他拽起来，抬起袖子擦拭他的眼角安慰他："别太伤心啦，兄弟。只要天不塌下来，眼前的路还得走哇。"转过脸，又对李有田的女人说："老人寻短见，都一笔勾销了，你两口子该生产生产，该过日子过日子，东躲西藏的也不是个办法。"

"真是上辈子造孽啊，俺这日子没法过了。"李有田的女人满面愁容。

刘北斗的父亲陷入踌躇。他面对的是有家难归的落魄的夫妻，他们需要别人伸手拉一把，更需要有人安慰和化解心里的忧伤，就如当年流落至此的山东父老，受到湖边庄稼人热情相助一样。但另一个问题提醒刘北斗的父亲：这是个阴晴无常的年月，这年月多事之秋，弄不好就会招惹麻烦。刘北斗的父亲说："咱家就两间茅草屋，你到别处去问问吧。"拉着刘北斗就要走。李有田从怀里掏出一包手绢裹着的东西，层层打开，捏出一沓纸票说："兄弟，俺不是白住白吃你的，摊到多少给你多少。"

刘北斗见此，心里涌出一种怜悯，拽了拽父亲的衣角。父亲沉默半晌，伸手推去李有田手里的钱说："钱你装好，我考虑的不是钱的事。这么着吧，天也黑了，不嫌俺穷家破院，就在俺家将就着住些日子吧。等风声过去了再回去。"

"就是要饭俺也不回去。"李有田的女人语气十分决绝。

刘北斗的母亲在灶房里铺了稻草铺，铺上一张四角破损的芦席，李有田夫妇就有了临时的住处。

刘北斗的父亲提了两瓶散酒和半竹篮鸡蛋去了队长赵厚德家。赵厚德瞟着饭桌上的礼物，对刘北斗父亲提出的事很利索地点了点头。后来做了支书的赵厚德对刘北斗的父亲说："老刘啊，当年你我没看走眼，收留李有田夫妇是对的……我吃了他家上十年的豆腐呢。"

队里划给李有田一块宅基地，白手起家的李有田在宅基地上建起土墙草顶的简易草房，总算有了遮风避雨的地方。两口子和社员们一块儿参加生产劳动，享受着和其他社员同等的待遇。

　　歇工的时候，女人们围成一团，说闲话的，做针线活的，打盹的，几乎没人闲着。李有田的女人初来乍到，又担心多嘴的女人问长问短，就故意疏远她们，自己坐在槐树下纳鞋底。刘北斗母亲知道她的心思，觉得她孤单，就主动坐她身边说话。刘北斗母亲终于提出一个至关重要的问题，她问李有田的女人："大妹子，你家孩子怎么没带过来？"李有田女人心猛地一缩，她没去看刘北斗母亲，埋着头，拿针锥在头发上蹭了两下，用力扎进鞋底。针锥拔出后，她幽幽地说："……头一胎没落住；第二个是个闺女，四岁那年跟我去田里薅秧，我只顾着薅秧了，没顾着孩子，等我想起来去找她，可怜的孩子啊……在沟渠里漂着……呜呜……"一阵悲切的啼哭像刀一样从刘北斗母亲的心上划过。

　　"大妹子，我真不该提到孩子，你看我这臭嘴，该扇。"刘北斗母亲抬手要扇自己，李有田女人攥住她的手脖子，幽怨地说："嫂子你别这样，是我命不好……"

　　"反正你年纪也不大，再要一个吧，又不是不能生。"刘北斗母亲捏去粘在李有田女人头上的一截枯草。

　　李有田的女人没有忘记刘北斗一家人，受了人家的恩惠，又拿不出合适的礼物去报答，心里很是不安。思来想去，她决定为刘北斗父子俩做一双布鞋。把这想法告诉李有田，李有田说："这当然好了，"顺便夸了女人一句，"你针线活儿是出了名的。"

　　有了主意，李有田女人又犯了愁。刘北斗父子穿多大码数的鞋呢？如果开口讨鞋样，人家肯定会谢绝这份好意。李有田女人就长了个心眼儿，收工后，吃完晚饭，她就去刘北斗家，陪刘北斗母亲做针线活，顺带唠唠家常。针线框里有一本书，书里夹着一叠鞋样。李有田的女人心中暗喜，这下有了。她掀开书本，取出鞋样说："嫂子这鞋样剪得真俊。"刘北斗母亲不好意思地笑了一下，谦虚地说："大妹子，俺粗手笨脚的，能剪出什么好鞋样。"李有田的女人把鞋样端在掌心，左看右看，爱不释手，故意说刘大哥的脚没俺男人的大。刘北斗母亲差一点笑出眼泪，说："大妹子，这哪是他的，是我的。你看，这是他的，这是北斗的，这是北斗他妹的。"李有田女人心里有了底，趁刘北斗母亲回里屋取东西的空，张开手指，拃出刘北斗父子鞋样的尺寸。

数日后，两双白底黑面的布鞋送到刘北斗母亲的手里。

在喇叭里传来北京召开十一届三中全会消息那年，女人为李有田生下一个儿子。中国人民解放战争初期支前模范，此时专司接生的五保老人孙刘氏双手托着一个婴儿。孙刘氏的手微微掂量几下，脱口而出："六斤有余。"

李有田两口子对着孩子失声痛哭，眼泪春雨一样，淅淅沥沥地浇灌着这个姗姗来迟的生命。

李有田给孙刘氏提去四斤红糖外加两条毛巾和四块肥皂。

孩子满月那天，李有田当着众亲友的面，认孙刘氏做干娘，给干娘磕了三个头。刘北斗父亲说这是双喜临门。当天李有田喝得呕吐不止，连声承诺要像亲儿子那样对待干娘。

添了人口，日子就捉襟见肘了。孩子到上学的年龄，李有田夫妇用一篮子鸡蛋从老师那里为孩子讨回一个学名——李成人。

"成人好！成人好！"刘北斗父亲从嘴里拔出烟杆说。

李成人挎着缝着补丁的书包走进校门那天，李有田心里恐慌起来，孩子的学费，家里的日常开销让李有田夜不能寐。他沉重的叹息向同床共枕的女人泄露了心事。女人问他遇到什么事了。李有田说："成人他妈，眼看成人一天天长大了，说念书就念书了，我就愁这学费从哪里弄。"李成人母亲翘起头，她一句话让李有田如醍醐灌顶。李有田女人说："你家祖上不是会做豆腐吗？"李有田眼睛睁得圆圆的，一把将女人揽在怀里，摩挲着女人的头发，感伤起来："提起做豆腐，我就想起咱那可怜的爹，不是爹继承祖上的手艺，也不会招来要命的罪名，咱也不会东躲西藏……"女人说："有田哪，你怎么只知道埋头种地，就不晓得抬头看天，政策也好了，肖一刀不是又开始杀猪卖肉了吗？"听女人这么一说，李有田深刻有力地说："咱李家的手艺不能断。"

沉寂多年的李氏豆腐，抖落了历史的风尘，活蹦乱跳地出现在寻常人家的饭桌。刘北斗父亲逢人就夸："有田家的豆腐正合俺的牙口，甭提那个嫩啊，舌头一卷，就下肚去了。"刘北斗母亲难掩自豪地说："李家的豆腐当年是供皇上吃的，想不到，俺种地人也有皇上的口福。"

肖一刀拎一串猪肠换走李有田五斤豆腐。

"猪血炖豆腐，好吃着哩。"

肖一刀说完这句就走了。

刘北斗参加黑鱼河清淤工程那年，村支书赵厚德得了肺病，已无法承担村支书的职责了。村里大小事务不能没人管，乡领导像过筛子那样从梨园村物色人选。论资排辈，老支书卸任，村主任或村委副职干部可以继任。但村主任是个老实头，做事缺乏力度和胆识，村支两委其他人工作中多是看赵厚德眼色行事，遇事没有主见，立场也不够坚定，基本不具备继任村支书的条件。

领导们为遴选梨园村支书的事伤透脑筋的时候，分管农业的副乡长郭友谊提供一条重要信息："梨园村有个叫刘北斗的，是个很能吃苦的人。去年冬天乡里安排各村为黑鱼河捞泥清淤，当时天很冷，风像刀子一样刮着人的脸。我看到有个年轻人穿着单褂，裤子卷到大腿根，站在水里一锨锨铲泥；一打听，是梨园村的。我和他接触过，他说公家重视水利建设，也是为了方便农业生产，造福于民的事，哪个人也不能袖手旁观。你听听，这话说得多有水平。"经过几轮走访考察，刘北斗先任代理支书，第二年乡里正式下文任命。

当了村支书的刘北斗对李有田说："有田叔，重操旧业这步棋走对了，党的政策是放开搞活，勤劳致富，鼓励有本事的人八仙过海，各显神通。"李有田说："我和你婶子都快六十的人了，身子骨早就不如当年了，只能小打小敲见天做二十来斤豆腐，发不了大财。"刘北斗说："李家的豆腐历史上是进贡给宫廷的，听说配方和工艺传了百把年，可不能断在您老的手上。"

李有田像得了某种启示，眼神振奋着。

人们还沉在梦中的时候，李有田家的院子里就响起了推磨声。村民早起下田了，李有田已卖完一包豆腐，推着手推车，吱吱呀呀地走在洒着晨露的土路上。

李成人功课做得比他父亲做豆腐还要细作。李有田跟在毛驴身后，顺着磨道转圈的时候，看到儿子埋头写着作业，酸痛的脚步轻松多了。寒暑假里，李成人不忍心看父母劳苦，做完功课，就帮着推磨、扯草、烧锅。邻家孩子从墙头上看到李成人三天两头赶着毛驴磨豆腐，就给他起了个绰号，叫他石磨，日久天长，这个半道而来的名字就叫开了，人们几乎忘记了李成人这个一篮子鸡蛋换来的大号。

三 湖水送来稻谷香

村里死了人，料理后事中，村干部一般不会介入，除非故去的是他们重要的亲属或亲戚。但李有田夫妇的丧事从入殓、出殡到下葬，村支书刘北斗却是全程介入，他像组织村里一项重大活动一样，有条不紊、神情肃穆地指挥着丧事。

从河里捞上来的两具尸体已严重变形。李有田的嘴里有一根苲草，手里攥着豆腐筐上的绳子。石磨的母亲面色铁青，嘴巴微张，面容扭曲。可以想象，一条生命在汹涌浑浊的河水中绝望挣扎所承受的痛苦与折磨。李有田夫妇被放在堂屋的芦席上，他们像劳作一天后，进入深入而短暂的睡眠。荒凉的墙壁上挂着蓑衣、牛绳、粮折子……它们成了死者的遗物，成了他们在风雨和阳光里的一段人生的盘点。

刘驼子从包豆腐的纱布上扯下一块，捏在手里，蘸着脸盆里的温水，像绣花那样，小心翼翼地在死者的面部擦拭。刘驼子嗅到一股苲草、河水的腥味与轻微的尸臭。"钱是命，命是狗屎。"刘驼子心里说。刘驼子忽然后悔起来，面对死人，怎么能让自己说出这样不合时宜的话呢？怎么能容忍自己有这样带有严重嘲讽意味冒犯死者的心思？刘驼子恍惚看到李有田愤怒的表情。他跪下来，手上的活做得更上心更虔诚了。

在治丧期间，肖一刀忙得浑身是油。刘北斗让他杀两头猪，保证村里人吃上最肥厚的花椒肉。

父母被装进柳木棺材，楔上盖子的时候，披麻戴孝的石磨哭得天昏地暗，疯了似的扑上棺材，拍打着、抓挠着，却无法抵挡世间这种悲怆的有去无回的别离。哭声混杂着涕泪，深入人心。

石磨的哭声像打井人的钻子那样从九月菊的眼里凿出了眼泪。平日，九月菊对在县城读高中的石磨相当敬重，这基于一个村妇对文化的崇拜。石磨温文尔雅的举止和书卷气浓郁的谈吐，像春风吹过油菜花地，九月菊的心田上烂漫起来。

"叔婶走了，去天堂享福了……别哭啦，别哭啦！"九月菊扯着石磨的衣襟说。

事后，九月菊从知情者那里听说，李有田两口子本不该死，是黑鱼河西边的农场秃场长想吃李家的豆腐，让食堂师傅传话给李有田，送一包豆腐过去。李有田两口子合计着这是一笔不小的买卖，半夜就起身做豆腐。头天下了一场雨，路上全是泥，用不上手推车，李有田和女人抬着一箩筐豆腐踩着泥水出门。天黑漆漆的，没有一颗星星露面。黑鱼河涨水了，河上那座木桥浮在河面。李有田夫妇有可能过桥时，脚下有了闪失才出了事。这是知情人的推测。黑鱼河是祸首，也是目击者。这个推测是否正确，只有问它。

"两个快六十的人，哪会知道河里躲着死神。"九月菊这样对石磨说。

刘北斗指挥着梨园村这一庄重的仪式，他不容丧事中任何一个环节出现闪失，就是赵美玉怂恿他人拿了灵棚里祭桌上的香蕉苹果，他也会勃然大怒，予以制止。

响器用婉转苍凉的哭声，把死者送到了墓地。李有田夫妇入土为安，隆起的坟墓与黑鱼河遥遥相望，为墓主人合上了人生的帷幕。

刘北斗孤独地站在风里，像一场战役中的幸存者，心里澎湃着悲壮和哀痛。焚烧豆腐架、箩筐、扁担之类家什的时候，刘北斗目光灼热，腾起的火焰炙烤着心底厚重的悲伤。跳跃的火光里，刘北斗恍惚看到推着手推车，或担着挑子的李有田，轻盈地踩着云朵，前往天国做他的营生。

茂密的玉米地，李有田从玉米丛中伸出来的手，李大娘做工精细的布鞋……往事一一在刘北斗的眼前回放。

李有田夫妇下葬数日后，刘北斗披着褂子走在田垄上。玉米蹿出半人高，在太阳底下舒展着油亮亮的叶子；红薯地里，红薯秧子相互缠绕，爬满了沟沟坎坎。刘北斗在庄稼地里夜游似的走了一圈，忽又想起了李有田。来到李有田夫妇的坟前，刘北斗抓了几把泥土撒在坟头，默默站了几分钟。抬起眼，目光越过黑鱼河，望向苍茫的骆马湖。

村民挖掘水渠的场景，水泵管里喷出的水柱，水渠里跳跃的水花，水田里青绿的秧苗……依稀浮现在眼前。

在梨园村，小麦、玉米、红薯、花生，是常见的农作物，几百亩土地几乎长不出其他更激动人心的庄稼，村民眼睁睁地看着水源充足的村子，家家户户的米缸里有白花花、亮闪闪，像珍珠一样的大米；碗里盛得满满得香喷喷的白米饭，嘴里就会吐出羡慕嫉妒恨的话。想种水稻想黄脸的村民，心里念叨："小龙马啊小龙马，你快发发慈悲，使个法术，让骆马湖水涨两丈高，流到咱梨园村吧，家家户户等着白花花的大米过日子呢……"

人们吃腻了小麦、玉米、红薯，已经忘记了大米的味道。吃腻了小麦、玉米、红薯的梨园村村民，看上去都有小麦和红薯的肤色，嘴里长着玉米一样的牙齿。

方圆几十里，有媒人上门为姑娘说婆家。女方父母问男的是哪里人，媒婆说梨园人；女方父母说赶紧走。媒人想再说点什么，对方像撵鸡一样把媒人轰出了院子。

梨园村人日日惦记着珍珠一样的大米。

刘驼子扛着一袋水稻，在村里招摇过市。梨园村的女人们再不耻笑他的驼背。"你看看人家刘驼子，一株水稻没栽过，几乎顿顿吃着白米饭。"女人这样数落自家男人的不足。男人们一听到女人动不动拿刘驼子说事，就大为光火。"那你跟刘驼子过吧，有米饭吃。"男人们愤愤地说。

刘驼子家水稻的来处，让村里人琢磨不透，又浮想联翩。刘驼子做了贼吗？不可能；粮站里有他的亲戚？从没听说。

肖一刀下集经过粮站时发现了秘密。

刘驼子的水稻是用烂苹果换来的。秋季粮站开磅收粮，生产队交公粮的社员乘机留下半笆斗水稻，从刘驼子的苹果摊上换走一堆烂苹果，不花一分钱，一家老少能吃几天。肖一刀泄露了刘驼子的商机。村里不少人纷纷效仿，从十几里外的果园场低价买回劣质苹果，到镇上的粮站门口兑换水稻，毫不客气地瓜分刘驼子的利益。

刘驼子又生一计。这回他不拿苹果兑换水稻了，他上了一趟集回来，女人灶前锅后忙活半天，又烧鱼又炖肉，满满一桌丰盛的菜肴。交完公粮的人扛着沉甸甸的笆斗来了，酒足饭饱后，半笆斗黄灿灿的水稻倒进了刘驼子的口袋。

卖粮人踉踉跄跄地走了；刘驼子女人追出老远，"下回再来啊"。

老支书赵厚德的病更加严重了，刘北斗坐在他的床前，握着他干柴一样的手。他打算在这个从大集体走过来的村干部弥留之际，从他的嘴里讨教出改变梨园村面貌的良策。

赵厚德咳嗽几声，咳嗽声瘦弱无力。每咳嗽一声，脖子上的皮像被一只手提着。赵厚德像刚爬完一座山一样，上气不接下气地说："……北斗啊，咱梨园村就是吃没水的亏哟……旱作物产量上不去……公粮一个不少交……日子穷的啊……顿顿饭几乎捧着白饭碗（没有下饭的菜）……"赵厚德又惊天动地地咳嗽着。刘北斗忙去捶他的背，帮他顺顺气。赵厚德接着说："北斗啊，我是快走的人了，听说你来接我的班做村里的支书，我放心啦……埋到土里我也瞑目啦……依我看啦，村里还得想法引水栽水稻，能栽多少栽多少……"刘北斗咬着嘴唇，心里掂量着赵厚德的话。

赵厚德两只干瘪的眼睛浑浊地瞪着房梁，嘴唇翕动着，他终于酝酿出一句话："……还有啊，村支书是芝麻粒都不到的角色，你要让群众拥护你……信任你……佩服你……你就得时时刻刻心里装着群众，事事想着群众，把群众的心拢到一块儿，不出啥事就中……"

这是赵厚德生前和刘北斗说的最后一句话，刘北斗铭记在心。这也是开展基层工作的硬道理，指引着刘北斗领导梨园村村民追求好日子。

刘北斗独自一人在快可以收割的麦田间走着，看着。他弯下腰，伸手捏一捏麦穗，没有他想要的手感。干瘪的麦穗，看上去面黄肌瘦，像营养不良的孩子。头顶上的布谷鸟叫了。刘北斗抬头去找，那布谷鸟可能躲在云朵里，叫声像云彩疲惫的呻吟，搅动着刘北斗的心事。

收麦过后就是插秧，可梨园村村民到哪儿去插秧呢？

刘北斗决定实施一个"引水上山"的计划。梨园村虽不是山地，地势却高出骆马湖水位约二百公分，这一落差造成了骆马湖水不会流向梨园村，害得梨园村的土地每年除了下几场雨，便是在烈日下暴晒。

刘北斗在村干部会上一说出把骆马湖水引到梨园村的想法，与会者眼睛几乎大了一圈，好像刘北斗告诉他们，准备买张彩票中个五百万。

"计划当然好喽，我怎么觉得有点像睡地摸天。"计生专干说。

"买根水桶粗的塑料管插到骆马湖里吗？"妇联主任说。

"那得多长的管子才能插进去？"

"哈哈哈……"

妇联主任本想开个玩笑，却让别人借机插科打诨了，脸唰地红了。

刘北斗立即制止说："今天说正事，不要胡闹，也不注意点场合。"

报告送到乡里，书记乡长一致同意，认为梨园村早就该引水栽种水稻，愚公还能移山呢，林州人民还能在太行山上凿出红旗渠呢。况且，苏北旱改水是全国出了名的，不少地方都来这里讨经验呢。还表态说只要梨园村着手开挖水渠，乡水利站将派人协助，乡财政也会给予经费支持。刘北斗心里有了底。

由乡水利站出面，从县水利局请来工程技术人员，对人工水渠进行规划设计，绘制出图纸，择日启动水渠开挖工程。

村部前的土场上正举行着一个简单的开工仪式。一排铁锹、铁叉上系着红布，像即将出征的勇士立在民工代表的面前。

刘北斗面色红润，目光炯炯地说："送水渠马上就要动工了，乡里给咱梨园村安排几台挖土机；但只靠几台挖土机远远不够，全村吃壮饭的劳力都给我上。吃点苦，淌点汗，饭碗里就有香喷喷的米饭了。"

烈日当空，北风凛冽，机械和人奋战在工地上，在紧张而兴奋的挖掘中，人们看到一条水渠的雏形，宛如从骆马湖里飘来的银丝带，弯曲着向梨园村延伸。一个贫瘠的村庄和它的居民，用空前的热忱迎接着它。人们恍惚看到，清澈的湖水在沟渠里奔跑，哗哗的水声在耳边回响……

第二年春，送水渠工程基本竣工，因西面的骆马湖湖面低，东面的梨园村地势高，即使掘开出水口，湖水也流不到田里去。刘北斗和工程技术人员为此抓耳挠腮，想不出妥善的办法。

村民丁苍耳听说刘北斗为送水渠送不出水发愁，就对刘北斗说："刘支书，这大活人怎么能让尿憋死呢？"

丁苍耳是九月菊的男人，人称丁大胆，是捞鱼摸虾的好手。有年夏夜，丁苍耳端着手电筒在离家十几里的沟渠里照黄鳝，几个时辰下来，鱼篓里有不少收成。已经下半夜了，旷野里传来凄凉的猫叫，稻田里响起杂乱的蛙声。丁苍耳就从身上取出一瓶散酒，喝了几口往家走，路过一块坟地，实在困了。丁苍耳看到对面竖着一座坟，坟上靠着几个花圈。几口酒下肚的丁苍耳走到坟前坐下来，背靠花圈，擎起酒瓶，一口一口地喝酒。朦胧的月影下，有一条寻食的野狗吓得拔腿就跑。丁苍耳硬着舌头骂道："……跑，跑……啥哩，俺又不是……鬼……"

刘北斗说："苍耳你说说，怎样才能不被尿憋死。"

丁苍耳故弄玄虚地说:"刘支书,你想想看,长江黄河是向西流还是向东流?"

刘北斗抬手在丁苍耳的头上象征性地打了一巴掌,笑着说:"有话直说,别跟我卖关子啦。"

丁苍耳说:"俗话说'人往高处走,水往低处流'。咱梨园村的地比骆马湖高出一两米,现在虽说水渠建成了,骆马湖水也进不了梨园村的地,还是栽不了水稻。不如在挖好的水渠里,建几座水池,水池之间保留一千米以上的距离,每个水池里架一台水泵,还愁水送不到地里去?这就跟大热天水泵房车水灌溉庄稼地一个样,只是灌溉的距离远了些。"

丁苍耳一口气说完,十分得意地舔着嘴唇。

"咦?咦咦?你小子怪有点子的哟……就这么办啦!"刘北斗上下打量着丁苍耳,激动地说。

丁苍耳在送水渠上修建蓄水池、安装水泵的建议彻底解决了低水高流问题。刘北斗几乎把丁苍耳当成了英雄。他说:"咱们兴师动众,耗尽那么多人力物力和财力,目的是让梨园村和别的村一样栽上水稻,吃上大米。但骆马湖水能顺顺当当地流进梨园村稻田地,还得感谢苍耳这孩子。县里报纸上说梨园村修渠引水是一个'创举'……这是谁的功劳?丁苍耳的功劳,丁苍耳才是功臣哩。"

村里成立了灌溉队,每年春耕夏收把骆马湖水足量灌入稻田。丁苍耳任灌溉队队长。

在九月菊面前一向俯首帖耳的丁苍耳,居然支派九月菊把他的洗脚水倒掉。九月菊也斜着他,说:"要不要我帮你擦脚?"丁苍耳说:"给队长倒洗脚水不应该吗?"九月菊抱着肚子笑得不行,说:"我的妈哎,蠓虫大点官,翅膀就硬啦?北斗叔抹点蜜给你舔舔，你就能上天了……"

梨园村史无前例地出现了水稻田，虽然面积有限，但家家户户总算可以在自家的地里栽水稻了。插秧时节，送水渠上水泵声起，洁白的水柱从泵管里射出，注入水渠，溅起一片水花，像朵朵白云坠入人间；渠水一路欢歌，一路追逐，兴致勃勃地向犁过的麦茬地滚滚而去。

水汪汪的麦茬地，映照着蓝天、白云和飞鸟。它们在等待着一场播种希望的劳作。

进了八月，水稻灌浆秀穗，颗颗饱满起来。刘北斗背着手，嘴里含着烟袋，在两边夹着半人高水稻的田埂上踱着。一只青蛙从稻棵里跳出来，鼓着眼睛看着他。一阵风过，刘北斗张开鼻孔，贪婪地吮吸着稻香与农药混合的气息。刘北斗沉醉于这种气息。这是庄稼的气息；这是丰收的气息；这是梦的气息。刘北斗闭了眼，阳光在他皱纹纵横的脸上流淌……

水稻穗子差不多秀齐了，田里要放一次水，加快稻子的成熟，产量会有所提高。这是庄稼人的经验。丁苍耳率领他的灌溉队抽水去了。

刘北斗吃过晌饭，提着烟袋遛到刘驼子的门上，他打算听听刘驼子对村里实施"旱改水"工程的评价。刘驼子一家人正在吃着大米干饭。看到刘北斗进门，刘驼子忙把掉在饭桌上的一粒米饭捏起来填进嘴里。正月忙站起身，把身底的板凳提给刘北斗。

刘北斗笑眯眯地看着刘驼子碗里的米饭，故意不说话。正月知道刘北斗心里想着什么，好像欠了刘北斗人情似的说："大哥，俺这辈子也没想过干得冒烟的责任田里能放水栽稻，再也用不着拿玉米黄豆换大米吃了……全村哪个不说你的好。"

刘北斗说："水稻小麦是农业主产粮食，一样都不能少；可梨园村地里产的基本是旱作物，不产水稻，光靠一季小麦怎么能行？虽说现在有水了，家家都有一亩多的水田，但成本太高啦，几台水泵没日没夜地向水渠里打水，柴油机不需要烧油吗？这钱都得摊到各家的人头上去。湖里的水还没收你们一分钱啦。"

刘驼子被一口米饭噎着了，脸憋得通红，猛烈地打了一个饱嗝。刘驼子说："这成本嘛，那是用不着说了；话说回来，成本再高也比年年种旱作物强。"

梨园村成功实施"旱改水"工程，为全乡提供一个推动农业发展的典型。乡领导看到梨园村"挖渠引水"这一做法的推广价值，专门在梨园村召开农业生产现场会，组织全乡村组干部观摩梨园村的引水渠和村民插秧现场。

时隔数日，乡党委书记的"梨园村开掘送水渠，用水泵打水灌溉农田，改写了祖祖辈辈种植旱作物的历史，这是自力更生、艰苦奋斗精神闪耀在改革开放时代的光辉"这句话，依然在刘北斗耳边回响。

第二年收完麦，麦茬地又要翻耕放水平整插秧了。

丁苍耳怒气冲冲地告诉刘北斗，"骆马湖管理办的人要求立即停止用水泵从骆马湖里泵水，还说骆马湖是国家水库，水库里的水怎么能随便动用呢？就是灌溉农田，也得由水利部门出面协调，按章办事，其他任何组织和个人都不能擅自行动……"

"梨园村的老百姓也是国家的老百姓，国家难道看着梨园村缺水栽不上水稻不管吗？……我找乡领导去！"

乡里出面协商未果，对方说"在没有办理正规手续或得到官方许可的情况下，擅自从骆马湖取水，就是非法行为"。

扣过来的帽子又大又沉，刘北斗不堪承受。村里有人提议找上边讨个说法，还有人发狠说不如提根棍棒，拿把铁锹和湖管办的拼了。刘北斗大喝一声："谁去给我看看！这是聚众闹事，知道吗？……再说，人家说的也不是没有道理，我们有错在先，确实没经过人家同意嘛。"

刘北斗再次带人奔赴工地，这次不是开挖水渠，是填埋水渠。几场暴雨之后，水泵锈迹斑斑地卧在蓄水池上。不久，废品回收站成了辉煌一时的水泵们的最后归宿。

四　草垛里的煤炭

大运河，这条饱经沧桑的河流，贴着骆马湖，唱着古老的歌谣，一路南下。河水驮着船队，船队驮着货物，披星戴月地行走。骆马湖不远处的河段上，有一座船闸，所有的船队进了船闸都要停下来，等管理员例行检查和收取过闸费以后，才能有序驶离。船多闸窄，通行速度慢，过一次闸往往需要等很久。船上的人逮着这个时间，上岸去买些日用品或者船上用品。然后就去河边的酒馆里喝酒，到茶楼上听戏。戏名是《霸王别姬》《拉魂腔》《乾隆断案》……多是地方剧种。船上人惧怕的不是长途跋涉，也不是一路劳顿，而是大把大把的时间，把时间熬过去，把时间打发走，船上人也就如释重负了，心满意足了。于是，他们找到了驱赶时间的事——喝酒，一顿酒能从阳光铺天盖地喝到星星满天闪烁。一出戏听完，醉醺醺地扭着步子上了船，戏里的唱腔带着酒气也跟进了船舱。那演戏的女子舞着水袖，拉长了浮在水上的梦境。

船队在停留中也会遇到不顺心的事。载煤的船，是一些不速之客关注的目标。趁着船主上岸喝酒或看戏的工夫，几条小船悄然出动，接近大船时，一伙身手敏捷的人，手持铁锹，迅即跳上船，将煤炭铲进箩筐，用绳子吊进小船，摇船人迅速接应。前后只需要几分钟工夫。看着船上的煤炭被挖了一个深坑，喝酒看戏回来的人捶胸顿足，破口大骂。他们想到派出所报案；但船闸上的人一席话，断了他们报案的念想。管理员说："报案？派出所接到的案子比河里的船还多，轮到办你的案子，还不得猴年马月。"

"真是掉进了贼窝！"船上人有力地朝运河吐一口痰。

盗窃煤炭的人是船闸附近的村民，他们之所以明目张胆地上船偷煤，确有难言的苦楚。他们说修建船闸占用了他们的土地，责任田减少了，口粮严重短缺，一家老少几口要吃饭啦，没办法，只能"靠山吃山，靠水吃水"了。

他们将偷来的煤炭卖给周边的窑厂。船闸村干部看到了商机，他们打着发展村集体经济的旗号，办起了煤炭收购站，收购来路不正的煤炭再卖给窑厂，每年有上十万元的收入。

一次在酒桌上，船闸村钱支书和刘北斗碰了一杯酒，说："刘书记，我们这些做村干部的，想问上边要钱办事，比登天还难。没有钱，一件事也办不成，一件事不办，上边怎么看你？群众怎么看你？"钱支书又斟满一杯酒，一扯脖子喝下去，继续说："要想办几件让群众满意的事，就得动动这个……"他用食指戳戳自己的脑袋。

刘北斗说："听说船闸村办了个煤炭收购站？"

钱支书说："有这回事。"

刘北斗说："你们靠船闸近，有资源。"

"'靠水吃水'。"钱支书又滋地喝了一杯。

"梨园村的群众啥也靠不着，怕是受一辈子的穷……"刘北斗垂着头，不知是喝醉了酒，还是沮丧按下了他的头颅。

头晚杀一头猪，早上肖一刀准备到镇上去卖。上集前，他正在饭桌前歪着嘴喝早酒，手里捏着一条煮熟的猪尾巴，蘸着醋吃。肖一刀的脸喝得酡红。

赵美玉在肖一刀吃完最后一截猪尾巴的时候到了。赵美玉是来买猪肉的。肖一刀知道赵美玉的男人孙裁缝因患小儿麻痹症不能务农，开了裁缝铺谋生，靠一门手艺娶了赵美玉。

"美玉你来得正巧，晚一步我就上集了。"肖一刀目光灼灼地看着赵美玉。

赵美玉看着肖一刀酡红的结实的脸说："一刀叔大清早就喝酒哇。"

肖一刀抻着脖子咽下一块菜说："早上没两盅，一天都少精无神——要割肉吗？"

赵美玉说："割块肋条。"

肖一刀割了一块油汪汪的肋条，狡黠地对赵美玉说："男人没个好身体不行啊，女人哪样事能离开男人？"

赵美玉红着脸说："一刀叔，俺是指望不上孙裁缝了。"

赵美玉提着猪肉，仰起脸，看着肖一刀家敞亮气派的房屋，屋顶上吊着天花板，豪华阔气的吊灯，粉刷一新的墙壁，桌椅条台、家用电器，一应俱全的家什摆设，展示着肖一刀殷实的家境。赵美玉想到了自家低矮的砖房，卧房里老掉牙的衣橱和木箱……

肖一刀不失时机地炫耀说："美玉，我整整杀了十五年猪，几乎天天和猪肉打交道，平时人都不愿靠近我，说我一身猪肉味。身上是不大干净，可家里大人小孩要花钱啊，要过日子啊。你看看，不是有个杀猪手艺，我怎么盖这么大的房子，闺女出门哪能陪几板车的嫁妆。"

赵美玉说："要不是他有个裁缝手艺，挣点油盐钱，靠种那几亩地，牙都饿掉了。俺这梨园村你家是数一数二的大户，说儿媳妇，门槛都让媒人踩不长草了。除了你家，石磨家上几年做豆腐，每年卖几头猪，手里宽绰着呢。石磨念高中花那么多钱，人家连眉毛都没皱一下……唉，好日子没命去享哦，谁会想到两口子淹死在黑鱼河里。"

肖一刀说："听说石磨父母当年是跑出来的，还是刘支书他爹找队长说情，才在梨园村落脚的。有田叔没淹死之前，刘支书打算让村里人跟他学做豆腐——他家的豆腐历史上可是出了名的，每年都要进贡给皇上，可惜他死了……"

穷日子像绳索一样勒着村里人，勒着赵美玉。赵美玉要窒息了，她寻找着解开绳索的人，她等待着舒展心情的时机。

船闸村钱支书接到煤炭收购站朱金子报信时，对朱金子说："什么不好啦……天塌啦？"

朱金子垂着眼皮说："收购站的煤炭昨夜让人偷了……"

"狗呢？"

"死了。"

"怎么死的？"

"毒死的。"

"啊！"

钱支书立即召开会议，通报失窃事件，嘴里骂骂咧咧："这些驴日的，贼胆包天啦。"会后兵分两路，一路到派出所报案，一路调查走访。钱支书还指示，如果发现路上有撒漏的煤屑，就沿路搜寻，顺藤摸瓜。

由于是村里报的案，事关集体财产，不可轻视，派出所所长亲自出马，组织干警到收购站勘查现场，有人端着相机咔嚓咔嚓地到处拍照。

派出所所长以职业思维提出一个重要的侦查思路，他说：

"偷煤的绝不是外地盗窃团伙流窜作案，多数是本地人。附近农户烧锅做饭都用柴草，煤炭派不上用场。这就说明，他们一定会想法把煤炭卖掉，能买煤炭的只有窑厂。"派出所所长缜密的思维判断俨然一个超级神探。钱支书脚猛地一跺说："你看看，船闸村煤炭也都是卖给窑厂的，我们天天和窑厂打交道，怎么就没想到这一点的呢。"说着，赶紧撕开一盒"大前门"香烟，抽出一支送到所长嘴边。派出所所长接过来，安在嘴里。

窑厂一个烧窑的人对前来调查的干警说："每天都有人来窑厂卖炭，我知道这些煤炭都是从船上偷来的。不过，早上来卖煤的人中，有个人我在哪里见过，好像是梨园村的，听说这人胆子大，还会炸鱼……"

赵美玉不知从哪里听到了船闸煤炭收购站报案的风声，像救火那样气喘吁吁地跑到九月菊家，看到九月菊和丁苍耳在有说有笑地吃饭，大步上前，一把夺下丁苍耳手里的饭碗，重重地顿在饭桌上。赵美玉说："丁苍耳，你还在这细嚼慢咽地吃饭，那个船闸煤炭收购站报案了，派出所正在追查呢，他们不知会不会查到窑厂去——你不是把煤卖给窑厂的吗？有没有人认识你？"

丁苍耳说："我也不知道有没有人认识我……"

九月菊嘴里含着嚼碎了的玉米饼，含糊不清地指责丁苍耳："偷人家的煤不说，还药死了人家的狗，人家肯定饶不了你们这伙人。"

赵美玉吓得脸色慢慢变黄，不安地咬着下唇，等着丁苍耳拿主意。九月菊没好气地对赵美玉说："都是你出的馊主意，把俺家苍耳拉下水，这下好了，早晚会露了马脚，落到派出所手里，等着坐牢吧。"

九月菊的话有些恶毒，赵美玉反驳道："杀猪头肖一刀跟我说，船闸那边偷煤成风，几乎人人发了财。偷煤人把煤卖给船闸村，船闸村倒了二把手，把煤炭又卖给了窑厂，听说一年能挣上十万元的巧钱。还说什么这年头撑死胆大的，饿死胆小的。不是他出主意，我怎么会找你家苍耳哥去偷煤？"

九月菊说："反正肖一刀没直接让苍耳去偷煤。"

"都别说了！"丁苍耳愤怒地制止二人。他忽然想起灶房里还有两蛇皮袋无烟煤，对九月菊说："糟了，上午去窑厂卖炭时，家里还留了两蛇皮袋。"又转脸问赵美玉："你家还有存货没？"

没等赵美玉开口，九月菊照着丁苍耳的腰踹了一脚："还不快去！"丁苍耳手摸着腰上被踹疼的部位，气急败坏地说："干什么？""把煤藏起来啊。"九月菊跳了起来。

赵美玉一转身，风一样刮向自家的院子。

婆婆听到一阵风闯进院子，忙举起小脚跨出门槛，脚被门槛绊了一下，扑通一声趴在门槛上，疼得鼻歪嘴斜。赵美玉抓住她的细胳膊像提小鸡一样把婆婆提起来，嘴上说："一把年纪了，脚下也不留点神。"婆婆大为不悦道："我听到门外有动静，以为家里招贼了哩。"

赵美玉问："罗汉呢？"罗汉是孙裁缝的名字。

婆婆说："给人送衣服去了。"

赵美玉一脸仓皇，急得冒火。她撅着屁股钻进床底下，用了吃奶的劲拖出两蛇皮袋煤炭，蛇皮袋被煤炭染得黑黑的，煤块的尖角从袋子里钻出来，刺着赵美玉的手。婆婆说："藏在床底下保险，拖出来怕人不知道怎么着？"赵美玉狠狠地瞪了她一眼。

赵美玉把两蛇皮袋的煤拖到门外的枯井边。那年大旱，梨园村几乎家家都挖一口井。赵美玉嫁过来的时候，孙裁缝家的井就废了，说挖井时没选好地方，挖了十米深，井像挤眼泪一样，几天也刮不出一瓢水。赵美玉找来绳子，一端系在蛇皮袋的扎口上，一端握在手上。赵美玉不能让几十斤重的一袋煤直接栽进井里，那样蛇皮袋就会炸裂，煤撒在井里不好办；她把蛇皮袋慢慢移到井口，手里握紧绳子，左腿绷直，右腿弯曲，身子后倾，状如拔河，一点一点地放着绳子，蛇皮袋垂直着滑向井里。两袋煤落到井底，赵美玉累得满脸是汗，脸上的煤灰让汗水犁出一道道沟壑，一张俊秀的脸庞被煤灰和汗水破坏得一片狼藉。

盘坐在地上的赵美玉又气又恼，竟呜呜地哭了，肩头痉挛似的抽动着。

赵美玉突然止住哭声，咬牙切齿地恨这个穷得叮当响的穷家破院，恨拿花言巧语把自己哄进门的孙裁缝，恨把一分钱夹在手缝里的小脚婆婆。最后呢，恨肖一刀。

那天她去诊所回来，肖一刀骑着自行车追上来，自行车龙头上挂着沾满油渍的帆布包，包里竖着两把杀猪刀。车轮滚到赵美玉跟前，肖一刀一条腿无比利索地一偏，身子就下了车。自行车带着惯性往前冲，肖一刀脚尖猛地一拧，脚下腾起一阵烟尘，车刹住了。

肖一刀说："美玉，美玉，停两步，我有话对你说。"

肖一刀犹如天降，赵美玉吓得一哆嗦。赵美玉说："你吓死俺了，一刀叔。啥事？"

肖一刀故弄玄虚地说："想不想弄几个钱花花？"

赵美玉说："做梦都想。怎么，你有路子？"

肖一刀把他听来的船闸那边偷煤炭容易得手又来钱快的消息告诉赵美玉。赵美玉踌躇一会，说："要是让人逮到了多丢人。"

肖一刀说："可以三更半夜动手，保证神不知鬼不觉。"

钱支书领着一队人马进了梨园村，队伍里有穿警服的派出所所长。钱支书说先到村部去，和北斗书记通通气，进了人家地盘不打声招呼怎么行？打了招呼，说我们来查案子，他不但不会怪罪，还会配合我们调查呢。

钱支书所言极是。

刘北斗从清河县考察完经济作物种植项目回来，好像捡了一块金子，脸上带着持久的笑容，滔滔不绝地跟老伴介绍考察的收获。心情一好，刘北斗手脚也勤快起来，一会到麦垛上扯草，一会把老伴手里的猪食盆夺过来端给饥肠辘辘的大猪小猪，老伴摸起木梳要梳头，刘北斗手伸过来，老伴挡住了那只手，说："出去几天，你咋像变了个人，平时家里油瓶倒了都不扶。"刘北斗说："这次出去考察，我是大开眼界啦，清河县几百亩黄花菜长得多好哇，要多中看有多中看。带队的乡长说梨园村不是有大面积旱田吗，怎么就不能学学人家种黄花菜呢？你别说，乡长这么一说，我这脑子就开窍啦，心里亮堂着哩。"老伴说："种那玩意儿能当饭吃？"刘北斗说："当然能。"

村部看门的五保户金大牙站在门外喊："刘书记在家不？"

刘北斗听出是金大牙的声音，没有马上应声，拿起烟袋插进烟包挖了一袋烟末，擦着火柴凑近烟末，吸了两口才走出院子。

金大牙说:"刘书记,快到村部去,村部来了几个人找你,还有两个穿警服的。"

一听来人中有穿警服的,刘北斗眉毛凝了一下,知道不是什么好事,心里不免有些担忧起来。

"哪阵风把你刮来啦,钱书记?"刘北斗笑呵呵地把钱支书让进他的办公室,又是沏茶又是敬烟。

"无事不登门。喏,这位是乡里派出所齐所长。"钱支书说。

齐所长点下头,僵硬地笑了一下。

齐所长向刘北斗简要介绍了案情,并说梨园村有人具有作案嫌疑。刘北斗还没反应过来,钱支书说:"老刘啊,是这么个情况,我船闸村收购站的煤让人偷了,有人反映早上去窑厂卖煤的人当中,有个人是你梨园村的。我们也没绝对把握说一定是你梨园村的人偷了煤。今天过来主要是了解情况,千万别为这事伤了你我的感情。"

刘北斗屁股上像着了火,身子猛地弹起来,睁着两眼说:"什么什么,梨园人偷你们的煤?抓到手脖子啦?梨园村老百姓确实是穷了点,但我可以拍胸脯说,我梨园村不会有人跑到船闸村偷鸡摸狗……"刘北斗的手扎实有力地拍在胸脯上,发出噗噗的声响。

"到丁苍耳家去看看。"齐所长说。

"走。"钱支书说。

一群人从赵美玉门前走过,赵美玉背对着那口枯井,那口井里像有一支枪指着她,赵美玉的背上旋起一股冷风。她的婆婆站在猪圈旁,像一根瑟缩着的枯草。

九月菊家的狗摸不清来人和主人的关系，不敢厉声狂吠，只是愤怒地看着一群面容严肃的人，喉咙里呜咽着。

九月菊心里敲响了锣鼓，腿上的肌肉顽固地跳动着。她故作镇定地走到刘北斗跟前，压低声问："刘书记，来这么多人，出了什么事？"刘北斗说："丁苍耳呢？"九月菊说："去骆马湖炸鱼了。"齐所长努努嘴，两个民警和朱金子等人闪进了堂屋，又钻进了灶屋，从灶屋里出来，踢开墙边的杂物，掀去堆在鸡圈跟的烂木头上的草帘……

钱支书成竹在胸地吸着烟。

刘北斗一脸阴沉地盯着众人的举动。

九月菊说："你们不问三七二十一，上来就乱翻一通，找到啥了？"

朱金子拐着腿说："有人说丁苍耳去窑厂卖过煤。"

九月菊起伏着胸脯说："哪个说的，把这人给我找出来，睁眼说瞎话，看我不撕烂他的嘴！"

齐所长说："早晚会查清楚的。"

一群人走出院子，九月菊手捂着胸口，深深地喘了一口气。

钱支书等人从草垛边经过，朱金子后面跟着。他忽然停下来，好像草垛里伸出一只手扯住了他。朱金子提起那条好腿，对草垛踢了两脚，突然抱着脚尖叫一声。

一个鼓鼓囊囊的蛇皮袋，被朱金子从草垛里拖了出来。

事后，赵美玉不止一次地数落九月菊，"哪里不能藏？非要藏到草垛里，草垛就在人家眼皮底下，不被瘸子朱金子发现才怪呢。"

"都是你让苍耳干的好事。"九月菊说。

"肖一刀这个挨枪子的。"赵美玉说。

"你早晚栽在肖一刀的手里。"九月菊说。

刘北斗当夜发了高烧，老伴听到他满嘴胡话，"梨园村人不会偷煤……不会偷煤，梨园村人不干鬼事……"

梨园村第一次召开规模盛大的群众大会。刘北斗眼窝里似搁着火炭，破口大骂，嘴角冒着白沫。梨园村人从未看到过刘支书这样发火。但人们又从心眼里敬他，服他。

"梨园村再穷不能让人家戳脊梁骨，梨园村人是个个有血性，梨园村支援过革命哩。"

刘北斗吐出的每一个字，沉重地砸在梨园村人的心上。

五 肖一刀的没落

肖一刀是跟镇上食品站曹红光学的手艺。

1974 年冬天，鸟雀饿得缩在屋檐下的洞穴里，那土坯房里的人，有着同样的遭遇和命运。粮囤里早就见了底，老鼠洞里挖出来的，被老鼠啃得残缺不全的花生、豆子和麦粒，都被庄稼人拼凑起来做成了美食。狗有气无力地趴着，愤怒而绝望地看着屋里把从旮旯里寻来的绝无仅有的红薯干嚼得清脆悦耳的牙齿。狗眯缝着眼，面前这残忍而尖锐的牙齿激活了某种血腥的记忆。它看到它的一条瘦骨嶙峋的兄弟，被吊在一棵树上，一把雪亮的尖刀轻车熟路地扎入咽喉，不动声色地将一张完整的狗皮从血淋淋的肉体上剥离；而后，用一把锤子钉在屋山墙上。一条狗很快被肢解，锅里炖了，主人们以空前的兴奋和热情龇牙咧嘴地咀嚼着。打着饱嗝的人，当着坐在门槛处的末日尚未来临的狗，剔着牙齿。

冬天的太阳落得慢，越是在天边挂着，人们就越是饥饿；太阳落了，就可以钻进像地窖一样的被窝里，用睡眠遏制饥饿。

肖一刀腰里勒着草绳，衣衫褴褛地缩着脖子站在苦楝树下，腋窝里夹着一只手电筒，对着太阳目不转睛。肖一刀也在等待红日西沉；不过，他不打算钻进被窝，他另有想法——他早就看到了几只瘦弱的麻雀钻进了盘在屋檐下的鸟窝。

肖一刀那晚用铁勺把麻雀煎了，像吃锅巴一样，嘴里发出清亮透彻而又动人的声响，这声响成了回荡在其记忆中的绝响。

"再不想点办法，这孩子就废了。"肖一刀的父亲瞅着面黄肌瘦的儿子的脸，对肖一刀母亲说。

"不如送到公社食品站他大舅那里去，兴许能找碗饭吃……"肖一刀看到母亲的眼睛，像挑了灯花的灯捻，突然亮了一下。

公社食品站其实就是屠宰场，站里大部分职工都是一流的刀手。肖一刀的大舅不拿杀猪刀，他是会计，他拿算盘。肖一刀起初给屠夫们打下手，做一些比如把猪赶进屠宰房、清除猪粪、洗涤猪大肠之类的杂活。再后来肖一刀身临现场，他看到叫曹红光的师傅喷着酒气，举起屠刀，凌空一劈，吊在铁钩上的一头刮了毛的肥猪就一分为二，接着又将两盖猪肉分割成若干条形肉块，整齐排列在草苫上，整个动作甚是流畅，一气呵成。肖一刀看得眼花缭乱，完全为师傅的动作精准、力度恰到好处的拿手绝活所折服。

肖一刀心里有了盘算。

曹红光看在肖一刀做会计的大舅的面子上，收他为徒。十六岁的肖一刀请曹红光在食品站对过的饭馆喝一顿山芋干酿就的烈酒。曹红光嚼着伴了酱醋的猪耳朵，无比兴奋地把杀猪要领传给了肖一刀。

"做公家的买卖一点不能马虎，顾客不仅看猪肉好不好，也看刀工优劣。"曹红光说。

送走了脚底不稳的曹红光师父，肖一刀很快就操刀杀猪了。

肖一刀从食品站回来，人们惊奇地说："食品站养人哪，你看原先脸上刮不了几两肉的肖一刀红光满面的，添了不少膘。"刘驼子对他的女人正月说："一刀这名字真没起错，就是杀猪的命。"正月说："俺种地人一年吃不上二两肉，你瞧瞧人家肖一刀，肚里填满了油，都是公家的油水。"

肖一刀不同凡响的气色让梨园村人想得很远、很深。人们想到了命运，想到了世间许多事情和道理，是那样的神秘莫测——饿得烧麻雀吃的肖一刀，转眼工夫就端上了食品站的饭碗，就变得气色红润，就在村里横着走路……

刘驼子每次去肖一刀家串门，都看到肖一刀的父亲像吹笛子一样，抱着一根骨头啃。刘驼子嘴里直往外冒水，梗着脖子把不争气的口水咽下去。

肖一刀在食品站杀猪的时候，刘北斗还是社员，他父亲领着他下地干活。刘北斗那时候还不算全劳力，拼了命地干活，一年挣下的工分抵不上肖一刀半年的伙食补贴。有一年年关，刘北斗和父亲一起拉着板车到镇上的食品站磅猪。父亲弓着腰拉车，刘北斗抻着脖子在后面推。刘北斗看到，汗水像糨糊一样，把父亲的夹袄和脊背牢固地粘在一起。父亲衣领上冒着热气。看着被捆绑在板车上，听天由命地呻吟着的两百多斤的黑猪，刘北斗的脑子里浮现出母亲弯腰咬牙端食喂猪的情形……

食品站的人扔一根烟给父亲。父亲接了烟别在耳朵上。肖一刀和父亲打声招呼，没顾上和刘北斗说话，对着已经从板车上卸下来，撤了绳子在猪栏外走动的猪屁股，猛踹一脚，猪一头扎进对面的猪栏，被关起来。

肖一刀的动作激怒了刘北斗。

刘北斗无法容忍曾经和自己光着腚下河捞苲草的肖一刀做出这种行为。

"使恁大劲，不怕踢断你的脚？"刘北斗说。

转眼年关又到了，父亲要刘北斗同他去食品站磅猪。这回刘北斗没同意。父亲说："我使不动你咋的？"刘北斗说不想看到肖一刀。父亲拗不过他，就让刘北斗把猪圈里的猪粪全都铲出来。

上天却存心捉弄刘北斗。肖一刀在食品站混得风生水起那年，刘北斗的父亲病了。赤脚医生拿手电筒照照舌苔，又捏住手脖子把把脉，结论是营养不良，严重贫血，肚子里要添点油水。赤脚医生的建议让刘北斗母亲很是犯愁——粗茶淡饭都供不上，哪来的油水？虽是这么想，但要让男人多活几年，医生的话不能不听。刘北斗母亲的嘴趴在她男人的耳朵上问："想吃点啥你就说吧……你身体得好起来，还指望着你挣工分呢。"刘北斗父亲翕动着干裂的嘴唇说："给……给我称半斤猪肉来……"

听到猪肉二字，刘北斗嘴里条件反射似的生出口水——他敢肯定，年关吃的萝卜炖肉已经成为遥远的记忆。一场风雪在刘北斗父亲想吃猪肉的时候，声色俱厉地包围了梨园村。身无分文的母亲，踩着雪满庄子借钱，乞讨一样走遍了梨园村。刘北斗攥着母亲借来的七角钱，一路风雪赶往食品站。肖一刀闪着比雪还亮的杀猪刀割了一块肋条，竖着刀戳了一个窟窿，一根草绳穿进去。刘北斗提着肋条，在肖一刀清凉的目光里离开了食品站。

父亲嘴唇亮着油光，眼里也有了生机。

父亲又扛起了犁铧，抡起了镢头……

在食品站做事的最后一年，肖一刀娶了一房女人，叫白玉兰。白玉兰是沙地人，沙地水土好，姑娘长得白白净净，明媚动人。相第一眼，白玉兰就没看上肖一刀，说他不仅人长得不受看，身上还有一股杀气。媒人启动了三寸不烂之舌，嘴贴着白玉兰的耳根说："人家是替公家办事哩，月月见钱，跟了他，亏不了你。——肖一刀可是有一门手艺的。"白玉兰像撵鸡那样撵媒人走。一旁择菜的母亲憋不住了，愤怒地说："不识好歹的东西，你婶子难不成让你往火坑里跳？"

肖一刀扯了一块最时兴的布料，提着一条猪腿，把这门亲事办妥了。肖一刀的父亲拍着胸脯跟人说："我就不信，凭俺家一刀的手艺，能娶不到中看的媳妇。"

白玉兰一过门，食品站就解散了。公社、大队、生产队都改了名，地分到各家各户，生产队长那把召集社员集体上工的哨子派不上用场了。原先公社办的食品站、兽医站、搬运站、农机站、供销社、木业社……没几年就陆续解散了。捧着集体饭碗的人也都回来种自家的责任田。

肖一刀看不上家里的几亩地，觉得种地是对杀猪这门手艺的亵渎。肖一刀在农活上的心不在焉、魂不守舍，让白玉兰大为恼火，白玉兰抹着眼泪跟他说："跟了你只说你在食品站上班，好歹一月能领几十块……现在好啦，食品站没了，地也不安心种，家里家外都推给我，你想让我早死几年吗？"

"我就不信不种这几亩地一家老少能饿死。"肖一刀咬着牙。

肖一刀开起了肉铺。市场一搞活，集镇上的肉铺就多起来了。杀猪的，宰羊的，血红肉白的摊铺前排着队，人们似乎要趁着政策惠民的好时光，把过去少吃的肉给补回来。肖一刀的生意风生水起，每天刀光闪闪，肉末横飞，像表演江湖上的杂耍。顾客被肖一刀的"魔法"吸引过来，夸肖一刀的肉好，也说肖一刀的刀工好。方圆几里的人把出栏的肥猪赶到肖一刀家。凭着公道的价钱和秤杆上的诚实，肖一刀在这一新生的行业里稳稳地扎了根。

在屠宰行业，肖一刀声名鹊起。

一把刀开创了肖一刀衣食无忧的生活。翻盖房子，添置家具，娶了儿媳，件件事情都让梨园村人看着眼热。刘驼子往正月身上爬的时候，正月阻止了他。正月说："你就干这事能，看看人家肖一刀，才杀几年猪？房子、家具、儿媳妇啥都有了，你看看你自个儿，这些年做成几件事，咱家巴根眼看都二十好几了，亲事连个眉目都没有。"

刘驼子挠着头："我又不会杀猪……"

刘北斗做村支书以后，路上碰上肖一刀就说："一刀你沾了政策的光，腰里硬邦了，可别忘了帮帮穷困户。"

肖一刀抹一把油乎乎的嘴说："北斗书记，你是村里的当家人，你说句话，我有多大力出多大力。"

肖一刀没有食言。他给养着一个哑巴儿子的剃头匠马大陆送过五斤猪大油，给过五保户孙刘氏两百块现金。刘北斗是村里最大的官，精明的肖一刀趁着月色提着一个猪头上门拜访。刘北斗说："我说一刀，猪头你提回去，有啥事你先说说看。"

肖一刀说："北斗书记，撇开你的职务不说，咱们可都是一个村的吧？自小在一起玩大的吧？拎个猪头给你也不是什么大不了的事。"

刘北斗要给钱，肖一刀生气地说："北斗你不是拿巴掌打我脸吗？"

刘北斗说："一刀我多说一句，做买卖要童叟无欺，千万不要短斤少两，更不要卖病猪肉。"

肖一刀说："这哪能呢。"

父母不幸罹难，让石磨一蹶不振。刘北斗担心这个孩子经不住打击，会做出糊涂事，派九月菊到门上去看看他，和他说说话。临近高考，石磨想放弃考试，九月菊苦口婆心劝他，辛辛苦苦读了那么多年书，无论如何不能半途而废，无论如何不能对不住阴世的爹娘。

石磨到肖一刀的肉铺前，对肖一刀说："一刀叔，我估计考不上大学，看来得复读一年……"肖一刀停下手里的活，抓起肉案上的抹布擦擦手，点了一支烟吸两口，说："早就听说你成绩在班里数一数二，怎么能考不上？"石磨说："一刀叔你不知道，高一高二时我成绩确实数一数二，到了高三就不行了……有些事偏偏发生在节骨眼上，我死的心都有，哪还有心思学习啊。"肖一刀听出石磨说的就是父母双双淹死在黑鱼河的事，叹了一口气说："唉，天有不测风云，人有旦夕祸福。这人哪，看着过得好好的，可谁能知道哪天出事？遇到了又能咋办？"石磨转了话题说："假如明年复读，手里能有台电脑就好了，上网查查资料可省事了，比老师还管用。"

肖一刀听出石磨的意思了，他没有去看石磨，拿起苍蝇拍拍死了一只苍蝇。

"一刀叔，你能借点钱给我不？"石磨小心地问。

"电脑这玩意儿可不是一钱两钱能买得到的。"肖一刀耷拉着眼皮说。

"……大概得上万吧。"石磨打量着肖一刀的表情。

肖一刀大为吃惊："什么？上万？乖乖，这得卖多少头猪能买一台电脑。"

石磨像抓着一根救命稻草，攥紧肖一刀的手说："一刀叔，咱村里就数你手里有钱，你就帮帮我吧，借我五千，我自己再添点，买一台旧的……钱我一定会还你的。"

肖一刀说："石磨啊，你不知道做买卖的难处，拿现钱去买猪，卖出去的猪肉回来的并不都是现钱，有不少赊账的呢，都是老熟人，又不能不赊……我上个月才从信用社做的贷款……"

石磨心灰意冷，正要悻悻离开，肖一刀说："石磨，你张一趟口我也不能驳你面子，我借给你五千。不过，我丑话说在前，这是信用社的贷款，你就付一分五的利息吧。"

肖一刀在石磨拿着钱离开的时候，意味深长地笑了。涉世未深的高中生，岂知一个老江湖的深沉与老练。

数月后，石磨借肖一刀的钱到期了，石磨正为还不上这笔钱愁得睡不着觉，村里传出重大消息：肖一刀出事了。

一头病猪砸了肖一刀的摊子。

那阵子，不少人家的猪遭遇一场突如其来的疾病，镇上的兽医马不停蹄地奔赴各家各户的猪圈。养猪人家的女人红着眼圈求兽医无论如何要医好猪身上的病，说家里很多要办的事都指望着圈里的猪。兽医一脸救死扶伤的庄严，又是注射又是喂药，终于无力回天了，大半年的汗水和辛劳都打了水漂。为杜绝病死的猪流入市场，镇里安排专人监督掩埋死猪，并拍照存档。

肖一刀从梨园村临边的小刘庄一个养猪户那里，获悉一条让他既踌躇又兴奋的消息。"有三百多斤重，你就给二百块钱吧，死了就一钱不值啦。"养猪户说。肖一刀说："的确有点可惜，但要是当好猪肉卖，让公家知道了，那是要罚款的，弄不好还得吊销营业执照。"养猪户从兜里掏出两盒烟塞进肖一刀的手里："肖师傅，这事天知地知，你知我知……"

那天集市上人头攒动，摩肩接踵，各类摊铺在讨价还价声中进行着称心如意的买卖。肖一刀嘴里吹着口哨，手上拿着尖刀，正经营着生意，工商所的人夹着包围住了他。肉案上被劈开的正是头天收来的病猪。

"这是从哪儿买来的猪？"一个头目气派的人厉声质问。

肖一刀像被起获了赃物的盗窃者那样，蠕动着肥厚的嘴唇，终于没有吐出一个字来。

肖一刀被吊销了营业执照，又交了两千元的罚金。

"瞧瞧，图便宜就是上当，这才叫偷鸡不成蚀把米。"白玉兰苦笑着说。

"我是让那人给坑了……"肖一刀一脚踢飞了旁边的狗。他在骂那个卖病猪给他的家伙。

肖一刀深入细致地梳理了事情的每个环节，他相信有过几十年杀猪阅历的自己，在购买、出售病猪肉这件事上，没有露出任何马脚，莫非是那个卖猪的走漏了风声？我和他无冤无仇啊……

六　木匣里的祖传秘方

　　从县城回来，石磨垂着脑袋，扛着被褥，提着蛇皮袋，趁着天黑的时候溜回村子。他不想见到任何人，哪怕是一条狗。石磨完全相信，此时此刻，梨园村的人和狗，都会用嘲笑的目光瞅着他。

　　谁晓得呢，在一个冲刺高考的高三学生眼里，高考落榜，无异于士兵在战争中丢失了阵地，而且是关乎命运的阵地。1994年的高考，是石磨等了三年的战争，石磨对这场战争充满了无限遐想。在遥望这场战争时，他心里升腾着悲壮与神圣。为夺取这场战争的胜利，他几乎废寝忘食，人也瘦了一圈，有时去食堂打饭的路上，头突然眩晕起来，他顺手搂住了一棵梧桐树，闭目站着。这一对梧桐树貌似亲昵的举动引来了同学们好奇的目光。那段日子，石磨做梦特别多，梦境中，他看到庞大的知识的阵容，它们神情肃穆，严阵以待；石磨的任务是战胜它们、征服它们……石磨把自己打磨成容纳知识的容器，他心无旁骛的投入和自残式的训练，让班主任感动得不能自持。班主任拍着他的肩说："李成人啊，公家的饭碗你端定了，你不用像你父亲那样挑着豆腐东奔西走了。"班主任说这话的时候，正是六月。蝉在窗户外的柳树上叫得歇斯底里，石磨一点不觉得烦躁，反倒喜欢这热烈的喧闹了，它们像布谷鸟一样，提醒庄稼人神圣时刻的来临。

　　一天晚自习课上，班主任阴着脸把石磨叫出去说了几句话。石磨回到教室就号啕大哭。同学们被哭声吓住了，个个面面相觑。一向寡言少语又自信好强的李成林怎么啦？班主任说："别哭了，抓紧收拾一下回家去吧。"班主任封锁了消息。同学们知道石磨父母罹难是几个月以后的事了。

石磨重返校园后，距离高考不到两个月。石磨的状态让老师忧心忡忡，任何一件意外事情的发生，对即将角逐高考的孩子都是致命的打击。尽管如此，班主任和其他任课老师都想尽办法对石磨进行心理疏导和精神安慰。石磨像一个受伤的运动员一样，在老师们温暖与关怀的推动下，咬着牙奋力向目标进发……

石磨被命运击倒在竞技场上。

成绩一出来，石磨的脸像被洪水淹过的庄稼地。他愤怒地扇了自己一个耳光，一个人躲在耸立着宿北大战烈士纪念碑的马陵公园一个角落里，呜呜咽咽地哭了个把时辰。他忽然想到了死去的父母。双重悲伤席卷而来，他的心痉挛一般地疼痛。

石磨躲在土坯房里，一连几天没有露面。他多么希望自己睡着的时候，房子能突然坍塌，把自己埋在一座巨大的坟墓里。就可以见到父母了，就可以忘掉那场战争的失败所带来的颓丧和耻辱了。石磨不吃也不喝，直挺挺地躺在幽暗的房间，像一条冬眠的蛇。墙角有窸窸窣窣的响动，夹杂着老鼠尖锐的撕咬声。石磨肠胃里发出沉闷、持久的响声，身体成了被抽去筋骨的皮囊，软塌塌地躺着。我要死了吗？这个想法迅即闪过。他仿佛听到死亡的狞笑。他手撑着床沿，咬着牙坐起来；一只肥硕的老鼠警觉而冷漠地看着他，长满胡须的嘴角挂着一丝冷笑。

石磨像下山一样，两条腿吃力地从床上挪下来，脚一落地，头晕眼花。他要去寻吃的吗？不。他惦记着放在东屋里的那台电脑，房子里最值钱的东西就是那台电脑了。他迷迷糊糊睡着的时候，梦到电脑让人偷了，他去追偷电脑的人，两条腿像灌了铅一样怎么也跑不动。他大声地喊叫，没有人理他。人都到哪里去了？莫非都死了吗？石磨又急又恼，又惧又悲。醒来时，摸摸额头上，全是汗珠子。

石磨来到东屋，电脑稳稳妥妥地放在书桌上，一块布料罩着。石磨揭去布料，像新郎揭去新娘头上的红盖头，心满意足地端详着它。

一台电脑几乎花光了从肖一刀那里借来的五千块钱，如果不说复读所需，把一分钱看得比磨盘还大的肖一刀是不会借钱给石磨的，虽然附带一分五的利息。现在，他不想复读了，这台电脑也就用不上了。石磨几次动过把电脑转手的念头，但去哪里找能出起这个价钱的人？

后来的意外发现，让石磨打消了卖掉电脑的念头。

石磨饿得浑身淌着虚汗，哪怕有一只老鼠他也会连皮带肉地吃了。他从供桌下找到一个没什么水分的红薯，红薯被老鼠啃过了，齿痕清晰可见。石磨顾不得恶心，三两口吃下肚，肠胃里发出一串响声，像对不干不净食物的指斥。

石磨又睡下了。不论白天还是黑夜，他不仅用门闩把门拴上，还用一根棍棒牢牢地抵住房门。他怕睡过了头，小偷挑开门闩，入室窃走那台比他命根子还重要的电脑。

不知什么时候，一阵急促的敲门声吵醒了他。

"石磨，石磨，你睡死啦？"九月菊手脚并用，对着门又砸又踢。九月菊已经有阵子没看到石磨了，心里一直惦记着石磨考没考上大学。她最喜欢听石磨讲学校里的事，九月菊这辈子连中学的门都没进过，更不晓得学校里发生的那些事。手里没什么事了，九月菊就想和石磨说话。来到石磨门前，看到石磨家的门锁着，估计石磨还没回来。娘家那头亲戚家办喜事，九月菊在娘家住了几天，一回来就去了石磨家。石磨家的门没有锁，她推一下，没推开，门好像从里面闩上了。"该死的石磨，准是在蒙头大睡哩。好好好，读书读累了，你就歇着吧。"九月菊笑呵呵地对屋里的读书人说。

朦胧中，石磨听出九月菊的声音。门开了，九月菊看到眼前站着的是一个头发蓬乱、面色蜡黄、二目无神、嘴唇干裂的人，九月菊一下子想到小时候看到的乞丐。

"我的天哪……"九月菊下意识地后退两步，嘴里这么惊叫着。

石磨吃力地睁着眼，自嘲地笑笑："我这副样子吓着你了吧？"

九月菊说："石磨，你可吓死俺啦。——咋成了这个样子，生病啦？"

石磨从九月菊脸上收回目光，垂着眼皮，脚尖擦着地，伤感地说："没有病。我感觉活着没意思……死了多好……"

九月菊手指着石磨的脑门："石磨你别说话吓唬我，什么死的活的？你到底遇到啥事啦？跟嫂子说说。"

几天没吃什么东西了，石磨的胃里腾出很大的空间，他一口气吃下五块九月菊烙的面饼，又喝了三海碗菜汤。吃完饭，石磨打着饱嗝对九月菊说："月菊嫂子，你要不敲门叫我，说不定我就成了孤魂野鬼了……"九月菊说："石磨兄弟，不是嫂子说你，考不好就考不好，明年再考不中吗？你倒好，一道坎没过去，就想死，我就不信，命就这么不值钱吗？"

"丢人啦，我哪有脸见人……"

"考不上大学就丢人？就得去死？"

九月菊伸出手，用手指梳理着石磨蓬乱的头发，"你又没偷，又没抢，怎么丢人了？话又说回来，各人有各人的活法，考不上大学的人，照样活得美滋滋的。俺小学还没毕业，论文化比你矮一大截，俺不也过得好好的吗？还有，你这次没考好，也不能全怪你，还不是摊上事了。"

九月菊没明说石磨摊上什么事，她怕再伤了石磨的心。但石磨知道，父母还没到寿终正寝的年纪就死于非命，血管里流淌着父母血液的他，能不肝肠寸断？能有心思备战高考？

石磨告诉九月菊，他会把她的话记在心上，会调整状态，重整旗鼓，一定活出个样子给村里人看看。不然就对不住五块面饼和三碗热汤。

石磨睡懒觉的毛病在梨园村几乎妇孺皆知。哪个人看到他，都说他没睡醒。刘北斗担心这孩子读书读成了废人，大学上不成，地也不会种，这怎么得了？作为梨园村的当家人，刘北斗对石磨睡懒觉的毛病绝不能熟视无睹，他没有能力让群众过上富裕日子，但不能没有教育年轻人学会自食其力的责任心。

吃完早饭，刘北斗去了石磨家。石磨的门关着。刘北斗料定他还赖在床上。他对着门愤怒地敲了半天，石磨才打开门，眯缝着眼说："尊敬的刘支书，门要让你敲散板了，你打算给我安一副新的吗？"刘北斗说："你小子不要跟我耍贫嘴。太阳都多高了，你还不起床？"当年，石磨父亲李有田和刘北斗父亲称兄道弟，但那时候刘北斗已经十六岁了，石磨还在她妈肚子里呢。将二十岁的年龄差距，石磨怎么也不能和刘北斗称兄道弟，况且刘北斗还是村支书。石磨改了口说："北斗叔，你是来看看我睡没睡懒觉呢，还是找我有事？你只管说，我现在是地地道道的农民了。"听到石磨这么一说，刘北斗的怒气荡然无存，不无关切地说："石磨啊，你父母亲都不在了，户头上就你一个人，种庄稼一定上点心，可不能荒废那两亩地。你还年轻，赶明要娶妻生子，成家立业呢，手脚不勤，好吃懒做，哪个嫁给你除非瞎了眼。"

石磨没有把心里的想法告诉刘北斗，在那个想法还虚无缥缈的时候，他万万不能说，尤其是村里的书记，万一不成，又不知惹来多少非议和笑话。

这个想法是在吃了九月菊的五块烙饼和三碗菜汤之后，他在无意中发现父亲生前收藏的木匣子时产生的。他为这个想法兴奋了好一阵子，这个想法像夜空里划过的一颗流星，又像一只火炬，高高地擎在他的手里；他看到了一条路，和路尽头那个召唤他的目标。他看到了自己全力向目标奔跑的姿态。

九月菊走后的第二天晚上，石磨不能再僵尸一样躺在床上瞑目等死了，他承诺过九月菊，但他还不知道怎么选择自己的道路，有一点他非常清楚：不能把自己禁锢在庄稼地里，不能像许许多多庄稼人那样在无休无止的劳作中变老变丑，直至死亡。但这绝非对农民的歧视。

石磨擦完电脑上的灰尘后，目光在房间里游移，他忽然看到墙洞里塞着一件牛皮纸和塑料纸包裹着的东西。难道是父亲用来挡风的堵塞物吗？石磨伸手把那包东西掏出来，那东西硬邦邦的，像是一个木器。

打开塑料纸和牛皮纸，一个枣红色小木盒赫然入目；再打开木盒，石磨看到一个单薄的油印小册子和小册子上让他又惊又喜的《李氏豆腐制作秘籍》。石磨从小册子上弄懂了李氏豆腐的历史和身世。在发现这本小册子之前，石磨只知道父母把泡透的黄豆上磨推，磨成糊糊状，包在纱布里，放在木架上，像揉面一样揉捏和挤压，挤出的汁液流进盆里，入锅烧煮，点了盐卤……白净净嫩生生的豆腐就出来了。可为啥父母做出的豆腐好吃呢？为啥李家的豆腐有过辉煌的历史，在御膳房的菜谱上也赫然在列呢？父亲津津有味地讲过李氏豆腐的辉煌与荣耀，也唉声叹气地说过豆腐给李家门庭带来的灾难与屈辱。但对李氏豆腐的配方与做法，父亲只字未提。石磨可以理解父亲为何闭口不谈，大概是希望儿子日后走读书这条路，做个吃皇粮的人，怎么能让他在磨盘和锅灶间熬日月呢？

石磨在夜深人静的时候，深入琢磨小册子上的内容，同时打开电脑，从网上搜索有关豆腐的制作流程和主要配方的条目，与小册子上的介绍进行比对。在比对中，石磨有一个重要发现：李氏豆腐，也就是石磨祖上磨制豆腐的工艺和配方，电脑上只字未提，这意味着李氏豆腐配方是独一无二、绝无仅有的。石磨没有完整观察过父亲做豆腐的过程，对所谓的李氏豆腐制作配方更是一无所知。石磨又去县里的档案馆查阅几本县志和有关史料，他再次被县志上的记载惊呆了。县志上说："乾隆年间，乾隆帝六下江南五次驻跸于骆马湖西岸之皂河古镇，在镇上一家饭馆吃到了李氏豆腐，乾隆帝龙颜舒展，喜不自胜，啧啧赞曰：'此乃天下之美食也。'民国初期，有军阀头目为取悦袁世凯，差人送去一包李氏豆腐，孝敬正张罗登基称帝的袁世凯……"

在档案馆里，石磨兴奋得差一点跳起来。

九月菊看到石磨正在电脑前拧着眉陷入沉思。九月菊不认识电脑，对石磨说："石磨你是肥肉埋在碗底下，买了电视俺都不知道。"石磨说："这是电脑，不是电视机。"九月菊说："这玩意儿，俺听都没听过，是不是带电的脑子？"石磨瞅了她一眼："它可比人的脑子管用多了，你想知道什么它就告诉你什么。它连着全世界哩。"九月菊吐出舌头，像三岁小女孩那样一副惊奇的样子。石磨敲击键盘，移动鼠标，向九月菊演示一番。石磨没有告诉九月菊自己的想法，他想等那个想法开花结果了再对她说也不迟。

九月菊出门时，石磨说："我买电脑的事不要出去乱说。"

梨园村人看到石磨时，都说这孩子跟前些时大不一样，精气神十足，走起路来步子跨得又大又有力。"今天要去哪里啊，石磨？"石磨骑着自行车从下地干活的人跟前经过时，人们都这么问。石磨一只手扶着车龙头，一只手指向县城方向说："去县里办事。"

剃头匠马大陆从镇上回来对刘北斗说，石磨去过乡政府，他看到过两次。马大陆的剃头挑子就摆在乡政府对面的集市上。刘北斗的脑门上波动着皱纹，他开始琢磨石磨为啥去乡政府了——找亲戚办事？乡政府没他的亲戚啊……找同学？没听他说过……莫非他去乡里告状？刘北斗心里紧了一下，想了几个来回也没想到有得罪石磨的地方。但他还是不放心，他想观察观察再找石磨谈谈。

收完麦，豆子、玉米也都种下了，庄稼人进入农闲时节，终于可以喘一喘气了。刘驼子告诉刘北斗，石磨家还是一片麦茬地，一粒玉米也没种，人不知又跑到哪里去了。

刘北斗还没腾出工夫落实石磨的下落，就接到派出所的电话。电话里说："梨园村的李成人涉嫌聚众斗殴，打伤了人，已被公安机关刑事拘留。"电话里还说:"李成人释放回家后,村里要认真对他进行帮扶教育,增强他的法制意识。"刘北斗搁下电话,咆哮起来:"上次有人偷煤炭,这次又有人受公安处理,让我这张老脸往哪搁啊……"刘北斗两腿一软,坐在地上,两只苍老的手在黑白混杂的头发里抓挠着。他想起了赵厚德的话:"只要村里平平安安,家家和和睦睦,全村没人惹是生非、伤风败俗是达标;搞好集体经济、增加群众收入……这些目标只有在上述基础上才可能实现。"

七 吃低保的年轻人

《李氏豆腐制作秘籍》石磨看了几十遍，上面的内容他几乎能倒背如流。他不知道这是列祖列宗中哪一位先人的作品，他无须考证李氏豆腐制作流程和配方出自何人之手，至关重要的是，将这个配方用到豆腐加工中，重振李氏豆腐产业，需要他立即付诸行动。

一个问题困扰着石磨，他几乎陷入失眠状态，好不容易合上眼，鸡就叫了。什么问题在困扰他呢？钱。石磨想过像父母那样，靠一头驴，一盘磨，一口锅，进行小作坊式的豆腐加工，每天加工几十斤豆腐，卖几十块钱，刨去成本，能赚二十多块钱。靠这样单打独斗，一天几十块的进项，能成气候吗？何年何月能发家致富？石磨很快推翻了这个计划。他有更深入长远的谋划。他想把豆腐办成一个产业，让现代流水线生产模式代替传统的小作坊式生产。他想有一个团队来支撑和推动这个产业，让李氏豆腐在食品市场上占有一席之地。不仅如此，还要形成品牌，扩大影响，提高声誉，让在历史上曾风光一时又一度沉寂的李氏豆腐重获新生；当然，他还有鲜为人知的让他怦然心动的愿景和梦想……

但这需要投资。投资和技术是创业的两条腿，缺一不可。高中政治经济学老师在课堂上就阐述过类似理论，那时听起来索然无味，现在回想起来，老师灌输的经济学知识似乎比别的学科更为重要。

石磨知道，政府对个人创业，尤其是民营企业是大力支持的，市场经济时代是社会主义经济腾飞的时代，也是个人创业和各类民营企业快速崛起的时代。进入高中，石磨就思考过农民的人生和命运。土地改变不了他们的命运，但他们又不得不躬耕劳作，从土地上获取活着的资源，获取繁衍后代的成本。他们一踏入人世，就与土地融为一体。身为农家子弟，石磨从进入高中那天起，就立志苦读，用知识突破在泥土和庄稼中跋涉的农民命运的重围。但高考失败给石磨当头一棒，他彻底颓废中，发现了那只木匣子，发现了李氏豆腐配方。他像被击倒的拳击手，再次站了起来。

石磨在找政府之前，决定和高中同学王东方谈谈。

王东方也是梨园村人，比石磨晚一届，石磨落榜第二年，王东方也紧随其后，回家跟父母学种地。王东方人比较精明，写一手好字，出手的文章可圈可点。刘北斗私下里将石磨和王东方放在一起比较，认为王东方是个人才，可以培养使用。刘北斗安排王东方到村里协助他做一些杂事。

石磨和王东方在镇上的一个饭馆谈笑风生地碰着酒杯。石磨夹一条红烧鲫鱼搁在王东方跟前的盘子里，说："东方，你现在是村干部了，往后可得多照顾老同学啊。"王东方脸一沉，把筷子放在桌上说："石磨，你还让不让我喝你的酒？都是老同学，怎能说出这种话。充其量我只是个打杂的，能算村干部？"石磨端起一杯酒，立起身，毕恭毕敬地倒进嘴里，讪讪地说："我说错了话，罚一杯酒，行了吧？"王东方说："石磨你听着，我俩永远是兄弟，不管日后谁发了，都不要忘了兄弟之间的情分，能帮则帮，能扶则扶……"石磨说："那是当然。"

石磨把发现《李氏豆腐制作秘籍》和王东方说了，又向王东方和盘托出他的关于筹资创办豆腐加工厂的想法和思路。

"我一定要把这事办成。"石磨自斟自饮了一杯酒，语气十分坚决。

王东方一怔："什么，你有祖传配方？啊呀呀，石磨你要咸鱼翻身啦，那可是个宝贝，一定要搞出点名堂来，别辜负九泉之下的先人。"

石磨说："东方你能这样说，我更有信心了，只是……"

王东方问："只是什么？"

石磨说："如果按照我设想的那样投资，至少需要五万块钱，光一套设备就得七八千呢……我到哪里去弄钱啊。"

王东方建议石磨找合作人入股垫资，再到银行贷款。石磨说："做贷款希望不大，家里就三间土坯房，拿什么抵押？"

王东方说："先拿出方案报给乡政府，请乡政府出面协调，银行是可以贷款给你的。"

这天晚上，石磨正在电脑上查询创办小型企业所需手续、基本路径和主要流程等资料，肖一刀的声音闯进门来："石磨在家吗？"石磨脑子里嗡的一声，肖一刀准是要钱来了。石磨打开门，肖一刀怒气冲冲地跨进来，用犀利的目光盯着石磨。石磨端来凳子给肖一刀，赔着笑脸说："一刀叔您座。"肖一刀看都没看一眼，两只胳膊抱在胸口，没好气地说："知道吗，石磨，我不杀猪了，我的摊子让人砸了。你借我的钱赶紧还我。"石磨说："一刀叔，这事我一直放在心上，我把家里的粮食卖了，再去亲戚家借点，凑齐了还你。"肖一刀说："我给你三天时间，要不然我把老婆孩子带到你家吃住。"

　　这就不近人情了，也是货真价实的威胁。肖一刀走了。看着肖一刀蛮横的背影，石磨鼻子发酸，眼角湿润了。他想到了杨白劳，只有此刻，他才能体会到杨白劳的悲苦和无助。

　　石磨熬了两个通宵写出了《李氏豆腐加工厂创办方案》，打印装订好几份，去了几趟乡政府，不是找不到领导，就是领导们提出了各种意见，认为条件不成熟，暂不能给予扶持。石磨决定去县政府有关部门去碰碰运气。又想到肖一刀定下的还钱日期还有一天，只有先去城郊的表姐家借钱了。殊不知，让他倍感耻辱的事在等着他。

　　从表姐那借了三千块钱，再把家里的小麦、玉米卖了，凑凑估计差不多了，肖一刀那道坎总算跨过去了。这么一想，石磨心里就松快多了。石磨骑着自行车，嘴里吹着口哨，刚到城北一家包装厂的门前，看到几个小青年手持棍棒、砍刀追砍一个人。现场杀气腾腾，石磨吸了一口冷气。他把自行车支在路边，远远观望着。那个被追砍的人一掉头向石磨这边跑来。"哎呀，这不是朱春旺吗？我的老同学！"石磨向前快走几步，对一脸惊慌的朱春旺说。朱春旺显然已认出了他，来不及说话，对石磨努努嘴，示意他闪过去。出于一种本能，也可能是一种感情和责任，石磨没有躲闪，迅速蹿上前，截住了那伙人。一个身着短袖花衬衫、脖子里套着金项链的瘦高个子扬起砍刀吼叫："滚开！这刀可不认人！"后面紧跟上来的人疯狂地叫嚣："砍他！砍他！"石磨如战场上的一名勇士，置身于险恶之境，面对砍刀和棍棒，畏惧和胆怯居然潮水一样地退却了。浑身的力量迅即汇集到手背上，石磨一把攥住那只握着砍刀的手脖子，像掰玉米棒那样用力一掰，那只手弯曲了，砍刀噗的一声落地，又弹跳起来，砸在一个长头发人的脚面上。长头发尖叫一声，抱着脚像斗鸡一样转了两圈。后面的一根棍棒凶神恶煞扑上来，石磨敏捷地一闪身，那棍棒准确有力地砸在花衬衫的头上，血如泉涌，喷了石磨一身。被吓得面如土色的朱春旺拉着石磨说："李成人快跑！"

石磨推着自行车和朱春旺一路小跑离开现场。只听后面有人叫嚷："赶紧报警啊，要出人命啦……"

石磨没走十里路，被警车拦住了。刑拘、审讯、取证、判决，整个流程快速而流畅。石磨蹲了三个月的监狱。

刑满释放那天，刘北斗亲自把石磨领回来。石磨像害了一场大病，头发又长又脏，面容憔悴不堪。看到这个样子，刘北斗又心疼又生气。

"作死哩。"

刘北斗说完这句话，就不再说什么了，闷声不响地蹬着自行车往家赶。石磨坐在自行车后架子上，哭丧着脸。刘北斗的沉默对他来说是一种折磨。他多么希望老支书劈头盖脸地训他一番，哪怕骂他一顿也行。石磨对老支书惧怕了。他有天大的冤枉要申，他有万般的委屈要诉；但面对闷葫芦一样的老支书，他哪来开口的勇气呢。

刘北斗把石磨带到家，让老伴擀面条给他吃。石磨吃了三大碗手擀面，又吃了两个荷包蛋。把监狱里欠下的饭食全补回来，头都没抬就把三碗面条吃了，谁见了都会认为这孩子是饿死鬼托生的。

刘北斗终于说话了，像积攒很久的洪水终于破堤而出。

"年纪轻轻的不学好，犯法的事也能做吗？"刘北斗滋滋地吸着烟袋，瞭了石磨一眼，"父母都不在了，你也成人了，能过日子了，怎么还不懂事？年轻气盛，争强好胜，你荣誉啦？俗话说，'好事不出名，坏事传千里'。这下好喽，你不仅丢了自己的人，也坏了梨园村的名声……"刘北斗越说越激动，腮帮抽动着，眼睛鼓突着，样子十分吓人。"你看看，全村哪家地里不是青苗成片，再看看你的地里，麦茬朝天，荒草长了半人深……就不怕别人骂吗？"刘北斗有点不像村支书了，倒像一个说话尖刻的监工。老伴怕石磨受不了，赶紧过来拉场："你就少说几句，犯了错咱改了就是……石磨你说是吧？"老伴对石磨挤挤眼，示意石磨配合她。石磨笑着说："是的是的，婶子，俺一定改……""改了好，改了好。"婶子附和说。

"你学学王东方，人家也没考上大学，但这孩子争气，是棵好苗子，再培养几年让他去乡里做事。"刘北斗温婉着语气说。

石磨把自己关在屋里，这回他不是僵尸一样躺在床上等死，也非闭门思过——公家虽让他坐了三个月的牢，但他并没有罪，也就没有因罪而生的愧怍、悔恨和耻辱感。别人怎么看他他管不了，他知道自己是清清白白、干干净净的就行了。

石磨继续在幽暗的土坯房里捣鼓着。他捣鼓什么呢？没人知道。尽管乡里没有明确表态对他拿出的创业计划给予支持，但他不会就此断了念想，他不能让那个让他兴奋得睡不着觉的计划尚未启动就胎死腹中。不能。绝对不能。不到黄河不死心！

石磨画了一张图纸，看上去像个地道。地道与地面之间用台阶连着，造型和电影《地道战》里的地道有点相似。石磨端详着图纸，不时用铅笔修改着，像设计师那样的投入和谨慎。

早饭正愁着，九月菊来了。石磨未见其人先闻其声。九月菊朗声粗气地说："哎哟石磨，俺以为你不回来了呢，回来也不到俺那坐坐，嫂子又不能把你吃了。"石磨有些难堪了，毕竟蹲监狱不是什么光彩的事，九月菊说话实在不受听，又不能发火，就说："你巴不得我一辈子不回来吗？"九月菊被这话刺了一下，拉下脸说："我说石磨，你是不懂嫂子的心还是怎么着？我跟你上辈子有仇啊巴不得你不回来？听说你让公安带去了，俺愁得好几宿没睡着觉呢。还说这话，真不识好歹。——你家的玉米还是俺跟赵美玉帮你种的呢。"

石磨十分感激，忙向九月菊道歉，并表示付给九月菊玉米种和工钱。九月菊说几十斤玉米种也值不了多少，搭上点工夫更不用挂在嘴上。石磨深信九月菊说的不是客套话，梨园村最入他眼的是九月菊。他羡慕丁苍耳娶了个好女人。

九月菊问他吃饭没有。石磨说："正愁着呢。"九月菊说："家里还有几个韭菜盒子，还热着呢，我给你拿去。"九月菊转身出了门，一根长辫子蛇一样扭动着。

"趁热吃了，就剩这四个，够不够？"九月菊眨着眼睛看鼓着腮咀嚼的石磨。

石磨心里涌动着热流，五脏六腑都沐浴在春阳里。九月菊尽管没打听他出事的来龙去脉，但他觉得有必要把事情真相告诉她。九月菊虽然不是他的女人，但他希望自己的形象在九月菊的心里完美无缺。

他说完了事情的前因后果，末了说："要不是肖一刀逼我还钱，我那天也就不去我表姐那借钱了，自然就看不到我同学被人追打。那天要不是我出面，我同学肯定被砍了……"

九月菊的愤怒指向了肖一刀："肖一刀真不是个东西，逼你还钱买棺材吗？"她忽然幸灾乐祸地告诉石磨："他现在杀不成猪啦，他卖病猪肉让人举报了，营业执照被工商所没收了，哈哈哈……""知道谁举报的吗？"九月菊顽皮地指着自己的鼻子，"是老娘我，看他能的。"九月菊告诉石磨，那个卖病猪给肖一刀的人就是她娘家那头的本家叔伯，她走娘家时叔伯透露了这条消息。她不想让肖一刀赚昧心钱去害人，又想到肚里淌坏水的肖一刀出主意让赵美玉偷煤炭，结果赵美玉啥事没有，自家草垛里让人起了赃，苍耳被拘了一个礼拜，还罚了五百元。

石磨知道九月菊的男人丁苍耳偷人家煤炭被拘留的事，却不知道是肖一刀出的主意。

石磨的"船"搁浅了。他一个月内乡里、县里跑了五六趟，一无所获，最后两次连门都没进，就让保安拦住了。石磨怒火中烧，却不能在政府的地盘上发作，垂头丧气地回来了。

刘北斗的话让石磨情绪坏到了极点，他瞬间崩溃了。刘北斗是这么跟他说的："石磨，乡党政办来电话说，你三六九去乡里、县里找领导帮你创办什么豆腐加工厂。可有这事？"石磨说："有这事。但没一个领导给我答复。我搞不清要帮群众办点事，扶持群众创业致富，怎么就这样的难？就这样的难？"

不久，刘北斗和他领导下的梨园村百姓们，看到一个游手好闲的年轻人，闲云野鹤地东游西逛；一个早睡晚起、衣着邋遢的二流子，蹲在墙角，拿着草棒清点蚂蚁数量；一个精神萎靡、消极颓废的汉子，用仇恨冷漠的目光，打量着这个深不可测的人世……

看到石磨这个样子，刘北斗既心疼又恨铁不成钢，他不能就这么由着他混下去，由着他变成行尸走肉。作为村支书，撤开自己的责任不说，就凭和李有田生前那份交情，他也得让石磨做个安分守己的种地人。眼下，首先要解决的是石磨基本生活保障问题，——刘北斗听说左邻右舍经常送点吃的喝的给他。

乡里让各村上报贫困户名单，刘北斗让王东方把石磨名字写上。名单在公示栏里一贴出来，就惹来不少闲话，有的说石磨身强力壮，不瘸不瞎，怎么也轮不上他吃低保；有的说好吃懒做、游手好闲的都能吃上低保，那拼死老命干活的人就该吃亏不成？还有的说这是在拿钱养懒汉还是怎么着……字字都难听，句句皆刺耳。村委会有人建议把石磨名字拿掉，刘北斗不同意。刘北斗说我能眼睁睁看着石磨那孩子吃了上顿没下顿？生活没有保障，你知道他会做出什么事来？梨园村丢人现眼的事还少吗？咱还是革命老区呢，流过血死过人呢，干革命的同志拿命换来的好日子都不去珍惜，对得起九泉之下的先烈吗？我看啊，不能让咱们的好传统毁在一些人的手里。

石磨成了梨园村最年轻的"低保户"。逢年过节领导下来慰问，石磨和其他低保户或多或少地领到慰问金和米面、豆油之类的食品，有时还能收到社会上爱心人士捐赠的棉被衣服。

肖一刀去九月菊家串门，跟丁苍耳说："这年月没关系啥事办不成，你看石磨不就靠他死去的父亲和老支书那点交情吃上了低保？你家老少几口日子过得紧巴巴的，吃低保有你的份没？"丁苍耳说："俺没那个命。"

肖一刀压低了声音说："早先我在食品站杀猪时认识一个同事，听说他儿子在乡政府民政科，我帮你问问。"

丁苍耳听了这话，一把攥住肖一刀的手，用力抖着说："一刀叔，这事不管成不成，我都得请你喝酒。"肖一刀笑了，丁苍耳的话让他心里升腾起一种神圣与自豪。

八　骆马湖的浪花

　　骆马湖和洪泽湖相隔一百余里，是镶嵌在苏北平原上的两块明镜。在月光如水的夜晚，骆马湖和洪泽湖聆听着运河奏响的柔美绵长的夜曲。骆马湖在历史上曾因沂、泗、沭诸条河流肆意闯入而水患频发，漫溢的湖水吞噬良田，摧毁庄稼，殃及民众。骆马湖盛满了庄稼人的眼泪。自从骆马湖建成国家水库，骆马湖像一匹被驯服的野马，温顺地效力于它的驾驭者。

　　骆马湖烟波浩渺，船来帆往，上有鸥鹭飞翔，下有鱼虾游弋。不仅盛产鱼虾蚌蟹，也装满神话传说。

　　九月菊的男人丁苍耳穿开裆裤的年纪就喜欢母亲给他讲关于骆马湖的传说。

　　那时丁苍耳趴在母亲的怀里，睁大两眼，等着母亲讲让他沉醉的故事。母亲在开讲前，像老师上课一样先启发一下丁苍耳。母亲问："这骆马湖是怎么来的呢？"丁苍耳歪着头说："天上掉下来的。"母亲突然一笑，胳膊一弯，把刘北斗揽在怀里，对他腮帮上嗫一口："我的小乖乖，你快成神仙啦！"母亲像进入角色的演员，讲一个来自天上的遥远的故事——

　　这骆马湖啊，从高处看很像一匹大马的脊盖，尾巴还扫着大运河呢。

　　话说很久很久以前，天宫中有一匹小龙马，长得膘肥体壮，油光水滑，叫起来声音比雷声还要大，真是地动山摇啊。听说这小龙马一生只叫过一次，那是老龙马生它的时候，一出娘胎，它就高兴地吼叫了一声，可是这一声吼叫竟闯下了塌天大祸。这天王母娘娘正在蟠桃会上做寿，天上神仙都过来给她祝寿。小龙马的一声吼叫几乎把王母娘娘吓得从座位上跌下来。她忙派二郎神去查问哪来的怪叫声。二郎神查后回报，是小龙马干的。王母非常生气，生气起来眼珠子瞪得比铜铃还大，这可了不得啦。你猜王母娘娘咋说？王母娘娘说好大的胆子，敢在我蟠桃会上闹腾，罪该万死，叫二郎神把小龙马拉出去砍了。

老龙马听说儿子要被处斩，哭得死去活来，忙恳求王母说："娘娘，你就抬抬手吧，小龙马不懂事，是我教子不严，请娘娘念它刚出生无知，我愿替他服罪。"

身边的太白金星说："老龙马替子服刑，但是它仍是玉帝乘坐的龙驹，有功于天宫，请娘娘免其死罪。"

王母娘娘说："二郎神听令，老龙马替子服罪，念她有功，免她一死，快把它打下天宫，罚到人间，永远不许回天宫。"

临走前，老龙马对儿子说："儿啊，以后不要再叫了，要想妈，就把眼眨巴几下，妈就知道啦。"

就这样，老龙马被二郎神打下人间，落在马陵山脚，四个蹄子陷进泥里，身子把平地压下几丈深。

俗话说母子连心，小龙马思母心切，它担心老龙马在人间受苦，就偷偷地拨开云头向下看。只见马陵山下方圆几百里连年大旱，土地生烟，禾苗干枯，黎民百姓叫苦连天。心想，这红日当空，烈焰万丈，也不知道母亲生死如何呢。小龙马顾不得天规戒律，便私自下凡探母。它来到老龙马面前，刚张嘴想大喊一声"母亲"，忽然想起不能喊，自己就是因为喊叫才闯的祸。它就向老龙马眨眨眼睛说："母亲，你受苦了！"

老龙马说："儿啊，母亲虽然不能自由，但身体还好，多亏一位善良的小姑娘搭救我，她每天都要送一罐水给我喝，母亲才没有渴死呀！"

小龙马听了非常感激，问道："那小姑娘住在什么地方？"

老龙马说："就住在山坡下附近的村子里。"

这时，小姑娘又来送水了。她十一二岁的年纪，个头不高，拎着一罐水显得很吃力，累得满头是汗。小姑娘把水送到老龙马面前说："快喝吧，喝完了俺再去拎。"

没等老龙马答话，小龙马急忙上前深施一礼，道："谢谢您，小妹妹！"

小姑娘吃惊地看着小龙马，问："你是谁？俺不认识你呀？"

老龙马说："它就是我给你说过的，我那个作孽的儿子小龙马！"

小姑娘说："小龙马，你不在天宫，跑来这里做什么？"

"因为日夜思念母亲，就偷偷到人间来了。小妹妹，我真不知道如何感谢你救我母亲的大恩大德呀！"小龙马说着，又要拜谢。

小姑娘急忙劝住道："你母亲是为了疼爱儿子才甘愿受罚的，俺搭救她也是应该的呀！"

"你人虽小，却有一副好心肠啊。"小龙马又问："此地到处干得生烟，你是从哪里弄来的水呀？"

小姑娘说："就在马陵山上，那儿有块滴水崖，一滴一滴往下滴着水呢。不过，每天得起早去等，等晚了，就没有了。"

"我跟你一起去等水，好吗？"

小姑娘点点头。

小龙马和小姑娘成了好朋友。他们兄妹相称，从此，天天一起去山上滴水崖等水，来来去去，高兴得又唱又跳，有说有笑。老龙马几次催促小龙马快回天宫，小龙马留恋人间，就是不愿意走。

老龙马觉得天再这样旱下去，黎民百姓就没法活了。就对小龙马说："儿啊，眼前如此大旱，龙王又不降雨，母亲我有天宫神符加身，动弹不得，如何才能解救这一方黎民百姓呢？"

小龙马想了想说："母亲放心，我去吸一口河水来解除旱情。""那要犯天规的。""我不怕！"说着，小龙马真的张口对天河吸了一口水，又向四周喷去，天空顿时下起了大雨。老龙马也乘势帮助小龙马吸水、喷雨。就这样大雨下了三天三夜。马陵山周围旱情解了，庄稼得救了，大人孩子都万分感谢小龙马母子救了一方黎民百姓。

后来，玉皇大帝知道了这件事，赦免了老龙马，重新召回天宫。老龙马离开后，身底下留下一个马脊背形状的大洼塘，常年积水，越积越大，就形成一个大湖泊，人们就叫它落马湖。据说，每逢月明风清的夜晚，湖边人经常能看见，有一匹小龙马驮着一位美丽的小姑娘在湖上奔跑，马蹄踏起水波，发出比唱歌还好听的声音，真的跟做梦一样。一年一年过去了，不知从哪年起，到落马湖安家落户的人越来越多，人群中出了姓骆和姓马的两大家族，人们就把落马湖又改成了骆马湖。

母亲讲完故事，抬起手腕擦眼里的水。丁苍耳也伸出小手去擦母亲的眼睛。眼里含着泪的母亲有点不好意思，对丁苍耳说："我的儿，妈也不知怎么了，哭鼻子抹眼泪的。"母亲又说："儿啊，这老龙马是疼儿子才落到凡间来的，看到人间闹旱灾，就和儿子一起喷水降雨，救黎民百姓。神仙都有善心，人更要有善心，既要善待亲人，也要善待别人。记住没？"

丁苍耳使劲地点点头说："妈，我长大也做小龙马。"

进入少年，丁苍耳念书不上心，倒成了捞鱼摸虾的好手。

正是秋高稻熟时节，丁苍耳手捏一柄鱼叉，兜里装着一瓶炸药。他站在骆马湖东岸石砌的湖堤上，身后是丰茂的蒲草。他要干什么？炸鱼。丁苍耳打算请屠夫肖一刀喝酒。无鱼不成席。这是梨园村人的说法。丁苍耳本打算到黑鱼河去炸，因为他母亲说过，骆马湖是个神湖，里面住着老龙马，它在大旱年间喷雨浇灌庄稼，对马陵山下黎民百姓有情有义，怎么能恩将仇报，往湖里扔炸药呢？可要想吃上低保，就得对肖一刀有所表示。

凭什么石磨能吃低保，我丁苍耳不能？他石磨单身一人，无牵无挂，自己养活不了自己？要说穷，哪家不穷？要说吃低保，哪个不够资格？丁苍耳望着波光潋滟的骆马湖，心里愤愤不平着。他这是在生刘北斗的气，生村里的气。母亲的话被心里升腾起来的愤怒和不平冲得荡然无存，丁苍耳横下心准备再炸一次鱼。

丁苍耳在石堤上来回走着，眼睛盯着湖面，他在观察水里的动静。他从瓶子里掏出几条蚯蚓，扯成几截扔进湖里，湖面漾出一圈涟漪。这是在投放饵料，把鱼引过来便于下手。水面上放着水花，丁苍耳知道鱼来了。

富有炸鱼经验的丁苍耳没有急于扔进炸药，他忽然想起了九月菊的话。

九月菊说："肖一刀的话你也信？他给赵美玉出主意偷船闸村煤炭，你也跟着去偷，结果怎样？让公安拘了七天，还罚了五百块。我看肖一刀就是扫帚星。"石磨一心想着那个充满诱惑力的"低保金"，哪里听进九月菊的话，他替肖一刀辩解说："那是我该倒霉，又不是肖一刀报的案。这次帮我办'低保'，我看肖一刀是诚心的，他说乡里民政科他认识人，没准能把咱家吃低保的事办成。咱家老少几口就靠几亩薄地过日子，穷得几年添不了一件新衣服。要说日子过得舒坦一点的，上几年数肖一刀，肖一刀现在不杀猪卖肉了，家里那点积蓄早晚干。现在就数戴昌兴了，人家在煤矿挖煤，每月百把块的收入，女人水仙带个孩子种点地，过的是神仙的日子，哪个能跟他家比？"

九月菊冷笑一声："那是人家的本事，你除了捞鱼摸虾，还有啥大本事？不想法子挣钱，又打起了公家低保的主意。我告诉你苍耳，肖一刀要是能把这事办成了，我头砍给你。"

九月菊的话败坏着丁苍耳的兴致，他索性不再吭声，心里笑了："女人见识。等老子低保办下来，看你还怎么说。"

丁苍耳又向湖面撒了一把米，米眨眼工夫就沉下去了。湖面上又起了水花。丁苍耳判断，水下有鱼在争食饵料。他快速拿出装炸药的盐水瓶，将雷管插进瓶子，擦着火柴点燃雷管，雷管滋滋地着了，一阵风吹灭了它。丁苍耳心里骂了一声，又擦着火柴点上。这回雷管无比亢奋地滋滋冒着烟，火苗一步步接近瓶子里的炸药，它要点燃炸药的激情，制造出惊天动地的声响。

丁苍耳拿起炸药瓶准备往湖里扔，看着火苗窜到了瓶口，那只握着炸药瓶的手居然抖了起来。这是未曾有过的。他努力控制住那只手。心怦怦跳着，像面临着某种威胁。"丁大胆，你抖什么？"丁苍耳对手抖心跳的自己恼羞成怒了。

丁苍耳像投掷手榴弹那样，用力把炸药瓶投进那片放着水花的水域。由于用力过猛，身子失去平衡，丁苍耳和炸药瓶一起射进湖里。

砰——

湖面掀起冲天的水柱，像水里跳出一条硕大的白鱼。那白鱼瞬间粉身碎骨，跌进水里，变成一簇洁白的浪花。血液如墨汁洒在宣纸上，染红了跳跃着泡沫的湖水……

刘北斗是被九月菊凄厉的哭声吵醒的。他从乡政府开会回来，一路想着分管农业副乡长的话："农民要增加收入，农业务必要走产业结构调整的路子，要在种植粮食作物的同时，适当增加种植经济作物的比例……"刘北斗回家喝了点酒，上床睡了。

刘北斗冲出门，经过肖一刀门前，迎面碰上肖一刀的女人白玉兰，手里拿着铁勺，直着脖子向西看。刘北斗问出了什么事。白玉兰一脸忧戚地说："不好啦，听说月菊家的苍耳去骆马湖炸鱼炸坏了自己……"

白玉兰的话像一阵狂风卷着一团乌云，向刘北斗压来。刘北斗问这事可当真？白玉兰说："怎么不当真？俺能编假话诓你？那是有人看见了，才跑来跟九月菊报的信……"

四条汉子抬着一张木床，走在苍白的秋日里，像抬着一口棺材。木床上网格状的绳索兜着丁苍耳残缺的尸首。人们架着九月菊磕磕绊绊地跟在木床后。刘北斗黑着脸，紫褐色的胸脯剧烈地起伏。悲伤和愤怒蹂躏着他。"老天爷啊，我梨园村没有做对不住你的事啊……"刘北斗在心里控诉着。

被抬着进门的丁苍耳如一把刀子，切割着他母亲的心肝。母亲瘫坐在门口，双手扑打地面，悲伤覆盖着这个三十岁上死了男人，一把屎一把尿地把丁苍耳拉扯成人的村妇的面孔。

"……孩子他爹啊，你睁眼看看吧，你的儿丢下我，找你去啦……啊呵呵……呜呜呜嘿嘿嘿……苍耳啊，我的儿，你咋和你爹一样狠心的呦……"

老人的哭诉，制造出沉重的气氛，挤压出九月菊积蓄已久的眼泪。婆婆仰着面哭，眼泪和鼻涕混合着灌进嘴里。

婆婆忽然收了哭声，咳嗽起来，那是被泪水和鼻涕呛着了。在一旁抹着眼泪的刘驼子女人正月见状，忙握起拳头在老妇人的肩上捶着。"老嫂子少哭两声，摊到这事，只能认命啦……"正月又展开拳头，在九月菊婆婆的胸口上下抚摸。

九月菊哭声大作，双手扯着头发，又拿头撞向床沿。床上的丁苍耳晃了一下。赵美玉死死地抱住她。九月菊像溺水者在赵美玉的怀里扑打着、挣扎着。

刘北斗大喝一声："听话，月菊！"

现场的女人们围上来，七嘴八舌地劝说着、安慰着、埋怨着。九月菊的婆婆倚在正月的怀里，嘴里没了哭声，只是一口一口地喘气。

按当地风俗，死者入殓前要剪剪头，到阴曹地府方能体面一些。剃头匠马大陆这回要当着众人，在丁苍耳那缺了一只耳朵的头上演示手艺了。石磨把丁苍耳僵硬的头颅捧在手里，按照马大陆的要求调整它的高度。刘驼子歪着头，眼睛盯着马大陆手里的剪刀，小声提醒马大陆：

"大陆，苍耳这是在阳间最后一次剪头，你要上点心。"

马大陆觉得刘驼子说这话实在不是时候，心里骂道："等你死了，我非给你剃个阴阳头。"

马大陆剪完头退下，刘驼子接着给丁苍耳搽脂抹粉。

这是一个阴阳交接的仪式。梨园村见证着这个仪式。

黑鱼河边的墓地又多了一座土坟。

梨园村多了一个年轻寡妇。

九月菊烧完头七纸回来，石磨跟她说："嫂子，往后这日子更难了，实在不行，让刘支书给你办低保吧。"

九月菊的眼里空洞无物，她像置身于空旷的原野，心里也空旷着、凄楚着。

"走一步是一步吧，苍耳就是死在吃低保上……"

刘北斗躺在马大陆的躺椅上，马大陆捏着剃刀给他刮脸。

"听说肖一刀打算找人给丁苍耳办低保……"马大陆手里的剃刀在刘北斗的脸上轻柔地游走。

"公家的低保谁想吃就能吃？"刘北斗闭着眼。

"丁苍耳要请肖一刀吃饭，才去湖里炸的鱼……"马大陆手里的刀停下了。

"肖一刀又害了一条命。"刘北斗候着那停下来的剃刀。

刮完脸，刘北斗清清爽爽地站起来，掸去身上的碎头发，付了钱，说："说千道万就一个字——穷。不穷谁愿意吃低保？光荣还是怎么着？要我说啊，大陆，亏你有个手艺，挣几个零花钱，要不然日子也够呛。"

马大陆叹着气说："日子还能将就着过，不瞒你说北斗兄弟，我别的不想，就惦记着哑巴能有个人照顾……"

刘北斗看马大陆一眼，没有接话。他知道，梨园村正常人都找不着媳妇，你马大陆的哑巴儿子能有份吗？

当着马大陆的面刘北斗万万不能说这话。这不是伤人吗？

九　鸡飞蛋打的马大陆

　　梨园村剃头匠马大陆做梦也没有想到，拢共花了六千块钱为哑巴儿子买来的媳妇跑了。

　　马大陆一口气喝了半碗酒，扬起手把酒碗摔在地上，一脸愠怒地骂头天还喊自己爸的女人的祖宗。

　　狗对着骨头正啃得投入，听这一声响，吓得弃了骨头夺门而出。哑巴儿子蜷在床头，扯着头发，呜呜哇哇地哭，又不是纯粹的哭，哭声里混着话。愤怒的马大陆也不晓得儿子在说什么。

　　"你连个女人也看不住，被窝还没焐热，这人就没影了，"马大陆红了眼，抖着手指向哑巴儿子，"我看你就是光棍的命！"酒点着了马大陆。每句话都是一簇火焰，灼人。床头的哭声止了，哑巴儿子泪涟涟地抓起被角堵住嘴，他怕哭声惹来马大陆一阵拳脚。

　　门上的对联还红着，上面的字还亮着，墙上的"囍"字如一朵盛开的牡丹，曾经映红过马大陆的脸，照亮过马大陆的心。那段时间马大陆像安卧在温暖褓褓里的婴儿一样舒服自在，这才叫人过的日子啊，马大陆这样认为。不过，说良心话，这要感谢李芹芹，是这个女人填补了他们残缺的日子。

　　哑巴儿子婚后头几天，马大陆照常担着剃头挑子上集，只是收摊比往常早了。路上碰着熟人，人家就取笑他："大陆啊，这就回啦？还没下集呢，急着回家吃饭吗？"马大陆提前收摊做什么？喝酒。新媳妇李芹芹看到狗冲进门，就知道马大陆回来了。李芹芹把酒盅、筷子、菜碟等一套喝酒家什摆上桌。菜是喜事上的剩菜，热热就行。马大陆像品酒师一样一小口一小口地品，品一口，嘴就咂巴一下，嘴咂巴一下，就瞅一眼门上的对联。

现在，马大陆不这么喝酒了，出了事，再这么喝，就不像话了。马大陆本想好好享受享受喜日子赐给他的待遇，比如对着鲜红的对联和"囍"字，一小口一小口地品酒。以前，除了逢年过节，马大陆是很少喝酒的，又没遇上喜事，喝什么酒呢，不是败家吗？马大陆坚信，只要能把住嘴，挣下的钱一个子儿都不会少——不然，哪来六千块钱要个儿媳？谁知道呢，好日子就像一盏油灯，没亮几天，就让一阵风吹灭了。是什么风呢？马大陆想了半天，终于弄明白了，是时运。

对联和"囍"字成了嘲笑。马大陆踉跄着走近对联，一把扯下，揉成团，往身后一抛。马大陆听到自己的哭声在喉咙里轰鸣。

马大陆还不能确定李芹芹去了哪里，就是万一出事，也不能声张，他丢不起这个人。梨园村光棍多，媒人没少往梨园村跑，也吃了人家的酒肉，拿了人家的糕点，可相完亲的女子一看男方的家庭，心里就凉了半截。媒人哄那女子说："男方家还有一头母猪呢，很快就能下小猪仔了，一窝能卖几百块，翻盖新房也不过是一年半载的事。"女子才不听媒人的鬼话，死也不嫁入梨园村。担着挑子走南闯北的马大陆算是见过世面的手艺人，他听说花钱能解决问题但实际让马大陆对此事深信不疑的是一位到他那里剪过头的男人，这人说他最近花钱办成了，光棍的日子算是熬到头了。马大陆偷偷地兴奋着，他知道托媒人介绍那是鸡蛋吹响，连个门都没有；要是走他的路，兴许有个指望。有了这个想法，马大陆一边打听路子，一边拼命地攒钱。

机会终于找上了门。二十世纪六十年代当过兵的黄淮河要给他牵线保媒，马大陆一口答应了。马大陆说苍天有眼，菩萨显灵，都不忍断了马家的香火。马大陆视黄淮河为恩人，逼着哑巴儿子给黄淮河磕了三个响头……

马大陆决定把这事先跟黄淮河说一说。

马大陆说事的时候，黄淮河一直在马棚前喂鸡，手里的稻谷一粒一粒地撒出去，好像和鸡玩一个游戏。马大陆咳嗽一声，黄淮河这才回过神，看到马大陆黑着脸，他把手里剩下的稻谷全撒出去，直起身问："人走几天了？"

"早上走的。"

"早上走晚上就不能回来？说不准出去做什么了。"

"我看不像。过门这几天，她一直和马根在一起，没单遛过，附近又没她什么亲戚熟人。"

黄淮河马上阴了脸说："李芹芹是个大活人。你就是能管住她的人，也管不住她的腿，再说她又不是你牵回家的一头牲口。"

黄淮河的头都是马大陆剃的，但黄淮河从不在集市上让马大陆给他剃头，非要马大陆下集后担上剃头挑到他家去。在马大陆的客户中，只有黄淮河享有这个待遇。事情办得十分顺手，比马大陆手里的剃刀走得还要利落。

见黄淮河生气，马大陆支吾着。"我是花了大价钱的，你看……"

黄淮河哑着嘴："大陆，我跟你说，当初一男一女到我棚子里找水喝，男的说女方是他表妹，离过婚，只要男方肯出一笔钱，条件差点也成。我掂来掂去，觉着你的哑巴儿子合适。人带去你家时，情况就跟你说了，事情由你定下的，万一有什么闪失，你们也是周瑜打黄盖——一个愿打，一个愿挨。我黄淮河可没从中捞一分钱好处。"

马大陆听出黄淮河有推卸责任的意思了，但黄淮河话说得滴水不漏，句句在理，还有什么可说的呢。

天上黑影，马大陆蹲在门口一根接一根地吃烟，一张瘦削的脸，像隐在云雾里的骷髅。

马大陆回屋搜索一番，他以为李芹芹藏在被橱里或床底下。马大陆不仅没找到李芹芹，连她几套新衣服也下落不明。哑巴马根从床底下掏出一双鞋递给马大陆，指指脚，又指指门外，意思是说李芹芹怎么能光着脚出门。马大陆一个耳光过去。马大陆后来跟人说，李芹芹跟他玩的是金蝉脱壳。

次日早上，马大陆把黄淮河堵在家里。马大陆说："黄淮河，我受你坑了，李芹芹跑了，连衣服也跟跑了。马根结这个婚，给她六千元，买衣服打家具什么的花两千元，前后总共花八千元。她跟马根满打满算过十天。我牙缝里挤出来的钱，全叫她骗跑了，还不算欠下的一屁股的账。"

黄淮河说："你跟我算这个账有什么用？你爷儿俩一对窝囊，连个女人也守不住。"又拍着心坎说："马大陆我说这话搁着，我要是从中使一分钱，我活不到明天。"

马大陆噗噗地喘了一会儿气，忽然似有所悟，眼里放着光，手一挥说："这两个肯定是一伙的，是放鹰的。"

受了启发，黄淮河心软了，给马大陆一根烟，点上火，说："你以前就吃过放鹰的亏，这次怎么就没多长个心眼儿呢。听口音，他们都是不远人，早晚能碰到，万一失手让公安抓了，说不定能把这档事给供出来，骗去的钱兴许能追回来。"

马大陆照常上集操起剃头的营生。只是，马大陆重重心事在剪子或剃刀上老有闪失。往常，一个老者过来，坐上躺椅，闭目候着。马大陆在热水盆里浸湿毛巾，拧干，往对方头上一焐，捏住剃刀，抬起胳膊，嗤嗤嗤，刀光掠影，如走龙蛇，顷刻，一个光头青光闪烁。临走，那老者拍拍马大陆的肩，说："这个头来世还是你的。"言毕，满意地去了。现在，马大陆有些反常，剪子老不听使唤，剪子走得深一脚浅一脚的。有一回，给一老顾客刮胡子，刀锋走偏了，对方感觉不对劲，伸手一摸，一手红。老顾客眼一翻，嘴里射出一口痰，说："我说，马大陆，你今天心里有事？"马大陆忙抬起袖子揩去对方头上的血迹，一个劲地赔不是。

纸里包不住火。马大陆家鸡飞蛋打的事让人知道了。

刘驼子见了马大陆，言语里带着关切："大陆师傅，听说你几千块钱打了水漂？"

马大陆侧着脸，他不想让刘驼子看到他的脸，他甚至认为刘驼子存心看他的笑话。

梨园村的女人们凑在一起谈论的话题都是马大陆家的事情。

"瞧瞧，好容易娶一房儿媳，家底都赔进去了，竟没落住人。"

"马大陆娶儿媳走的不是正道，你想想，哪家说亲娶亲不是经过定亲、下彩礼、择日子、瞧客、回门这些关口？这是老规矩，按老规矩办，婚姻才牢靠些。马大陆倒好，和哑巴媳妇娘家人面都没照一个，也不知人家底细，一把手就给人家六千元。事省了，钱倒没省一个。"

"听说是黄淮河牵的线。"

"那就找黄淮河去……"

马大陆担着剃头挑子从女人们身边经过时，看到的是一张张挤眉弄眼的面孔，他就加快步子，几乎是跑着的。马大陆想要是生一对翅膀一头扎进云里就好了。

马大陆想把这事告诉刘北斗，征求刘北斗的意见能不能报案。但转而一想，跟刘北斗说一定会惹来一顿数落。新媳妇进家门那天，马大陆大张旗鼓地摆了十几桌酒席，场面的热烈在梨园村的婚嫁史上绝无仅有。梨园村很久没有这样热闹过了，梨园村很久没人娶媳妇了。刘北斗并没有被马大陆家的喜事冲昏了头脑，他了解马大陆儿媳妇的来路之后就担忧起来："大陆，这媳妇怎么说上的？可不可靠？"马大陆说："刘支书你放心，是黄淮河保的媒。"刘北斗说："打听过人家的底细没有？哪里的人？"马大陆支吾着："……我、我也不大清楚，我也问过，没问出什么……"刘北斗说："娶媳妇是件大事，一定要把好事办妥，千万不能出什么岔子。"刘驼子的女人正月插话说："大陆这也是没法子，哑巴也是个人，总不能让儿子一个人过一辈子吧？看看，咱村多少长得有模有样的男人找不着女人，女人倒不嫌男人长得丑，是嫌家里穷。"

正月的话触及了刘北斗的隐痛，他当众自责起来："改革开放多少年了，咱梨园村还是穷啊，我这个村支书，没带好头，领好路，我有责任……"

马大陆像过筛子一样把事情的前前后后过了一遍，一些疑点终被证实。李芹芹第一次上门时，马大陆就把话说开了，说马根是个哑巴，心眼正，手脚勤快。李芹芹说我离过婚，没孩子。马大陆问李芹芹家住哪，家里都有什么人。李芹芹说娘家有个兄弟，还有一个娘，跟兄弟过，爸早就不在了。马大陆说办喜事按老路走。李芹芹说不用。马大陆要求至少去乡里登个记。李芹芹说身份证没在身上，结完婚再说。马大陆还想问点什么，李芹芹出去了。

有人提醒马大陆多察听察听，摸摸底，别是好是歹都往嘴里刨。

钱交到李芹芹手上，马大陆几夜没合眼。

看着李芹芹上下一新地从院门进进出出，孤注一掷的马大陆心里松了一些。

早饭后，马大陆收拾好剃头挑子，因为集市还没上人，就倚在门边抽烟。狗在马大陆脚边绕来绕去，有催促马大陆赶紧上集的意思。心里窝着火，马大陆上去一脚把狗踢翻。马根拾掇完饭桌，又去拌猪食，屋里一趟，屋外一趟。这种活儿本该由女人来做，马根就能腾出来到外面做点事，虽说不会讲话，做个体力活，比如跟人做瓦匠活完全可以。或许是祖坟埋错地儿了，这个家留不住女人。马根屋里屋外忙着的时候，马大陆的目光追光灯一样跟着他，心里不由一阵酸。马大陆觉得对不住马根，昨天骂马根看不住女人更对不住马根。自己不也是看不住女人吗？

二十多年前，在公社宣传队，马大陆和一个姑娘好过。不过最终那个能歌善舞的姑娘让家里许给了别人，姑娘的爹说嫁给剃头匠的儿子能有什么好。马大陆没有缠着人家，只是觉得有点对不住那姑娘，因为在玉米地里他让姑娘失了身。

几年后，马大陆的爹也老了，从爹的手里接过剃头挑，操起了爹的营生。三十露头了，马大陆还是个单身。一次，村里来了几个四川女人，说是寻婆家来的，只要男方正经，给三千块彩礼钱就成。这个价在当时能修一座房子。马大陆的爹觉得这是个千载难逢的机会，就动了心，七拼八凑弄了三千块给儿子买了一个女人。女人看上去老实本分，看不出传说中所讲的放鹰迹象。放鹰是民间说法，是女人结伙骗人的一个伎俩。往往是，选好一户老实人家，由富有江湖经验的媒人出面，谈好价钱，也不用举行任何仪式，女方就在男家过上了。开始，女的伪装得滴水不漏，举手投足都像过日子的行家里手，待时机成熟，就逃之夭夭。

马大陆的爹想碰碰运气，拿出三千块和四川人做了一锤子买卖。第二年马家添了个男孩，马大陆的爹喜得笑弯了腰。有次，媳妇在灶房烧饭，在床上睡觉的马根醒了，见不着娘，哭得脚蹬手刨。马大陆的爹抱起孙子直奔灶房，嘴里说："乖，莫哭啦，吃奶啦。"媳妇伸手来接，马根还是哭。马大陆的爹生气了，�’着嘴说了一句自知不妥的话。马大陆和他的爹做梦也想不到，马根两岁的时候，女人跑了，还顺手拿走了家里的一只香炉。马大陆的爹从此魂不守舍。马大陆几次看到他趴在娘的坟上哭得天昏地暗。

女人走了，好在给马家留下一条根，续了香火。马根四岁那年春，马大陆在门前的菜园里种瓜，马根在旁边玩一条蚯蚓。天刚擦黑，马大陆回屋时，看到一只黄鼠狼拖着一只鸡仓皇而逃。马大陆抡起铁锨砸过去，一锨砸中腰部，黄鼠狼身子一收，一个弹跳，顺着院墙脚的排污洞口溜了。没几天，马根发了高烧，只是哭，不说话。医生说孩子被高热蒸得不行了，送医院又不够及时，多数会出些问题。

马根病是治好了，却哑着嗓子呜呜哇哇说不出一个字。村里人说这孩子完了，是个哑巴。

马大陆头往门上撞，撞得鼻青脸肿。邻居守着马大陆，怕马家再有闪失。

"造孽哩，要是女人不走，孩子咋能落下这个残疾。"一个老人拐杖戳着地儿说。

这天是个逢集日，马大陆不上集了，他打算去桃园村摸清一件事。这件事对他来说非同小可，他甚至觉得有可能会碰上自己要找的人，那六千块钱就能追回来。桃园村距离梨园七八里地，马大陆常去那里给人剃头。马大陆心情格外好，好像盼望已久的人在等着他。心情一好，脚下就走得轻盈，一路跟着风。挑子在肩上十分柔顺，微微颤悠中，马大陆听到扁担两端盆架和躺椅发出的微妙乐音。

马大陆在桃园村外一棵柳树下搁下挑子。生意来了。一个五十多岁的汉子收拾得很体面，笑笑地走过来，往躺椅上一坐，说："马师傅，今天剪这个头要上点心。"这个人马大陆面熟，却叫不上名字。马大陆说："剪平头还是分头？"那人说："剪分头。"马大陆说："听说有女人来这里寻婆家。"那人说："嗯呐，来了三个，我相中一个。"马大陆说："女方多大？"那人说："三十六岁。""哪里的？""安徽的。"马大陆心里凉了半截，年龄和住址都不对，不是李芹芹。

剪完头，那人付了钱要走，马大陆拉住他，说："老弟，现在出来放鹰的不少，都是骗钱的，可要留个心眼儿。我就吃过这个亏。"

没几天，马大陆在集上又遇上那个人，他骂骂咧咧一番，末了，对马大陆千恩万谢地说："马师傅，亏你提醒我，那个女人根本没真心跟我过日子，跑几次都让我逮着了，我就打，她跪着跟我说家里有个孩子，还有卧床不起的男人。看她怪可怜的，我给她五百块钱，放她走了。我就是打光棍的命。"

马大陆说："要找就找个本地人，离婚死男人的都成，不要图省事。"

马大陆没有等来那个叫李芹芹的女人。

马大陆诅咒着这女人。

那以后，人们看到马大陆魂不守舍，唠唠叨叨，像得了魔怔。马大陆手里的剃刀常常走偏，把顾客的脸刮出血来是常有的事。

"不能再找马大陆刮脸了……"

梨园村的人都这么说。

十　赵美玉的觉醒

丁苍耳坟头长草的时候，九月菊的低保办下来了。

死了男人，九月菊的家基本瘫痪了。瞅着魂不守舍的婆婆，脸上挂着眼泪要吃要喝的孩子，九月菊手足无措了。她扫地的时候，看到了床底下贴着"敌敌畏"标签的农药瓶，标签上印着两根交叉的骨头和骷髅，让九月菊不寒而栗。丁苍耳撒手人寰带来的悲伤，压得她喘不过气的生活，而这农药似乎成了一个可怕的暗示。

九月菊一条腿跪在床前，端详着那只药瓶。九月菊闭上眼，呼出一口悠长的气息。

黑暗，潮水一样涌来。

九月菊把"敌敌畏"拿在手里，只需一口，她就将离开这个世界。浓烈刺鼻的药味逼得她一阵咳嗽。

"九月菊——在家捂白脸哪？"

九月菊拿药瓶的手猛地一抖，她听到赵美玉的声音。九月菊垂着头，几乎没有说话的力气。赵美玉径自走进门，夺过九月菊手里的药瓶，声如响雷："月菊你要死啦，你能狠心丢下这个家？"

九月菊咧开嘴号啕大哭起来。

赵美玉拉着九月菊的手到了村部，质问刘北斗："刘支书，月菊该不该吃低保？"刘北斗说："这个……村里正在研究。"九月菊瘫坐在村部会议室，哭得眼泪澎湃，擤一把鼻涕甩在会议室的墙上。刘北斗见状,连声说:"马上给你办,马上……"

这一出戏演得恰到好处。九月菊留赵美玉在家吃饭。赵美玉告诉九月菊,她跟孙裁缝过够了,想和他离婚。九月菊吓了一跳,问赵美玉是不是在开玩笑。赵美玉说早就有这想法了,只是抹不下脸来……九月菊问赵美玉到底为啥要离婚,是不是孙裁缝有外遇了。听九月菊这么问,赵美玉夹菜的筷子停下了,愣了会儿说:"那倒不是……唉,家里穷得叮当响,男人瘸着一条腿,除了在缝纫机上缝缝补补,还能有啥大出息?"

赵美玉这话说得过分了。改革开放之初,个体工商户和手工业者如雨后春笋,争奇斗艳。早年患有小儿麻痹症的孙罗汉,跟镇上一位老裁缝学了一年手艺,在村街上开了一家裁缝铺。开了铺子后,人们明里暗里都叫他孙裁缝。孙裁缝那条病腿和手里的拐杖一样粗,细长的脖子上长着一张刀条脸。这么一个其貌不扬的残疾人却天生一张巧嘴,红口白牙地说出每句话,就像绚丽的花朵。女孩子们就忘却了孙裁缝肢体上的残缺,平静的心被孙裁缝一张能说会道的嘴吹出了涟漪。

找孙裁缝做衣服的大多是女人。

"孙裁缝,麻烦你给做一条裤子。"

女人从塑料兜里拿出一块的确良布料。孙裁缝笑容可掬地拄着拐杖过来,拐杖支着腋窝,一条腿悬着,接过女人递过来的布料问:"你自己的吗?"那女人抿嘴笑了一下算是应答。

孙裁缝拿出皮尺圈住女人的腰,手和皮尺贴着女人的腰移动着。女人屏声静气地配合着孙裁缝。孙裁缝说:"真是标准的尺寸。"那女人又抿嘴笑一下。显然,孙裁缝的话让她激动得不能自已。

"三天后来取。"孙裁缝用柔软的语调说。

一个四十岁上下的中年妇人一眼相中了孙裁缝的手艺，她说闺女初中毕业了找不到事做，问孙裁缝收不收徒弟。赵美玉的母亲把赵美玉交到孙裁缝的手里。赵美玉从心理上对拄着拐杖的孙裁缝是排斥的。她对她的母亲说，她不喜欢这个孙裁缝，扭着腚走路的样子有点吓人。母亲瞪了她一眼说："你这死丫头竟胡思乱想，我让你跟他学手艺，又不是让你跟他过日子……"

孙裁缝又收了一个女学徒。赵美玉喊她小师妹。晚上到点了，赵美玉和小师妹收拾完手里的活，提着包准备回家。孙裁缝让赵美玉晚走一会儿。孙裁缝说："美玉，你把这块料子裁了，人家等着穿呢。"赵美玉噘着嘴，在案板上摊开布料，拿来皮尺，按照量好的尺寸，用彩色粉笔贴着皮尺画线。每一道线都是剪刀要走的路线，绝对不能出现半点差错。

赵美玉专心画线的时候，拿粉笔的手被孙裁缝鸡爪一样的手捉住了。孙裁缝说："来，我教你画，下手要稳，不能抖，线画斜了可以涂了重画，要是剪子走斜了咋办，拿针缝上吗？"

孙裁缝那晚对赵美玉进行着深入细致的技术指导。狭小的铁皮房里，粉红色的灯光营造出明媚的春光。赵美玉加速的心跳，向她释放出某种信号。

"天不早了，我得回去啦……"

赵美玉提起布包就要走。孙裁缝一脸盛情地说："美玉，你加班到现在，估计饿了吧？师父今晚留你吃饭……咱不去饭店，我去买点熟菜在铺子里吃。"

赵美玉坚持要走。孙裁缝生气了："不给师父面子？师父又不是……"

赵美玉喝了半瓶劣质红葡萄酒，头重脚轻地拎包出门，孙裁缝拄着拐把赵美玉送到家门口。赵美玉家的狗狂吠不止。孙裁缝举起拐杖以防不测。赵美玉担心狗叫惊动了母亲，对狗厉声呵斥。

赵美玉跟九月菊说，在孙裁缝铁皮房里喝葡萄酒没到半个月，孙裁缝亲手给她缝制的面料考究、款式新潮的连衣裙，让她横下心嫁给孙裁缝。等母亲看出迹象，孙裁缝已经把生米煮成了熟饭。赵美玉的母亲闹过、哭过、骂过，左邻右舍都劝说，事已至此，就由他们去吧。"宁拆一座庙，不毁一桩婚"嘛。赵美玉过门那天，母亲蹲在一条河堤的槐树下哭了一天。将近一年母女没有来往。赵美玉母亲逢人便说："我真是瞎了眼，把闺女送去学裁缝，天知道这号人肚子里藏着多少鬼心眼儿。"

嫁到孙家头几年，孙裁缝以出众而持久的殷勤与体贴珍爱着赵美玉这块温润美丽的玉石。沉浸在孙裁缝的温存中，赵美玉完全忽略了男人和拐杖一样粗细的腿脚。去孙裁缝的裁缝铺做衣服的人，瞅瞅赵美玉不在那里，就奚落孙裁缝："孙裁缝，咱梨园村好胳膊好腿的都没讨上赵美玉这样的女人，真是便宜了你……"孙裁缝也不生气，娶了赵美玉，比啥都强。

孙裁缝在床上把人家的话学给赵美玉听。赵美玉说："你被人家耍了，还学给我听。"

孙裁缝对女人赵美玉照顾得更加无微不至。

不知是天灾还是人祸，一年后，孙裁缝的父亲和本村人一起去山东做买卖时死在一家客栈里。和孙裁缝父亲同去山东的人用芦席把孙裁缝父亲裹了，赶着驴车把尸体拉回来。那人无法向孙裁缝一家人说明真相，只说可能是得了陡病，也可能是遇到谋害……

时间一闪身迈进二十世纪九十年代。服装市场活跃起来，紧跟时代潮流的各式各样的服装让年轻人眼花潦乱。靠传统手工缝制衣服的行当日趋衰落，大街小巷里的裁缝铺不是改换门庭就是撤离市场。

孙裁缝把铁皮房卖给一个钟表匠维修钟表。他常常在夜深人静时出现在铁皮房前，曾经的孙裁缝在这里收获一个俊俏的女人。孙裁缝竖起耳朵，他仿佛听到缝纫机轮子的旋转声、徒弟赵美玉的嬉笑声，以及这个铺子所带来的好运与良缘。

失了业的孙裁缝像一只断了翅的鸟，在赵美玉的冷漠和牢骚中扑腾着。手艺荒废以后，孙裁缝再也不能轻车熟路地把顾客的钱赚到手里，拿到家里。开裁缝铺那些年，钱就放在床头柜上的铁盒里，赵美玉想怎么花就怎么花，花了又来，来了又花，就像井里的水，舀了一瓢又生一瓢，从没干过。

手里没了零钱，日子又现了原形。孙裁缝那张刀条脸，那条瘸腿，就连那根拐杖，都显得碍眼，让人烦躁不安，怒不可遏。孙裁缝训练有素的温顺和殷勤、体贴与讨好，已不能打动赵美玉了。赵美玉明白无误地告诉孙裁缝："孙罗汉，你不要拿这一套哄我。俺嫁给你不是来受穷的，是吧？"

她的婆婆成天没什么话，眼睛像深井那样阴森森地看着赵美玉。赵美玉避开那双眼睛的时候，心里打着战。

孙裁缝的母亲每天除了做饭刷锅洗碗，余下的时间几乎全用在那几只母鸡身上。母鸡进窝了，她就搬条板凳坐在鸡窝旁守着，一守就是几个时辰。见鸡窝里一个蛋也没有，就伸出手杖把装模作样的母鸡从窝里捣出去，嘴上说："厚脸东西，光吃食，不下蛋，早晚剁了你。"赵美玉听到这话，对地啐一口唾沫，把手里的瓷盆摔在地上，吓得鸡飞狗跳。

鸡蛋放在篮子里，篮子搁在木箱上，用头巾罩着。孙裁缝母亲每天都要进屋查一查，生怕让人偷了去。

早上打开鸡圈门时，孙裁缝的母亲会对每一只母鸡例行检查：手拦在圈门口，出来一只鸡就握住两腿，伸出中指戳进鸡屁眼里，试试有没有蛋要下。如手指探到硬物，说明这只母鸡今天有蛋要下，就关在圈里。此举是为了避免母鸡把鸡蛋下在邻家的鸡窝里。据说孙裁缝母亲这一习惯保持了几十年。

目不识丁的老太婆，对那些恋着鸡窝不下蛋的母鸡，自然不会无动于衷，她会用自己的办法惩罚它们。她找来一块红纸，用细绳扎在鸡尾上，再松开手。那只母鸡像受了惊吓，咕咕咕地叫着，在院子里转着圈跑，像举着一面旗帜，更像一种游街示众。

赵美玉见此，捂着嘴忍俊不禁。

九月菊料到赵美玉想离婚的缘由不单单是受不了穷日子的煎熬，看不上男人的残疾和无能，另有隐情。赵美玉以为事情做得神不知鬼不觉，其实村里早就传开她和吴水仙的男人戴昌兴有一腿了。

吴水仙是赵美玉的邻居，她家和赵美玉家只一墙之隔。平时两家人端着饭碗隔着墙头拉呱呢，彼此夹菜放到对方的碗里呢。虽说赵美玉在相貌上压倒了吴水仙，男人又是个裁缝，让村里人羡慕得不行；但吴水仙却不这么想，吴水仙的男人戴昌兴是徐州煤矿上拿工资的工人。梨园村唯一拿工资不种地的人。刘北斗这些村干部逢年过节都要请到家里吃饭的人。尽管戴昌兴的皮肤黑得和煤炭不相上下，吴水仙一点不嫌弃。不中看却中用哟。一月二百多块的工资，不种地，名声好，简直就是住在乡下的城里人。有几个乡下女人能有嫁给拿工资不种地男人的命？

吴水仙知道孙裁缝招徒弟把赵美玉招进了家，但是算不上门当户对、明媒正娶那种婚姻；所以赵美玉刚过门，左邻右舍的女人都会上门找赵美玉说几句话，一来瞧瞧这个细皮嫩肉的新娘子的模样，二来套套近乎，日后找孙裁缝做衣服在收费上能有所关照。

隔着院墙，吴水仙看到一波一波女人进了孙裁缝的门，撇着嘴，鼻孔里鄙夷地哼了一声。

"美啥美，也不看看男人那条腿……"

吴水仙对着院墙冷笑着。

远亲不如近邻。赵美玉做姑娘时母亲就这样说过。赵美玉从菜园里拔一把葱，摘半篮子辣椒送给吴水仙。赵美玉不是隔着院墙递给吴水仙的，是亲自登门把蔬菜放到吴水仙的饭桌上。这是礼数，吴水仙不会不懂。吴水仙推让着说："美玉妹子，你进门这些天，俺没有抽出空去看你，还劳你上门送菜来。俺这做姐的实在说不过去。"赵美玉笑着说："水仙姐咱往后就是邻居了，跟一家人没什么两样，有需要帮忙的地方就吱一声。"吴水仙舒展着笑容，像一朵盛开的水仙花："妹子真会说话，俗话说'远亲不如近邻'不是。"吴水仙不能让赵美玉空手回家，她拿干瓢挖了一瓢花生给赵美玉。赵美玉嘴里说着客气话，拉开架子就要走，吴水仙拽住竹篮子说："你看看，美玉妹子，见外了不是？这是昌兴头年买的花生，又不是什么稀罕物，拿家煮了给孙裁缝喝酒去。"

吴水仙领着男人戴昌兴来裁缝铺里做衣服。赵美玉第一次看到吴水仙的男人。吴水仙笑嘻嘻地对戴昌兴介绍说："昌兴，这是美玉妹子，孙裁缝的媳妇。你头一次见过吧？瞧瞧人家长的，咱梨园村数一数二的美人儿。"

戴昌兴看了一眼正踩着缝纫机缝衣服的赵美玉；赵美玉仰起脸对他笑一下。戴昌兴心里涌起一阵浪潮。他表情平静，没把对赵美玉的好感表现出来。

"听说你的手艺不错。"戴昌兴拿准分寸地夸了这么一句。

吴水仙这次来是给戴昌兴做件褂子。她从提兜里拿出一块深蓝色布料交给孙裁缝。孙裁缝用手抚摸着布料，又贴近鼻子闻闻，对吴水仙说："到底是拿工资的，拿出的布料都跟别人不一样。"

吴水仙喜滋滋地应道："还是孙裁缝识货。"

孙裁缝让赵美玉给戴昌兴量尺寸。赵美玉拿着皮尺，低头量戴昌兴胸围时，戴昌兴张开双臂，像一只大鸟俯视着赵美玉。他看到她那小巧玲珑的鼻子，轮廓分明的嘴唇，——当然，他还嗅到那温热细弱，有着女性体香的气味。

戴昌兴穿上了孙裁缝做的带四个兜的中山装，左上兜里插一支钢笔，看上去有些身份。戴昌兴进矿上食堂打饭，食堂女工眼睛盯着戴昌兴身上簇新的中山装，装在戴昌兴饭盒里的饭菜也增加了分量。戴昌兴中山装一上身就舍不得脱，有时捏着衣领闻闻，情不自禁地笑了。

戴昌兴回家勤了。开始吴水仙没怎么在意，她巴不得呢，她需要男人携着她蒲公英一样飞翔。慢慢地，吴水仙发现不对，她问戴昌兴：

"……我说，矿上不忙了？"

戴昌兴说："也不是不忙，矿工有事可以调休，矿上有这政策。"

吴水仙又问："以前你一年回来也不过两三回，现在怎么几乎一个月回来一次？"

戴昌兴觉察到吴水仙话里有话，生气地说："你要嫌烦，我就不回来了……"

吴水仙抡起拳头，擂鼓一样，温柔地捶打着戴昌兴，嘴上说："你敢！你敢！"这么说着，身子就贴上去了。

六月里的玉米长得有一人多高，青绿的玉米叶子在太阳底下油光闪亮着。来玉米地的人除了干活，也会做点别的。

背着家里的那一口子，私下里有过几次接触的戴昌兴和赵美玉，在太阳已经偏西，风也开始走动的傍晚，正在玉米地里说着话。

"昌兴哥，这样不好，万一嫂子知道了……"赵美玉把戴昌兴箍在自己腰上的两只胳膊掰下来。

"美玉，那次去裁缝铺看你第一眼我就……"戴昌兴像个可怜的孩子，下巴搁在赵美玉的肩上。

戴昌兴从裤兜里掏出一块塑料袋装着的花布料，塞在赵美玉的手里，"做件连衣裙穿，我在徐州几家布店里几乎挑花了眼……你那身段就是为裙子长的。你看俺家玉兰那腰长的，穿上裙子像一座土庙。"他说。

赵美玉不禁笑出了声，娇嗔着："你就瞎说，才不是呢。"

"美玉，随了我吧……我真想辞去工作，在家守着你。我们这下矿井的，谁晓得哪天矿井塌了，人就埋进去了……"

戴昌兴的话敲打着赵美玉心里最柔软的部位，她抬起手捂住戴昌兴的嘴："昌兴哥，可别说这些不吉利的话，你命硬着呢。"

吴水仙从戴昌兴的衣服上弄到一根长头发。她捏着这根头发送到戴昌兴的眼皮底下。

"说！这是咋回事？"

吴水仙目光如剑，那冰冷犀利的光让戴昌兴感到大祸临头。

戴昌兴睁大眼审视着那根头发，很快镇定下来："昨天去地里看看庄稼，我嫌热，把褂子脱了放在地头，村里几个女人下地干活累了，到地头歇着，我来拿褂子时，你猜怎么着？有人拿我衣服当枕头枕在头底下。"

吴水仙把头发绕在指尖上，绕着戴昌兴看了一圈，说："戴昌兴，跟你过这么多年，我怎么不知道你比说书的还会讲故事呢？"

这是一个不良的兆头。不久，戴昌兴的把柄终于让吴水仙抓在手里。

傍晚，吴水仙跟戴昌兴说去娘家过两天。戴昌兴问何时动身。吴水仙说趁凉快天走。她挎着花布包，夹着油纸伞，搀着孩子，走在傍晚的霞光里。

天上出星星的时候，吴水仙杀了个回马枪。

吴水仙踹开门。吴水仙看到戴昌兴像狗一样舔着赵美玉的脖子。吴水仙抓挠并举，撕咬配合。

梨园村人在最短的时间内，以最快的速度获悉戴昌兴家的风波。

赵美玉几天没出门。孙裁缝的母亲看着男人的遗像抹眼泪。孙裁缝盘算着怎么教训戴昌兴，而戴昌兴跑煤矿去了。

吴水仙提着一只鸡，一边扇鸡脸，一边蹦着骂："不要脸，死不要脸，家里现成窝你不蹲，偏偏跑到人家的窝里去……"

赵美玉家的丝瓜藤爬上墙头，几条丝瓜挂在吴水仙家那一边。吴水仙摸起镰刀把丝瓜砍了几截，一截拿在手里，踮起脚，仰着脸，对手里的丝瓜咬牙切齿："你个鬼东西，自家墙头搁不下你啊，你非长到俺这边来，我让你长，我让你长……"吴水仙对匍匐在墙头上的瓜藤又砍了几刀。

"偷人养汉，断子绝孙。"吴水仙一口接一口地对墙头啐唾沫。

这就有所指了，吴水仙得寸进尺了。

赵美玉辫子攥在人家手里，不便发作，就拿孙裁缝出气："你女人让人踩在脚底下你也装聋作哑是吧？……要是这样，那就离婚吧。"

孙裁缝说："叫你不要跟戴昌兴来往你偏不听……吴水仙是好惹的吗？"

赵美玉弹跳起来，手指着孙裁缝："做没做见不得人的事，天知道。我不信她能把我吃了？"

"离婚！"

"美玉，咱不提这事成吗？"

孙裁缝母亲把刘北斗领进家门，她让刘北斗好好劝劝赵美玉，说千道万这个家不能散。她几乎要给刘北斗跪下了。刘北斗表情僵硬地吸着烟，他这个干了几十年村支书的人，越来越摸不透梨园村人的心了。梨园村是上面挂上号的贫困村，党和政府没忘记这个村，村里报上去的低保户也都批了，梨园村吃低保的人数几乎占了全乡的一半，也该知足啦。日子穷是穷点，可以抬起头向前看嘛，可以想办法甩掉它嘛。眼下好了，不是斗嘴磨牙，就是偷鸡摸狗。

"人要脸，树要皮，日子穷点不丢人，可做下不光彩的事就丢人啦。"刘北斗说。

"土地包产到户快二十年了，不少地方农民都富裕起来了，可梨园村还是不行，村里一些年轻人连个女人都找不到，说出去丢人哩，我这做支书的都抬不起头哩。"刘北斗十分注意说话的策略，他观察着赵美玉的表情。

"都给我好好过日子，不要动不动把离婚俩字挂在嘴上，要相信我刘北斗能管好这个村，能领着全村群众奔向好日子，就听我一句。啊？"

刘北斗几乎是恳求了。

几天后发生的事让刘北斗悲愤交加。

孙裁缝的母亲服药自杀了。婆婆自杀头天晚上，赵美玉看到婆婆从木箱里拿出叠得方方正正的蓝布褂子穿在身上，下身穿着平日很少穿的大半新的黑面布裤子。满头银发梳得一丝不苟，盘在脑后的发髻用黑色线网兜着，上面别着一根光泽晃眼的银簪。嫁到孙家门上，赵美玉从未看过婆婆如此装束。她以为婆婆准备走亲戚呢，她还等着婆婆那只银簪早晚会别到自己的头上。

刘北斗腋下夹着一刀火纸站在孙王氏的遗体前。刘北斗喉咙里呜咽着，两滴清泪从眼窝里滑出来，在鼻尖上摇摇欲坠。

刘驼子的女人正月为孙裁缝母亲烧了倒头纸又磕了头。

孙裁缝对正月说："婶子，俺妈等着刘叔穿送老衣呢。"

正月说："他来不了，听说有人牵着狗在俺麦地边转悠，你驼叔不放心，天天看着呢……"

十一　麦地里的疯狂

刘驼子去麦地看麦子时看到了可疑的迹象。

刘驼子还没到地边，就看到两个人站在他家麦地旁边的路上，向他的地里指指戳戳，身旁还停着一辆轿车。刘驼子以为是乡里的干部检查来了，悄悄溜过去一看，就否定了自己的判断。其中一个身材壮硕，长着鹰爪鼻，鼻上架副墨镜，一手掐腰，一手指向麦地。指向麦地的那根手指上箍着一枚金戒指。另一人刮了光头，脖子上坠着一块玉，直着眼看向田里。刘驼子想这哪像乡干部，连个正经人都不像。他摸不清两人的底细，也不好上前搭讪，就顺着地边的小路走了。

刘驼子心里在思忖着两人的行迹，三顺像从天上降落的雁子，落在他面前。三顺是儿子巴根的同学，来找巴根时刘驼子留他在家吃过饭。听说这小子在城里一家企业当工人。

"刘叔看麦子吗？麦种还没出呢。"三顺说。

刘驼子显然受了惊吓，审视着三顺："你不是在城里做事吗，咋回来了？"

三顺说："今天我轮休，陪老板到乡下逛逛，看看麦地。"

刘驼子说："地里有花吗？"

三顺觉得这话带刺儿，脸上僵着笑，转身走了。忽又回头说："刘叔，你要发一笔小财了……"

刘驼子似笑非笑地说："大白天说梦话，我能发什么小财。"

没几天，刘驼子又去地里，刚蹲下身，用手扒拉土坷垃看麦种发芽没有，身后有人说话了："老先生，这是你家的地？"刘驼子回过头，认出是上次那个光头汉子，稍一迟疑说："嗯哪。"光头汉子手里牵着一条狗，狗的个头很大，有一头驴驹那么大，伸着舌头凑过来，鼻息像一股热风，吹动了刘驼子的衣角。刘驼子后退两步，险些被脚下的土坷垃绊倒。抬眼找，没找着三顺，只看到戴墨镜的男人半截身子伸出车门，嘴里叼着一根烟。光头汉子递上一根烟，刘驼子没接，从腰上拔出一尺多长的烟袋说："我吃这个。"

光头汉子说："老先生，跟你商量个事。"

"你说。"

"租你这块地用一下，一两天时间，多少钱由你说。"

刘驼子眉梢一拧："没看这地里种了麦吗？这事不能谈。"

刘驼子问光头汉子是哪里的，对方说是县城的。刘驼子一脸疑惑，城里人不在城里待着，跑乡下来租地做什么。

光头汉子牵着狗钻进车，车后旋起一阵风。

刘驼子把麦地里的事跟正月说了，想不到正月会说："你没问问那人租地做什么用？要是不糟蹋麦地，能给点钱，我看也成。"刘驼子生气了："又不糟蹋麦地，又给你钱，有这天上掉下来的好事吗？城里人跑来农村租地，说只用一两天，你知道这号人会弄出什么鬼名堂？"

正月说："兴许遇到好人了呢。"刘驼子说："不了解底细的人最好不要理，万一出事怎么办？你还嫌梨园村出事不够多啊？"

白天挨了刘驼子一顿呛，晚上上床熄了灯，正月就睡了。刘驼子想讨好一下正月，按床边拍一掌，想弄出点声响。见正月那头一点动静没有，就伸过脚，用两个脚趾钳正月的大腿。

正月正愁着巴根快三十的人了连个媳妇也没讨着，做娘的里里外外都抬不起头。巴根人又不丑，也不憨不愣，就是不见媒人上门。这不是明摆着吗，家里穷啊，男方家一穷，哪个女人想跟你？正月多想天上能掉下一沓钱来。正愁着这事，刘驼子粗糙的脚趾钳住了她的大腿。

抬手打掉那只不安分的脚说："死一边去。"

刘驼子得寸进尺了，像一条船调了方向，驶进正月的被窝，拿手挠正月的胳肢窝。正月拳打脚踢着骂道："要死啦，人越老越不正经了。"刘驼子说："你是我女人，咋叫不正经了。"正月不再生气，她对刘驼子说了一件事，一件刘驼子从来没见过的新鲜事。

"咋，一窝人在麦地边看狗撵兔子？"刘驼子不信有这回事。

正月说："那个场子可大着呢，跟个跑马场似的。那可不是玩把戏，是赌钱的。谁的狗咬着兔子谁就赢。听说都是城里来的，旁边还有不少人下注子哩。"

"你听谁说的？"

"巴根说的。"

刘驼子听到"赌钱"两字，愤怒地说"作死了，好日子要过到头了。"正月说："你别说得这么吓人，赌钱就是作死？"刘驼子反问她："我和你成亲到现在，你看到梨园村有赌钱的吗？如果村上不分老少都去赌，日子还不知过成什么样子。几年前，桃园庄有家男人赌钱输光了家产，女人上吊了，扔下孩子没人管。我活这几十年，依我看，不偷不抢，不赌不嫖，不蒙不骗，日子再穷也不要紧。"

刘驼子两手相扣，枕在头底。老伴说的狗撵兔子赌钱的事让他又想起了那两个陌生人，——他们到底要干什么？

下了两场秋雨，地里的麦子该出芽了。刘驼子盼望麦子出土的心情和当年盼望正月分娩巴根时差不多。巴根长大了，像一只硬了翅膀的鸟飞进飞出，刘驼子根本管不了他。自从看到城里人盯上了那块麦地，刘驼子就感觉巴根不太对劲，吃饭时眉飞色舞，心里好像装着一件兴奋的事。"有人要租咱家的麦地，巴根。"刘驼子试探巴根的反应。巴根并没有吃惊，平静地说："只要给钱，有啥不能租的，俺找媳妇手里正缺钱呢。"刘驼子突然警觉起来："你知道这事？"巴根说："三顺说城里人要在麦地里斗狗。"刘驼子瞪大两眼说："他敢！进我麦地一步，我打断他的腿！"

巴根吃完早饭就出去了，刘驼子有一种说不出的担忧。

不行，还得去麦地看看。还没走出村子，刘驼子看到有人陆陆续续从身边跑过去。刘驼子想问问出了什么事，嘴还没张开，那人就跑远了。刘驼子兀自摇着头，心里说，又不是逢年过节，有玩马戏跑旱船的，大秋天有什么好看的？难道是外头枪毙人吗？刘驼子年轻时到离家十几里地的河滩上看过枪毙人，那时四面八方的人也都这么跑，生怕错过那一声枪响。

出了村，远远望去，人影绰绰。

刘驼子看到一群人围在自家的麦地边，人群中不时掀起冲天声浪，声浪落下，砸向围观的人群。刘驼子两腿发软，双眼发黑。他加快脚步，撕开人群，看到麦田四周围着塑料网，像竖起一圈镂空的围墙。两条狗，一黑一白，瘦身长腿，伸长脖子，腾起四肢，如黑白闪电，射向一只兔子。光头汉子手执喇叭，挥动小旗，叫得声嘶力竭。戴墨镜的人张开双臂，拼命驱赶拥挤的人群。那场面，不逊于当年的法场。刘驼子一眼认出那两个人。

刘驼子冲进围网，举起双臂，声嘶力竭地喊："停下——快给我停下——这是我的地……作孽啊……"

或许人们过于专注这场盛况空前的赛事，过于看重数目可观的赌注，居然无人听到刘驼子的嘶喊。

刘驼子像个精神病患者，顺着围网边沿奔跑，试图阻止这场竞技。

兔子冲过来了，子弹一样从刘驼子裤裆下射过。两条狗，身子紧绷，蹄下生风，从刘驼子身边掠过。兔子跑到拐角处欲调转方向，一个弹跳，被紧跟其后的黑狗一口拿下。

黑狗胜出！

人群剧烈骚动，喊叫声、击掌声、口哨声、狂笑声，交错混杂，粗犷、尖利、浩大，摇撼着秋天的乡野。

下注者交头接耳。一番争执，一沓沓票子在一张张手掌间辗转。

票子在赢家的手里翻飞；沮丧在输家的脸上集聚。

戴墨镜的男人和光头汉子相互拍打着肩膀，眼里燃烧着胜者的猖狂。黑狗翘起尾巴，不停地腾挪后腿，像胜利退场的拳击手。白狗垂下败者的头颅，舔着颈处的伤口。那是争夺猎物留下的疼痛。

刘驼子气喘吁吁地跑过来，竖起的头发凝结着愠怒。

"谁做的主，在我地里折腾？啊？站出来！"

刘驼子像被一双无形的手驾着在指认坏人，他的目光早已指向戴墨镜的男人和光头汉子。

巴根再不出面澄清事实，由刘驼子骂下去，惹火了两个城里人，事态怕是不好收场。巴根一把将刘驼子拽到一边说："爸，你别生气，是我做的主，人家给钱的。"三顺也过来拉场："刘叔消消气，当这么多人，你就给李总点面子。李总是我带来的，我们罐头厂的领导……"

刘驼子像一头红了眼的斗牛，将三顺撞到一边，撕破嗓子咆哮："哪个李总，人呢？"

那个叫李总的走过来，摘下鹰爪鼻上的墨镜，很有城府地说："对不起老先生，我是罐头厂的李仁贵，你可能不认识我，可咱们已经见过两次面了。咱就是在地里玩玩狗，让大家开开眼。"

刘驼子吐了一口唾沫："你不知道这里种着麦子吗？你糟蹋我的麦子……"

李仁贵说："我赔你损失行不行？"

刘驼子当仁不让了："这不是赔钱的事，糟蹋庄稼就是作孽，你知道不知道？你这些城里人就知道糟践乡下人。"

"我们就是玩玩。"李总笑得十分僵硬。

"玩玩？当我是三岁孩子啊……你们是在赌钱。俺梨园村的风气都让你们这些城里人败坏了。"刘驼子愤怒地看向被狗糟蹋得不成样子的麦地。麦子已经露头了。

巴根拿出一卷钱给刘驼子。刘驼子的目光像两根铁丝戳向巴根："你要作死吗？你怎么也不该让人在咱家地里瞎折腾啊，这狗和兔子来回跑，麦芽不都踩坏了吗，来年这一大家子吃什么？玩玩狗也倒罢了，还赌钱。我看这风气要败了。"巴根说："给你，三百。"

刘驼子手一挥："我就没见过钱，该给谁给谁！"巴根捏着钱闪在一边。正月看不下去了，一把抓过钱："这钱我留着，还能咬手咋的？"

晚上，正月对刘驼子说："你知道吧？巴根也下了注子呢，他注子押在那条黑狗身上。三顺说黑狗身子壮，跑得快，肯定能咬到兔子，让巴根注子押在黑狗身上。你猜结果怎么样？黑狗叨着兔子了，巴根赢了五百块钱哩……一亩小麦也卖不了这个钱"

刘驼子噌地跳起来，像脚下着了火，愤怒地咆哮："咋？巴根也下注了？作死啦。这不是往邪道上走吗？咱祖宗八代也没人赌过钱啊，我看这家业迟早要败在他的手里。你这做娘的不去管管，还有嘴跟我说！"

斗狗再次上演。它像一种疾患，在平静的乡村蔓延。

场子设在三顺家的麦地。来了一帮城里人，有油头粉面的男人，也有珠光宝气的女人。他们形成两个阵营，出手的赌注让人咂舌。参赌双方个个神采奕奕，目光灼灼。他们的心不约而同地指向一个连接着某种运气的结局。

麦地像充满魔力的磁场，附近村落的人蜂拥而至，云集于此，连匆匆赶路的人也改了道，被一种好奇心牵引着。空气凝结了，充斥着战前的肃穆。

不知是听到消息，还是嗅觉灵敏，刘驼子也混进人群。他看到了一片熟悉的面孔，石磨、九月菊、赵美玉、肖一刀、白玉兰……他看到了一帮兴致勃勃的城里人。刘驼子忐忑不安着。恍惚中，他看到一种东西正侵入平静的乡村，侵入梨园村，侵入他的生活……

场子不在自家麦地，刘驼子没有理由阻止这场狗撵兔子的野蛮表演。何况自己那次在麦地出了丑。刘驼子也不是来看热闹的——他有自己的想法——他要看看从城里刮来的邪风到底能闹出多大动静。

还是黑白两条狗。这是善于奔跑的赌具。支配赌具的是城里人。种地人想不到这种玩法，种地人的心思在种地上。那帮人中，刘驼子看到了李仁贵勾着的鹰爪鼻和宽阔的面容。

狗对着晌午的太阳狂叫，是宣泄情绪呢，还是向对手示威？

"你要演戏给人看呢。"刘驼子鼻孔里喷出不屑。

一个女人怀里抱一只兔子，像抱着一块玉。兔子耷拉着耳朵，像即将走向刑场的犯人。不，犯人只能挨一枪，不会成为速度与野蛮合力撕咬中的疼痛。

两个村妇对两条狗议论开了。村妇甲说："你看那条黑狗瘦得皮包骨头，四条腿麻秆似的，它能跑过白狗吗？"村妇乙说："可不能这么说，你男人倒是瘦，跑得没哪个快？"

村妇甲说："俺男人钻你黑屋，让你男人撞着了，跑不快哪成？"

旁边有人说话了："要是不服，你们可以押注子嘛。"

尖利的哨子声响起，像一条鞭子抽打着乡村的空气。兔子在麦地里撒腿狂奔，黑白两狗犹如飓风，卷向兔子。有人跳起来，有人跺着脚，有人张开双臂在空中击掌，有人扯着嗓子叫得变了腔。兔子撞向围网，又弹了回来。两条狗并肩奔跑，时而相撞，时而分离，身后扬起滚滚烟尘。

黑狗稍稍领先，就要咬着兔子尾巴了，脚下一滑，刹不住脚了，身子侧翻。

人群里一阵唏嘘。

白狗身子一拐，咬住兔子的脖子。血，滴在麦地。

一片混乱的呐喊声。

目光汇聚在一沓沓钞票上。

刘驼子看到三顺把一沓钱递到李仁贵手里，看到一双双粗糙的手和白嫩的手进行着输赢之间的交接。有人往黑狗身上踢了一脚，立即遭到狗主人的呵斥。

刘驼子闭上眼，咬紧牙，不知他在为谁心疼。

刘驼子一路疾走，脑子里回放着麦地里惊心动魄的追逐。

正月坐在门槛前，手拍着大腿，哭得天昏地暗。刘驼子问正月是不是家里死了人。正月说箱子里的五千块钱让巴根输啦。

"巴根呢？"

"躲起来啦！"

刘驼子像受了雷击，头炸裂一般，脚下发软。他忽然振作起来，摸一把铁锹要劈了这个败家子。刘驼子没有找到巴根，他听石磨说，是三顺替巴根下的注子，说是打了包票的。三顺说黑狗是他厂里老板的狗，注子押在黑狗身上，十拿九稳能赢。巴根一把手给三顺五千块……石磨看到刘驼子手里攥着铁锹，生怕弄出人命来，就劝慰他："刘叔，输就输了，千万不能胡来啊，人命关天呢。"

刘驼子一脸凄哀地说："……这是俺和他妈攒了大半辈子的钱，本指望这钱给他娶一房女人……"

回到家，刘驼子也不吃饭，端着烟袋一口接一口地吸，不住嘴地唠叨："这下好了，辛辛苦苦挣的钱随别人姓了，心就安了……作死吧，都去作死吧……"

正月说："听说你当时也在场，你就没看到巴根？"

刘驼子怒不可遏："我哪看到巴根了，我就没不知道三顺替巴根下注子。这个败类，输人家的钱不心疼。"刘驼子猛咳一声，像是清理堵塞的喉咙。他手向外指着，目光射向正月："又是城里那伙人设的场子。"

刘驼子越想越气，就去找刘北斗。经过三顺门口时，刘驼子听到三顺他爹在院子里破口大骂，骂得鸡飞狗跳。"作孽啊，你作孽啊，你千不该万不该把人领到咱地里瞎折腾啊，玩玩狗也就罢了，你还下注了，连我买棺材的钱也给输了。我赶明儿死了，往哪里放？难不成把我的尸首扔到野湖喂狗吗？"

刘驼子心里一阵凄然。一打听，三顺在这场赌博中也输得不轻。刘驼子问三顺，巴根输钱到底是怎么回事。三顺告诉刘驼子，李总一伙人是他领来的，他在李总的厂里打工，端人家的饭碗，就得帮人家办事，就领李总到梨园村斗狗来了。

刘驼子问三顺："你咋也跟着下注子了？俺家五千块钱家底也让巴根给输了，听说是你出的主意，你说咋办吧。"

三顺说："那条黑狗是李总的，说是外国的犬种，善于奔跑，每场必赢。那次在你家地里设场子，巴根就赢了一千。这次李总跟我说，注子押在黑狗身上，非赢不可。真见鬼了，白狗赢了。我也不知道这条黑狗是不是上次那条……"

刘驼子把斗狗赌博的事一说，刘北斗气得胡子几乎翘了起来："这不是在俺梨园村地面上泼污水吗？自古以来，赌博都是犯法的，是伤风败俗的……俺梨园村从来没出过赌博这类不正之风，乡里一直表扬梨园村民风淳朴哩……这下好啦，一泡鸡屎坏了一缸酱啦……"

后来的事让刘驼子对刘北斗佩服得五体投地。

斗狗死灰复燃。在梨园村西边的麦地。那是个风和日丽的早上。

狭窄的土路上停着一溜轿车,在乡村的阳光下闪烁。那绝不是乡村的轿车,但它的确是乡村少有的景观。

人们伸长了脖子,屏声静气地向麦地里张望。

一场携带着欲望的角逐就要开始了。

一辆警车鸣着警笛呼啸而至。麦地的喧嚣淹没在警笛声里。人群四下逃窜。

民警捧着本子询问。

"闲着没事,下乡斗狗玩。"光头汉子笑着对民警说。

"没做别的?"民警目光犀利。

"没做别的。"李仁贵答得沉着。

刘驼子大步跨上来:"你们睁眼说瞎话,明明是赌钱的,怎么说没做别的?警察同志,你挨家访访,这些城里来的,到底坑了咱村里多少人。"

民警甲:"城里好玩的地方多了,跑到乡村庄稼地斗狗玩?明明是赌博,还狡辩什么?"

民警乙:"赌博是犯法的,要承担法律责任。"

两位民警在现场问询了知情者,做了笔录。

民警甲对刘驼子说:"老人家您放心,这事我们会依法处理,他们不仅违法,还糟蹋农田,败坏民风,这与我们倡导的乡村文明背道而驰。"

李仁贵连同他的同伙被民警带往乡派出所进一步调查去了。刘驼子相信李仁贵他们会受到法律的惩罚。

刘驼子怨愤烟消云散,脚下生风地往家赶,他要把斗狗人被派出所抓去的消息告诉正月。

正月说:"这些挨千刀的,公安千万不能饶了这号人……骗俺的钱不得好死……"

刘驼子忽然想起了什么，抬手拍一下脑壳说："咦？咦咦？派出所怎么知道梨园村有斗狗的事呢？警察来得不早不晚，抓了个现场……谁报的信？"

当天晚上，刘北斗通知刘驼子，让巴根到派出所去配合调查，办案民警说巴根输掉的钱可以拿回来。

正月倒了一碗开水，又撒了白糖，端给刘北斗。

刘驼子问："北斗哥，派出所时间咋掐得这么准呢？"

刘北斗喝完茶，抹抹嘴说："这你就不用问啦。"

十二　腐烂的黄花菜

梨园村村部会议室座无虚席。

村支两委干部、全体党员和小组长约六十人参加会议。如此规模的会议，刘北斗任村支书以来很少开过。因为他要传达乡党委、政府关于大力推进农业产业结构调整、促进农民增收致富的决策部署。这是关乎全村老百姓摆脱贫困、奔向小康的大事。全村所有党员干部都要认清当前形势，领会上级精神，在这次产业结构调整中发挥先锋模范作用。

刘北斗还有一个喜讯要在会上报告：梨园村被区文明办评为"文明村"。昨天在全乡村支部书记会上，江河水书记把一块奖牌交给了他，带头鼓掌祝贺梨园村取得如此荣誉，书记还语重心长地嘱咐他要保住这块牌子，不能让人摘了。梨园村是全乡经济薄弱村，人均收入倒数第一，在各种有关村集体经济建设、特色产业发展、农民年度纯收入增长率等评比表彰名单中，从未见过梨园村的名字。出席这类表彰会，刘北斗脸上发烫，心里发虚，恨不得钻到地下去。但梨园村有梨园村的优势，梨园村村风好，民心正，虽然出了几件事，比如上几年，李有田的儿子石磨参与打架斗殴被判了三个月，回来后吊儿郎当，不务正业；但刘北斗给他办了低保，这不就没事了？至于邻里之间斗嘴磨牙等事，刘北斗经过深入分析，认为事出有因——穷。好在他及时介入处理，批评教育，控制了局势，稳定了人心。谢天谢地总算没有造成不良影响。这块奖牌说明了什么？说明梨园村并非样样落后，梨园村也有出彩的地方嘛。梨园村老百姓穷是穷了点，但没出什么大乱子。刘北斗心里稍稍舒畅了一回。

但是，刘驼子的儿子刘巴根把城里人招到村里，玩起了狗追兔子，压上了赌注，把老子牙缝里省下的钱都输了，害得老的寻死觅活。这不是赌博的变种吗？这和掷骰子有什么区别？不行，今天的会上也得说一说，不能让这种事坏了梨园村的风气，不能让"文明村"的牌子毁在个别人的手里。

王东方捧着照相机穿梭在会场的走道里。此前，他按照刘北斗要求，精心布置了会场，亲自上门通知参会人员，还为刘北斗草拟一份讲话稿。刘北斗说不用念稿子，临时发挥就行。而他心里对这个落榜生更看重了几分。

参会人员已经到齐了。刘北斗环视一下会场，清了清嗓子，说："党员同志们，今天这个会主要是传达乡里的会议精神，就是关于产业结构调整问题。各级党委政府一向重视三农问题，制定了一些决策和措施，目的是把农民领到富裕的道上去……"

会场鸦雀无声。党员们被刘北斗的话题吸引了，他们想知道，在农业产业机构调整上，上面会有什么样的动作。刘北斗似乎摸出他们的心思，这心思激发了他的兴致。

"改革开放这么多年，从国家到地方到家庭，变化大着呢，广播电视上都能听到看到，不用我多说。改革开放是为了什么？为了发展经济，为了提高广大群众的生活水平。经济要发展，社会要进步，就得改革就得创新，不能走老路子，守旧思想。当年小岗村冒着风险把土地包给各家各户，后来国家承认了人家的做法，并把这个做法作为一项政策落实到全国各地……这就是改革。在改革上，咱们农村比城市先走了一步。但是啊……"

刘北斗说到这里停了会，脸色沉下来："农村还是比较落后，和城市相比差距太大了，城市有厂矿企业，烟囱一冒烟就生钱。农村除了农田还有什么？农田里基本种植粮食作物，一亩地生产的粮食除去本钱基本不剩什么。有人算过这笔账，认为光靠种地是发不了财的，他们把责任田转包出去，进城打工去了。国家不会鼓励农民全都进城打工，都走了，那地谁种？能让它抛荒？所以啊，上面就提出了调整产业结构问题，提倡种植经济作物，要围绕土地做足文章，依靠产业结构调整寻找出路。"

"早就该这么做了。"老党员朱忆苦说。

"虽说不愁吃了，可除了吃，还有很多让人愁的事，拿不出钱你能不愁吗？"老党员李和平说。

其他党员的发言刘北斗都听到了。这不是抗议，也不是唱反调，这是多年来压在心底的呼声，这是被贫穷折磨得麻木了的心灵的复苏。刘北斗没有再讲下去，他聆听着党员们的议论，他知道他的讲话得到与会者的支持，他更知道上面的决策深入民心。

会议快结束的时候，刘北斗让王东方把县里颁发的印着"文明村"的奖牌拿来，他指着王东方双手举着的奖牌说："同志们，这是区文明办奖给我们的，我们梨园村是全乡唯一获得'文明村'奖牌的行政村。这是咱梨园村的荣誉，梨园村每个人的荣誉。说到这个荣誉，有件事我不能不说。上次刘巴根把城里不三不四的人带到他家麦地里玩什么狗撵兔子的游戏。那根本不是什么游戏，是赌博！本来想赢人一把，结果把家里攒的几千块钱全输了。这不仅是输钱的问题，也严重败坏梨园村的风气。赌博是一种恶习，是犯法的，今后不许任何人组织或参与赌博活动。我们党员干部要带头教育好子女，带头制止不良行为，带头参加文明乡村建设，让'文明村'的牌子永远举在我们的手里。"

热烈的掌声像一阵急雨，拍打着刘北斗的耳鼓。有人对刘支书竖起了拇指，有人从烟盒里抽出一根烟安在刘支书的嘴上，旁边的人掏出打火机给刘支书点上，二者高度默契的配合，让刘北斗的心里就任以来第一次翻涌着热浪。激动得站起身的八十五岁的老党员朱忆苦，张开牙齿残缺的嘴，喉咙里咕咕咕地笑着，手里的紫红色龙头拐杖敲击着地面。

按照全乡农业产业结构调整的整体规划，梨园村申报的产业项目是栽种一百亩黄花菜。黄花菜耐旱喜光，对土地养分没有奢求，梨园村适合栽种黄花菜。

刘北斗上次去东海县考察观摩，看到大片农田长着青葱的大蒜、洋葱，一脸惊奇地问讲解员，一亩大蒜、洋葱的产量和效益究竟比水稻、小麦高多少？有没有风险？此前，刘北斗只知道大蒜、洋葱长在菜园地里，从没听说更没看过几百亩的农田居然成了大蒜、洋葱的领地。刘北斗的问题具有代表性，在观摩现场，讲解员的一番解说以及脱口而出的一组数据，让包括刘北斗在内的所有观摩人员惊讶不已。一亩大蒜产量 1000 千克，按照 6—7 元／千克计算，每亩大蒜销售额 6000—7000 元，除去成本，利润 4000 元左右。

刘北斗嘴里重复着那组数据，自然想到了数据背后的成本与付出：栽种大蒜、洋葱，肯定比种植水稻、小麦需要更大的成本、更高的技术和更多的人工……没有对传统的革新精神，没有对风险的担当勇气，没有对新产业摸索与尝试的劲头，农民只有守着几亩地过穷日子。

从东海县回来，带队领导嘱咐村支书们，一定要召开村支两委干部会议，详细介绍考察情况和收获，要把观摩地农业产业结构调整思路、规模和成效讲清讲深讲透，在农业产业结构优化调整上给他们吹吹风、鼓鼓劲，为下一步落实这项工作做好思想上的准备。刘北斗在农田边走了一遭又一遭，无论是土质还是地势都不适合栽种大蒜、洋葱。他问过乡农技站技术人员，对方说梨园村缺水，只能种植旱作物，要是改种大蒜、洋葱，就怕连种都收不上来。

由于乡里还没有正式召开农业产业结构调整专题会，也没有下发文件，这件事刘北斗暂时搁下了。

现在，农业产业结构调整已经启动。刘北斗不能怠慢，他提醒自己要多方咨询，认真考察，选准项目，把上面的政策落到实处，让农民切切实实看到产业结构调整带来的益处。

刘北斗征求过村里其他干部的意见，他们不但说不出怎么调整，甚至有人对上面的政策表示了担忧和质疑。刘北斗认为王东方有文化，就问王东方梨园村的土地适合种植什么高效益的作物。王东方知道石磨有电脑，电脑不是现成的专家吗？石磨几乎用了一个通宵查阅了大量资料，他选定了黄花菜。石磨对刘北斗说："黄花菜又名金针菜、安神菜、忘忧草，具有利尿解毒、镇静安神、防癌抗癌、健脑益智等神奇功效，既是餐桌上的美食，也是养生上的妙药，市场潜力大着呢。"

刘北斗大喜过望，拍着石磨的肩膀说："到底喝了几年墨水，手里又有一台洋玩意儿，看来天下事没你石磨不知道的啦。等黄花菜种上了，你多给种植户说说黄花菜的好处，他们就有心劲种植管理了。"

村里从相对集中、面积最大的农田里规划出一百亩地，各家各户均摊八九分地，由村里负责从苗圃统一购进经过温室培育的优质黄花菜根芽。收完麦子，村里组织几台拖拉机拖着犁铧，把一百亩麦茬地深耕后放着，开春后把苗圃的黄花菜根芽运回栽进地里。

土地承包后，庄稼人很难看到集体出工的场面，队长一把哨子指挥着一个村庄，指挥着一个群体的时代已经成为历史。而梨园村人又不时怀恋着那段曾让他们怨声载道的岁月。那段时光是汗水浸泡过的苦涩的时光，那段历史是太阳炙烤过的灼热的历史。可谁又能说逝去的时光和历史里没有让人们回想起来就潸然泪下的往事呢？就像一串开在叶丛里的洋槐花，虽已淡出庄稼人的生活，却依旧香喷喷地摇曳在庄稼人的梦里。

这一盛大的上百人集体出动的劳动场景又重返梨园村的土地。梨园村的百姓们在村支书刘北斗指挥下，在春风吹过的酥软的田块上忙碌着。散漫的村民被组织起来了，平日游手好闲、无所事事的人也加入了这一队伍的行列。他们由一个念想召唤着，将在这片贫瘠的土地上栽种他们的希冀与梦想。刘北斗坚信，用不了多久，他领导下的梨园村的一百亩土地上，将会盛开出一片灿烂的金黄……

石磨和九月菊自愿组合，一个刨穴，一个栽植。石磨挥动着镐头，一镐一镐地释放着全身的力量。九月菊跟随着镐头，把黄花菜的根芽栽进土穴，浇了半瓢水，再填上软土，石磨抬脚踩实。九月菊抬头对他笑笑。石磨看到九月菊额上的汗珠在阳光下闪烁。石磨从脖子上扯下毛巾，递给九月菊。九月菊没去接，伸出沾满泥巴的手在他眼前抖着。石磨领会了她的意思，拿毛巾擦去那额上的汗珠。石磨的举动让也在旁边栽插黄花菜的刘驼子女人正月看在眼里，她虽说是比九月菊长一辈儿的人，却也有些眼热，她用眼神召唤着刘驼子，向九月菊和石磨那边努努嘴。刘驼子目光溜过去时，石磨手里的毛巾早已挂在脖子上，埋头和九月菊正干着活。刘驼子什么也没看到，没好气地说："安心栽你的黄花菜……"

　　刘北斗和几个村干部巡视到九月菊的地里，他看到石磨和九月菊简直就像两口子一样在太阳底下栽着黄花菜。刘北斗小声对身边的村干部说："都说世上一物降一物，我看只有九月菊能使动石磨。"村干部附和说："石磨平时懒得油瓶倒了都不扶，自家责任田里草长得比庄稼还精神，谁能想到他会帮别人家干活？""准是九月菊身上他闻到什么好闻的味儿了……"不知谁这么说了一句。刘北斗到九月菊身旁蹲下来说："九月菊你请来神仙啦，要打一壶好酒招待喽。"九月菊抬起胳膊肘子擦去脸上的汗，说："刘支书你说哪里的话呢，俺不是请石磨帮俺，咱俩是合伙呢。俺的地栽完了，就去给他栽。"石磨对刘北斗的话有些反感，柔中带刺地说："刘支书下了谕旨，哪个敢不执行，还不得诛灭九族？"石磨的话听着有些呛人，但刘北斗没生气，乐呵呵地说："石磨你个兔崽子，我哪有那样大的本事。好好干！明年准能见效益。"

　　来到肖一刀的地上，肖一刀正坐在地上抽烟，只有他女人白玉兰后退着刨坑。刘北斗觉得肖一刀在栽种黄花菜上不够积极，还说过一些风凉话，就说："一刀啊，我知道杀猪是你的本行，可现在没猪给你杀了，就得安心种好几亩地。现在村里拿出一百亩地栽种黄花菜，也是为了增加群众收入。村里这个做法，除了个别人有抵触情绪，我看大多数是支持的。"

肖一刀吐出一串烟圈说："栽黄花菜确实比种玉米小麦划算，万一遇到连阴雨天，就怕哭不出好声。再说咱村里连一条像样的路都没有，阴天下雨了，出门卖黄花菜都难。"

肖一刀的话像点中了刘北斗的穴位，他愣了半天，叹口气说："修路的事我一直搁在心里。我不是没向上边反映过，不是没有修路规划，就是财政上拿不出钱……唉，这年头办针尖大的事都难啦。"

路，成了横在梨园村咽喉上的一把刀。

刚栽下去的黄花菜根芽缺不得水，苗圃里的技术员到现场指导时反复强调。梨园村缺的就是水。刘北斗号召全村各家各户备好铁桶、塑料桶、扁担、平板车到黑鱼河取水。

清早，月亮还挂在天上。浩浩荡荡的队伍担着桶，拉着板车，向黑鱼河进发。板车上晃动着装满水的透明塑料桶或柴油桶改造的水箱。阳光热烈地扑上来，好像要看一看这支取水的队伍。队伍在低洼不平的土路上往返。喉咙里渴得冒烟的人，嘴贴进桶里咕噜咕噜地喝水。九月菊实在累了，坐在路边歇着，掀起衣襟扇了一阵风，又从水桶里撩起一把水洒在脸上。

刘北斗也走在队伍里。他拉着板车，伸着脖子，使劲往前拉，腰几乎和地面平行。路面被抛洒出来的水浸湿了，一只只脚在泥水里呱唧呱唧地响着。这一乡村特有的场景在刘北斗的脑海里被置换为另一个画面——

宿北战役打响那年，骆马湖遭洪水，周围方圆几十里都能行船。家家颗粒无收。可乡亲们想到前线的解放军和敌人拼刺刀动枪炮，拼了命地守护他们的家园、土地，就自发组织起一支运输队，手推车、牛车和箩筐扁担都用上了，家家户户都争着把自家的猪、羊、鸡、蛋、蔬菜、粮食交给运输队。运输队披星戴月地走在黑云翻滚的天幕下，气喘吁吁地跑在震耳欲聋的枪炮声里……

刘北斗的父亲是这支支援宿北大战的运输队中的一员。新中国成立后，他当年赶牛车支援前线时用的鞭子，一直挂在墙上，每次看到它，刘北斗就像读着一部厚重的史书。那年冬，下着大雪，天地间一片苍茫。一场雪居然带走了刘北斗的父亲，一个赶着牛车支援过宿北大战的老庄稼汉。刘北斗父亲患了胃癌，临终前，他的眼睛僵硬地看着墙上的鞭子，用干枯的手拉着刘北斗的手说："你听着……北斗。1946 年共产党和国民党打起来时，运河区有个外号叫郭冬子的，他推着装有四五百斤面粉的独轮车往战场走时，被飞机扔下来的炸弹炸飞了……他家里还有年迈寡母，年轻的妻子和三个孩子……你想法打听一下，如果找到郭冬子的后人，一定帮他们一把……他们的老子可是为革命牺牲了……"

第二年春，一百亩黄花菜长出二尺多高的茎秆，长条状的叶片间吐出淡黄色的尖尖的花蕾。春去夏来，黄花菜进入旺盛期，正是采摘时节。

采摘黄花菜要把握好时辰。太阳高悬在空中，阳光瀑布一样泻下来。黄花菜似开未开，像姑娘忍俊不禁的笑容。早在田头守候的女人们，戴着斗笠，提着篮子或端着箩筐下地去了，她们要赶在花蕾绽放之前，把黄花菜采摘下来；若错过时辰，花开过了头，只有摘去喂猪了。

眼瞅着正在太阳的照射下攒足了劲儿开着的黄花，摘花的女人心里急着，心一急，手上就加快了速度。摘花的手指像织梭一般在枝叶间翻飞，生怕黄花让人抢了去。摘下的黄花菜放在锅里像蒸馒头那样蒸馏，出锅后在芦席上摊开晾晒；几晌太阳暴晒，那花就缩成了干爽亮黄的金条，身价高得让庄稼人尝都舍不得尝一口。

贩子们到家家户户的门上收购，再转手卖给菜市场的经营者。梨园村的黄花菜以质优色美驰名城乡，和骆马湖的银鱼一样深受市场垂青。运河里过往的船队也会顺路捎走梨园村的黄花菜，他们操着南腔北调，簇拥在在村部院子里集中销售黄花菜的摊前，他们从不计较价格高低，梨园村人也从不随便要价，赚取昧心钱。

使船人对梨园村当家人刘北斗说："黄花菜确实不错，就是村里没一条好路，车走起来把人的肠子都颠断了，速度又慢，来回得不少时间。要想富，先修路，这个理儿谁不懂？"

刘北斗一脸尴尬地说："修，这路早晚得修。"

梨园村的黄花菜顺着运河走到了全国各地，上了几百上千里之外人家的饭桌。黄花菜粉丝汤、黄花菜炖小鸡……吃得船上人口齿生香、食欲大涨，水上漫长而孤寂的漂泊，似乎只为着那太阳底下金色的念想……

"哪里买的？"

"骆马湖边梨园村。"

一问一答中骆马湖带着梨园村出了名。

黄花菜怕连天阴雨。它需要太阳，炽热的太阳。太阳是锣鼓，黄花菜生产是一场戏，锣鼓不敲响，戏就开不了场。蒸馏过的黄花菜须摊在太阳底下暴晒，阴雨天是黄花菜生产中的大忌。

梨园村遭遇了百年不遇的雨水。

这年夏，梨园村老少都盼着地里的黄花菜又有一个好收成，船队会在九月份带走他们早已晒干了的像金条一样的黄花菜，一沓簇新的票子会攥在他们的手里。他们料得准准的。

太阳当头照着。一只只手在地里忙碌。风像火舌一样舔着一张张黝黑的脸。汗水在脖颈蜿蜒。黄亮亮的黄花菜抵御着田间的灼热，摘花人一门心思地采摘。

天边滚动着响雷。天空尖锐地断裂。云层疯狂地汹涌着。暴雨要来了！

满地的黄花菜满地的收成。

支书刘北斗在黄花菜地里大步流星地奔走，他催促人们赶紧采摘，赶在暴雨前把花摘完。听着一个接一个的雷声，刘北斗惊慌失措了；一道闪电劈来，劈亮了他抽搐的嘴角。

"我的老天爷，你就行行好吧……"

刘北斗心里乞求着。

白花花的雨的世界里，刘北斗和他的村民们，嘴里含着雨水，怀里抱着竹篮柳条筐跟跄着冲向家门。

雨下了三天，像是对这个种植黄花菜的村庄一次残忍的围剿。家家户户的堂屋地面上、床上、木箱上、米缸上铺上了芦席、塑料纸、蛇皮袋，晾着蒸馏过的黄花菜，梁头上吊着的篮子里也是。屋里几乎没有立足的空隙，屋里充斥着霉烂味。变黑发霉的黄花菜黏糊糊的。村民们目光所触，尽是他们的疼痛。

刘驼子女人正月整整哭了一夜。刘驼子端着烟袋机械地吮吸着烟嘴，他的目光呆滞。"眼睁睁看着到手的钱打了水漂……"他说，"日子刚抬头，就给压下去了……"

肖一刀的女人白玉兰抱怨说："天要灭人哩。"肖一刀却不这么看，肖一刀说："碍天什么事，都是他刘北斗的错，为了出风头，不管三七二十一，一下栽了一百亩黄花菜，这下有好戏看了，全村损失他得赔。"

白玉兰说："可不能说昧良心的话，刘支书也是为咱村里人好。自打栽上黄花菜，哪家一亩地的收成都抵往年四五亩。要是不下雨，几晌太阳一晒，船上人就来了……"

肖一刀打算找刘北斗讨回损失。他认为组织一帮人找刘北斗很有必要。他见人就说，黄花菜遭雨造成的损失应该由村里承担。听了肖一刀的话，因黄花菜受损而憋了一肚子气的人，稍稍得到了宽慰。

九月菊却不这么想，她对石磨说："雨又不是刘支书让下的，怎么能把责任推到刘支书身上。这不是讹人吗？"

石磨没有倾向支持肖一刀，也没有迎合九月菊。他轻描淡写地说："刘支书让全村人栽黄花菜，却没料准气候给他一棒，——他也是一片好心哪。"

刘北斗挨家挨户看看黄花菜烂了多少，他没指望有人给他好脸色看。"老天要和梨园村人作对，我又能有啥办法呢。"刘北斗有一种严重的挫败感。

刘北斗来了，梨园村人都满面笑容地把他让进屋里，端茶倒水，敬烟上火。

"遇到天灾没有办法，太阳总有出来的时候。"刘北斗到各家的门上几乎都这么说。

梨园村人被阴雨天折腾得快要喘不过气的时候，报纸上刊登的一条消息让全村人如释重负，热泪盈眶。人们笑逐颜开，奔走相告——

国家《农业税条例》废止啦！

种地人不交公粮啦！

这一年是公元 2006 年。

下 篇

十三 梨园村来了第一书记

公家不让农民交公粮了，这是种地人头一回遇到的天大喜事。真是喜从天降。粮站里没什么人去了，门里门外没有那么多人啊车啊驴啊，在火烘烘的太阳底下排队等着过磅，等着把水稻或者小麦倒进输送带，送到山一样高的粮囤里。

交公粮苦着呢，那种苦镌刻在种地人的心上。在那么大的院子里，人人脸上流着汗，心里冒着火，目不转睛地看着验收员把刺刀一样的粮食探子插入粮袋，猛地抽出，捏几粒扔进嘴里，用牙齿检测粮食是否清脆悦耳。在太阳下，驴子嚼着干草。驴蹄下踩着新鲜的驴粪和像啤酒一样冒着气泡的驴尿。驴不断地倒腾着蹄子踩踏驴粪，驴尾巴在驱赶着厚颜无耻的苍蝇。人们坐在拴着牲口的树底下，时不时能闻到驴屎驴尿的骚臭味。头晚因家务缠身而睡眠短缺的女人侧身躺在板车下，一面荷叶罩在脸上。几只蚂蚁在女人的衣服上跋涉。"不过关的粮食不能进仓，要再晒两晌太阳。"验收员传话过来的时候，当事人如闻噩耗，收拾验收员的心都有……

谁能想得到呢，皇粮说不交就不交了，上天有眼，罪终于受到了头。刘北斗说不交公粮是中央的政策，是国家对庄稼人的体贴，怎么说是上天有眼？要谢就谢谢党中央谢国务院！梨园村人不会再为辛辛苦苦打下的粮食进了粮站的粮仓心疼了，在粮站被太阳蒸烤、被驴粪尿味围困、被验收员刁难的日子一去不回头了。

眼下是吃穿不愁的年月，可老百姓日子不能老停留在不愁吃穿上；改革开放几十年了，国家富强了，社会发展了，老百姓的日子也该芝麻开花啦，眼睛怎么能只盯着温饱呢？中央说得对，全面建成小康社会，人人都要甩掉贫困，向着小康目标，齐心协力，携手并进……刘北斗越想越兴奋，越想越激动。

刘北斗坚信，上面推行农业产业结构调整是保障农民增收致富、奔向小康的明智之举，是切合实际的。这是农村的又一次改革。作为村支部书记，一心盼着梨园村富裕的领头人，刘北斗是全力拥护的。栽种黄花菜初见成效后，刘北斗暗自高兴走对了一步棋，像率军出征的将领，首次打了胜仗，他更踌躇满志了。梨园村未来的生活像一幅画那样在刘北斗的眼里清晰起来；而几场暴雨却给他当头一棒，家家霉烂的黄花菜，刘北斗看在眼里，疼在心里，梨园村的未来又模糊了。

天啊，有个能人指条路就好了，或者替代我刘北斗，领着梨园村三百口人闯出一条致富路。刘北斗不管在家还是出门，脑子里都在琢磨着这些问题以至走了神，路上不是撞了树，就是一只脚插进路边的水塘里。

刘北斗正在为黄花菜遭受损失后下一步如何走伤透脑筋的时候，王东方找他来了。王东方说接到乡党政办电话，党委书记江河水让他去乡里一趟。

从乡里回来，刘北斗跟老伴说："上边要再派来一个书记，叫第一书记。"老伴愣了一下说："怎么，你下来啦？"刘北斗说："你不懂，我还是村支部书记，还是抓全村工作，这新来的第一书记是专管扶贫的。"老伴撇着嘴："别说那好听的，人家是第一书记，你就是第二书记，还不是第一书记当家。"

这是一个重要问题，它提醒刘北斗，上面新派来的第一书记真的是扶贫书记？他会不会插手村里别的事务？会不会更改村里的制度？哎呀呀，我这不是斤斤计较嘛。刘北斗为自己冒出的一些想法羞愧不已。要知道，做了几十年支书，他一直是照着上面的要求规规矩矩做人，踏踏实实做事，心里从来没有惦记过将来能获得多大的收益；这么多年来他一如既往地按照原则办事，从没拿集体的利益换取个人的好处。父亲在世时，经常告诉他，村支部书记管着几百号人，职务小可事不小，每做一件事都要对得住良心，对得住老百姓，不能让人背后吐唾沫星子骂你。几十年来，刘北斗也得罪过人，他没帮人办事，没办违规犯纪的事，能不得罪人吗？刘北斗感觉自己一把年纪了，也没干过什么大事，比如他就想不出办法，找不到路子带领梨园村群众发家致富，他确实想腾出位子让年轻人干。梨园村老少不让啊。梨园村群众说，刘支书老子当年支援过宿北大战，对脚下的土地有感情，儿子做支书能不一心一意为梨园村老百姓办事吗？

现在，第一书记来了，这可是刘北斗求之不得的呢，不配合第一书记把梨园村脱贫致富工作抓出成色那就不是刘北斗了。

梨园村罩在晨雾里还没醒来时，石磨就起床了。他穿着露出棉絮的旧棉袄，棉袄的扣子没有纽，脖子下粗糙黝黑的皮肤一目了然；裤子是褪了色的军裤，膝盖处闪着光泽，有着油渍一样的质地；一双脚就更不体面了，穿着布满泥污的解放鞋。这身装束，这个起床的时辰，连着那副急匆匆的神色，人们有理由怀疑，此人不是偷鸡摸狗之辈，也是不务正业之流。石磨身后跟着一条狗。狗没有狂吠，而是默默地跟着。显然，这是一条经验丰富，锁定可疑目标后善用策略的狗。一向睡到日升三竿才起床的石磨，今日早起究竟要干什么？石磨听到后面有轻微的声音，以为碰上了人，转身一看，是九月菊家的狗。石磨有些生气，俯身欲捡块石头。狗知道石磨要做什么，转身就跑。石磨笑笑，以为狗猜透了他的心思，心里说，我又不是去找你家的主人，你跟我干啥。石磨走了几步，狗若即若离地又跟上来了。石磨心里有事，不予理会，他要去找寡妇九月菊，他要告诉九月菊一个重大消息。

九月菊看见石磨，语气里带着几分温柔："兄弟起这么早，莫非有啥喜事要说给俺？"

石磨说："当然啦，我是来告诉你一个事——这还是一件怪事呢。"九月菊两手捏着棉袄下角往下扯了扯，嘴上问什么事。石磨说："月菊嫂你听说没，昨晚村里来了一个啥书记，你说这原本就有北斗叔当着支书，好好的，咋又派来一个书记呢，哪有一个村里两个支书的？"

九月菊并不吃惊，反而笑了，斜了石磨一眼说："我以为什么天大的事呢，咱村里就是来了一百个支书，也挡不了你这个懒鬼睡懒觉啊。我就不信，老支书都拿你没办法，新来的书记能管得了你？"石磨苦着脸说："月菊嫂你知道个啥，新来的书记到底是哪路神仙，谁都不晓得，说不准来了新书记，咱梨园村就变天了……"九月菊说："石磨兄弟，你爸你妈不在了，你又没有挣钱路子，北斗叔给你办了低保，一来让你有口饭吃，二来嘛……你心里感谢他就不会惹事了。新来的书记是啥样人你也不了解，你咋知道咱梨园村会变天？莫非他能下了你的低保？"石磨向九月菊面前迈进一步，脸几乎贴着九月菊的鼻子，说："月菊嫂，你快成了诸葛亮了，你别说，有这种可能。"嬉皮笑脸的九月菊忽然严肃起来："咋？新来的书记想下你的低保？是刘支书给你办的，你没得罪他没惹他，他何至于做讨人骂的事。再说了，要是真的下了你的低保，就是打刘支书的脸。"石磨忧心地说："就是的，可是……月菊嫂，我真有不祥的预感……"

石磨一夜没睡好觉，他仔细地梳理着新来的书记张天宇每一句话每一个表情，包括眼镜背后深不可测的眼神。好不容易熬到鸡叫，窗外还是黑漆漆雾沉沉的，石磨就起床了，他要把刘支书领着新书记去他家的事告诉九月菊——在梨园村，没有比九月菊更能说上话的人了。他还没说出自己的担忧，九月菊居然替他说出来了——自己在村里享受了多年的政府低保可能会被这个新来的书记张天宇取消。

石磨的担忧是有道理的。论年龄，讲身体，石磨都不具备吃低保的条件，也不是政府救济的对象。石磨父母健在那会，家里既种地又做豆腐生意，在经济条件上是梨园村数一数二的人家。父母是善心人，那些家庭困难的村民经常跟父母借油盐酱醋钱，时间久了父母也不讨要，送热豆腐给左邻右舍吃也是常有的事。

尽管做点买卖比纯种地人家阔绰一些，但这个买卖曾经让一个家族盛极一时，又让这个家族饱受摧残。可谓兴衰荣辱系于一身。读高中那几年，石磨争分夺秒地学习，而丝毫不敢松懈，因为他知道活在世上的父母很苦很累，他们几乎没享一天福，他们长年起早摸黑拉着车子拽着犁铧，吃尽了人世间苦头。

所以他要努力读书，改变命运，振兴家族；他要用功名为家族雪耻，用孝行为父母养老送终。

不幸突然而至，父母殒命河水让他一个苦读寒窗的人猝不及防。石磨的愿望落空。又是豆腐造的孽！在这世上，石磨没有任何亲人，没什么生存技能，又种不下二亩责任田，三十多岁了也没讨上女人。

有人看到石磨经常在村西边的骆马湖边转悠，眼睛直直地看着湖水，咬着牙，两手紧紧地攥成拳头，好像湖是他的仇人。目击者还会向村支书刘北斗透露更神奇的消息：有一回，早起拾粪的老人看到石磨一头雾水地从骆马湖边的芦苇荡里钻出来，手里提着一只脸盆大的老鳖……老支书刘北斗认为石磨这个孩子经受不了接二连三的打击，脑子怕是出了问题。石磨是梨园村村民，父亲生前和刘北斗又是至交，刘北斗不能不管——不能让他毁了自己。

刘北斗以石磨孤身一人，没啥经济来源，生活拮据为由，说服了村里持反对意见的干部，为石磨办了低保。刘北斗告诉石磨他被列为低保对象时，石磨用眼泪和呜咽回应这一喜讯——低保虽然解决了他基本生活保障问题，也意味着他家道中落，沦为贫困户。事已至此，低保户就低保户吧，石磨不再有任何纠结，甚至连羞耻感也荡然无存。

石磨每次拿到低保金都会大笑一番，他感谢让他吃低保的人，他也憎恨让他吃低保的人，当然不仅仅是村支书刘北斗。

享受多年低保的石磨，早已觉得这是理所当然，反正是国家给的，又不是手伸进别人的饭碗。可就在昨天傍晚，情况发生了变化。老支书刘北斗领着一个机关干部模样的陌生男人走进了他家。对此，石磨大为疑惑。刘北斗介绍说："这是大湖新区旅游局局长张天宇同志，受大湖新区党工委委派，来梨园村挂职，任第一书记。张书记刚到梨园村，板凳还没焐热就来看望你这个困难户，以后梨园村的干部群众都要听张书记的。"石磨伸出两只大手和第一书记张天宇握了一把。手上用力过大，张天宇很不自然地笑笑，快速抽回手。刘北斗看到，张天宇白嫩的手面红了一块，狠狠地瞪了石磨一眼。

张天宇打量着陈设简陋、阴暗狭小、东西堆放杂乱的房间，又看了这个不修边幅但身板硬朗的青年农民一眼，淡淡地笑了一下，说："家里就你一个人？"石磨僵硬地站在刘北斗身后，眼睛看着屋顶挂着蛛网的芦笆。见石磨没有回答张天宇的问题，刘北斗说："屋里就他一人，父母死得早……"

张天宇没有生气，他不会计较一个吃低保的贫困户，也许这个年轻人对他这个不速之客抱有敌视态度也说不准。屋里的气氛有点压抑，张天宇没有要走的意思，石磨的态度反而激发他好好考察一下主人和他的家庭的兴致。

他先是在石磨家转，从外屋到里屋，像在勘探什么。刘北斗就跟在他身后转，边转边介绍说："这是村里的低保户，单身汉，没啥经济收入，他住的是祖上留下的老屋，年久失修，是村里的危房户。"第一书记张天宇不住地点着头。傍晚时分，屋内显得远比屋外阴暗。走进里屋，张天宇看到，阴暗的房屋内，土墙就像患了白癜风，黑一块白一块。地上放着一张床，床上胡乱堆着几条满面污垢的被子。张天宇看到床头放着一本书，拿起来翻翻，笑笑，没说什么话。石磨跟在老支书刘北斗和第一书记张天宇的身后，心里琢磨着新书记此行的目的。他庆幸张天宇和刘北斗没看到那台电脑——他把电脑放在一间暗室里——不然，他这个吃低保的人玩电脑的事一定让张天宇大做文章。张天宇像考古一样，在幽暗的房子里转着看着，不时皱起眉头思考片刻。石磨憋着一口气，却不知说什么好。但不说点什么似乎不行，石磨说："张书记，你看我这床上的被子，还有身上的衣服，都是政府给的，是刘支书照顾咱，咱感谢党，感谢政府，感谢刘支书！"

刘北斗立即纠正说："不要感谢我，发给你低保金，给你被子衣服，年底还给你粮油的，全是党和政府，党和政府恩情似海不是？"石磨回答说："是。"

第一书记张天宇转了一圈，角角落落都看了一遍，才回到外屋。他坐在一个小矮凳子上，从提包里掏出一个小笔记本，借着微光，开始问石磨的家庭情况。最后问到石磨的年龄和身体情况时，石磨说："三十三了，属猪，身体嘛，没啥毛病，不吃药不打针，能吃能睡，不给政府添麻烦。"

"好一个不给政府添麻烦，既然你四肢健全，年轻力壮，为什么不靠自己的双手去勤劳致富，却依赖着国家低保过日子？你不属于老弱病残，吃国家低保就说不过去。"张天宇的目光冷飕飕的，石磨不敢去看，垂首不语。

张天宇的一番话石磨似懂非懂，但有一点他确凿无疑：这新来的书记的确没老支书刘北斗厚道。送走张天宇，老支书刘北斗告诉他，这新来的书记要对梨花村类似石磨这样的低保户进行调查摸底，还说低保是用来救济贫困户的，不是用来养懒汉的。也正是刘北斗的几句话，让石磨一夜都没有睡好。

"谁敢取消老子的低保，老子就让他爬着走。"石磨咬牙切齿地发着狠。

十四 "低保户"的危机

张天宇到梨园村做的第一件事是调查低保户，的确出乎刘北斗的意料。老实说，区里派来一个主抓扶贫的第一书记，刘北斗是欢迎的，眼下梨园村群众正愁脱贫无术，致富无门，全村几十户人家像干旱已久的庄稼盼着下雨那样，早就盼着有个能人领着他们走上共同富裕之路，家家都能像经济发达地方的农民一样住着楼房，出门有车，过着体体面面、有滋有味的日子。现在，第一书记张天宇来了，刘北斗还求之不得呢，只要张天宇能让全村人从贫困的泥淖中拔出腿，梨园村人给他烧香磕头都心甘情愿。

既然是扶贫来的，张天宇一定会先摸一摸全村贫困人口数和他们的家底；也可能要了解一下村集体经济总体情况和主要产业项目。但是他没有。张天宇和村干部们简单见了面，打过招呼，就提出看望低保户的想法。刘北斗凭借几十年村支书职业历练和政治思维，不会不明白"看望"的意思。他是要去调查摸底呢。全村低保户中，有80%的人的申报资格是"货真价实"，不管谁来调查都查不出问题，各项条件都符合国家规定的低保规定；剩下的20%的人的申报资格真的是"丑媳妇见不得公婆"啦。石磨就是典型的例子。刘北斗为石磨办理低保是违反原则的，村里一些人心里不服，说刘北斗滥用职权，没有把公家的钱花在刀刃上。石磨身强体壮，凭什么吃低保？拿了石磨多少好处？刘北斗不好自己出面解释，就让王东方和那些意见满腹爱出风头的人说，这是为了拢住石磨的心，不让他惹是生非，做下损害梨园村名声的事来。梨园村多少年都是上面挂上号的"文明村""弘扬老区精神模范村"。

张天宇在石磨家那番话已经释放出一个信号：石磨的低保必须取消。刘北斗回去后，心里一直发愁：张天宇上任第一刀会不会砍出问题？石磨是好惹的吗？

果然，张天宇上任第一刀凌厉地劈了下来——

当夜，梨园村村部会议室灯火通明，一个临时决定的会议召开了。会上，张天宇提议：取消石磨等不符合条件的村民低保资格。

张天宇说："各位老少爷们儿，我和你们已经见过一面，咱们相互还不太了解，所以今天晚上把大家请来开个会。其实也不是什么重要会议，就是想坐下来和大家一起聊聊梨园村的各项工作，尤其是扶贫工作。我初来乍到，没什么农村工作经验，对村里情况也不太熟悉，这就需要在座各位多多帮助，多多支持。这次组织上派我到梨园村任第一书记，我很高兴。我为什么高兴呢？因为领导对我说，梨园村刘北斗同志是个党龄和任职时间近三十年的老支书，作风正派，工作扎实，深受群众爱戴。有刘支书在，我对梨园村的扶贫工作充满信心。"

张天宇的一席话让在座的村干部和老党员的心里如吹进一股暖风，字字句句有素质，见水平，不愧是机关里的干部。张天宇最后借领导的话高度评价了老支书刘北斗，刘北斗和其他所有人都相信张天宇的话是真诚的，发自肺腑的。村干部们对张天宇就有了好印象，说不准，这个年富力强的机关干部能有所作为，能让人信服地改变梨园村的面貌。

正在村干部们在心里对这个第一书记抱着美好预测的时

候，张天宇的脸上收去了笑容，严肃而担忧地说："下午我和刘书记到村里几户低保户家看了看，我发现存在一定问题，不能说他们家不困难，房子还是十几年前的老房子，屋里连一件像样的家具都没有。有的人家木床只有三条腿，第四条腿是一摞砖块，床上躺着卧床不起的病人……你们说，这样的家庭算不算困难？算；政府要不要帮助？要。但是，还有一种低保户说起来让人笑话，他老吗？三十来岁；他身体不行吗？身强体壮，能吃能喝；他穷吗？看上去确实不算富裕，被子恐怕就没沾过水，听说身上的衣服还是公家给的……这真是天下少有的怪事，这样的人为什么不能自食其力，却靠国家低保供养？这完全背离了国家推行低保政策的初衷嘛，群众会有话说的嘛。"

秃头上的虱子——明摆着，说的就是石磨，李成人，没有父母的孤儿，身体壮得几乎能举起碌碡的光棍。刘北斗瞟了一眼会场，他要在第一时间捕捉到每个人的表情和反应。有人嗤嗤地笑着，有人睁大了眼，有人咂着烟嘴沉思着张天宇话里的意思……

刘北斗的脸有点红，麻辣辣的，他的脸绷得很紧，有一种欲言又止的表情。第一书记张天宇同志，你这不是打我的脸吗？没有我村支书的话，他石磨能吃上低保？你这是在变相批评我啊，你这是让我下不来台啊。……刚刚还说我作风正派，工作扎实，怎么突然就转弯调舵，翻脸不认人了呢。

雾散日出，金色的光芒穿过树梢，烟囱升起了袅袅炊烟，梨花村里就开始忙碌了。

九月菊对村里来了第一书记这个"重大消息"居然没什么

反应，还说风凉话噎人，让石磨很不痛快，他不想跟九月菊多说什么，就直奔刘北斗家。路上迎面遇到了王东方。

"哟，这一大早碰到你，真是大闺女上轿头一回啊。"王东方打趣说。

石磨本来心里不舒服，但又不能给王东方脸色看，也就顺势奚落道："我说未来的王支书，你这是忙啥呢？"

"石磨你啥时候提拔我啦？"王东方反唇相讥。

"你是刘支书的红人，接刘支书的班，还不是早晚的事。"石磨一脚踢飞了一个坷垃。

王东方手头有事，不想和石磨斗嘴，就冷着脸说："新来的第一书记让我抓紧把村里的低保户统计一下，九点前就得把准确数据报给他。"说完，王东方匆匆走了，忽然回过头说："石磨，你做好准备吧，新来的张书记要对取消你的低保资格。"

啊？第一书记真的要拿我石磨开刀？我吃你喝你的啦？我和你第一书记前世有仇？石磨心里愤怒地质问着。

"为什么？"石磨故作惊讶地问。

王东方断定，石磨这个聪明人应该知道张书记要对他"为什么"，说："老同学啊老同学，你真不知道还是假不知道？张书记从你家回来，就发现一个重大问题，这个问题非解决不行。实话告诉你吧，你的低保资格被取消了。这是昨晚连夜开会决定的。"

石磨听了王东方的话，眼珠子都要蹦出来了："取消我的低保？他敢！这低保是老支书给我的，他算老几，敢不给老支书的面子？"

石磨张口闭口老支书，把老支书当成自己的保护神，王东方觉得石磨愚蠢得可笑。老支书把你定为低保户，张书记为什么就不能取消你的低保？这么一想，王东方就没好气地说："这可是第一书记的决定，老支书也得听第一书记的，人家毕竟是上边派下来的干部。"

看来这隐隐的担心果真要变成现实，石磨一阵眩晕，用力干咳一声，愤怒地向路边的树上吐出一口浓痰，踉跄着往老支书刘北斗家去了。

刘北斗有个习惯，从来不抽纸烟，一支半尺长的铜烟杆用了几十年。每天早上，他起床后，第一件事就是坐在门前的石磙上抽旱烟。几袋烟过后，他才会起身，走出家门去上茅房。

只睡了半宿觉的老支书红着眼坐在石磙上刚抽第二袋烟的时候，石磨走了过来。刘北斗没有说话，鼻子里喷着雾，对他摆了摆手，意思是让他随便坐。

"北斗叔，这新来的第一书记算哪路神仙，您老不是当着村支书好好的吗？他来咱村插一杠子干啥？这不是给您老添乱吗？至少是上面对您老不信任。"石磨在老支书面前踱着步，怒气冲冲地说。

刘北斗估计石磨听到什么风声了，不然不会对第一书记如此不满。虽然对张天宇的建议他不能理解，他甚至提出过反对意见，但人家是上面派来的，不能不听；张天宇是第一书记，是班子里的重要一员，刘北斗必须同他站在一个立场上，维护他的威信。所以，对石磨这番不当言论要批评一下。刘北斗捏着烟杆，在石磙上敲了两下说："咋说话呢，新来的张天宇同志，是上级派来咱村扶贫的第一书记。"

石磨摆摆手，不知是驱赶刘北斗吐出来的烟雾，还是驱赶刘北斗的话，"北斗叔，别的俺不管，俺只想问问，取消俺低保的事是真还是假，是您老的意思还是新来书记的意思？"

刘北斗瞟了一下坐在面前的石磨，眼里好像喷着两团火。他说道："谁告诉你要取消了，这只是一个提议，还没有定下来，你瞎说啥！瞎说啥！"

"我就说嘛，这是咱梨园村，不是桃园村，咱梨园村您老的根扎得比老槐树还深，谁敢给您拔了？就是鲁智深也没这本事。……村里谁不晓得，梨园村事事都得听您的，只有您老说了算，您老就是法律，就是政策，就是一言九鼎，谁敢不听？"石磨嬉皮笑脸地奉承道。

"你精着哩，就不要给我戴高帽子了，取不取消你的低保，要支委会研究。这上面的政策我也吃不准……"

刘北斗把烟布袋绕在烟杆上，插进裤腰里，对石磨挥挥手说："有事你就忙去，我还得喂猪呢。"

石磨说："北斗叔，听你这么一说，我这低保保不住了？哼，他要敢取消我的低保，我就让他爬着走。"

刘北斗一听，猛地顿了下脚，厉声说："你敢胡来，别说取消你的低保只是张书记的口头提议，还没形成决议，就是真的形成决议板上钉钉了，你也得给我老老实实地服从。"

刘北斗显得有些激动，脖子上的青筋暴突着，像几条僵死的蚯蚓。此刻，他很想把昨晚的会上张天宇刀子一样锋利的话告诉石磨，向石磨诉诉自己的委屈——为了稳住他不出乱子，为了维护梨园村的秩序，保住"文明村"这块牌子，他受到了张天宇的批评，一个六十多岁的老支书在村干部面前第一次出了丑。但是，刘北斗不能说，一个字都不能说，他知道石磨的脾气，发起狠来像一头疯牛，一股劲儿上来，山也挡不住。万一这小子做出点出格的事来，刘北斗是收不了场的，张天宇对他刘北斗和梨园村将会给予怎样的评价？所以，刘北斗不但没有说出实情，还以一个村支部书记的名义要求石磨必须服从村委会的任何决定。

"服从？我尊敬的刘支书，在咱梨园村您老说啥我都可以听，让我服从他，除非他是玉皇大帝派来的。"石磨青着脸说。

"胡说！"刘北斗的烟袋锅几乎敲到了石磨的脑壳。

石磨愤愤地走了，望着那裹着旧棉袄的背影，老支书刘北斗眼里噙着浑浊的老泪，回过身，一晃一晃地进了院子。

石磨觉得必须采取行动，必须给这个新来的干部点颜色看看，否则他就不知道马王爷有几只眼。

石磨心事重重地走着，一个人忽然挡着道，稍稍抬头，目光触到了耸起的胸脯。

"看什么看，眼珠子都要掉下来了。大早上就转到俺家茅厕边了，是不是掖着什么宝贝要送给你嫂子我哩！"九月菊眨巴着眼，笑呵呵地说。

"你就别损我了，我心里窝着火呢。"石磨在刘北斗那里碰了一鼻子灰，窝了一肚子气，哪有心思和九月菊调侃。

九月菊捏起拳头捶打石磨，嗔道："你这千刀万剐的，你不是让俺拿热脸蹭你冷屁股嘛，俺又没得罪你没惹你，你肚子里窝火关我什么事？"

石磨换了语调说："你在这做什么。"

九月菊说："等你。"

石磨说："等我做什么。"

九月菊说："你说咱村里又来了新书记，又说新书记一来恐怕要变天，你说的是真的吗？我后来想想不对。俗话说，无利不起早。你今天早起肯定不是为了告诉俺村里来了新书记，一定还有别的好事。嫂子平时对你比兄弟还亲，你不会瞒着嫂子，说说，是啥？是啥？"

其实，九月菊说得没错，她确实是在等石磨。她进屋后，她就一直在想这个游手好闲的石磨破天荒起了个大早，原因是啥。可她越想越觉得蹊跷，总之，直觉告诉她，这里面肯定有好处，既然有好处，就不能让这家伙独吞，就该分她一些。九月菊想着，就出了门，暗自盯着石磨，先是看他和王东方碰了面，接着又往老支书家去了，这更让她坚信自己的判断，这个好处肯定是国家给的，怕是国家又下来救济物资，或救济款，也说不准。如果真有这么个好事，同样是村里吃低保的贫困户，石磨能捞到，她九月菊也该有份儿，所以她拦住石磨问个究竟。

为了从石磨嘴里套出实话，九月菊就说："石磨，你说嫂子平时对你咋样？"石磨说："好着呢。"

话音未落，九月菊心跳有点加速了。丁苍耳活蹦乱跳那会儿，九月菊对石磨就有好感，她自己也说不清这好感究竟是怎么一回事，但有一点是明确的：石磨是读书人，读书人有读书人的样子，一句话不说，你都能闻到读书人的味道。哪像丁苍耳，除了炸鱼，除了喝酒，除了喘粗腔，说胡话……九月菊再也找不到什么了。九月菊睡在床上，心里就想着穿着校服、别着校徽，嘴唇上露出似有若无的胡子的高中生李成人。还没想得彻底，九月菊忽然觉得做了见不得人的事，骂自己是个不守规矩的女人。男人还在床上，心就野了……

命运欺负人啦。石磨死了父母，高考落榜，成了梨园村一个孤儿，一个庄稼汉，一个低保户。可九月菊仍然把石磨看成读书人。有段时间，这个读书人作践自己，糟蹋自己，他受不了人世间的煎熬，想一走了之把一肚子墨水也带走。九月菊心里难受死了，好像石磨是自己的男人——不，她从来没有为丁苍耳难受过。

九月菊哪里会想到，丁苍耳也死了，把自己和鱼一块儿炸死了，只留给她一个孩子，一座坟包，一把眼泪。九月菊成了断了翅的鸟，她的心在凄婉地哀鸣。在空旷的床上，九月菊又想起了石磨，这回是心安理得、天经地义了。

九月菊是俊俏的，村庄里多少年才出一个，像一枚吸足了阳光和水分，迎风招摇的果子，扯乱了多少男人的目光和心思。九月菊嫁给了炸鱼户丁苍耳，那些长相胜过丁苍耳的光棍们不怎么想理丁苍耳了，他们心里升腾着嫉妒和愤怒的火焰。肖一刀女人白玉兰当着肖一刀的面这么夸九月菊："一颗好果子吃到丁苍耳的嘴里了。"肖一刀冷笑一声："二手货。"白玉兰明白，在丁苍耳之前，九月菊嫁过一个不中用的男人。

村里的女人们经常议论说，同样是顶着火辣辣的日头下地，人家都晒得黑不溜秋的，这九月菊就是晒不黑，白皙的身子就像一朵野菊花，一对清亮亮的，好像总也沾染不到尘世烟火的大眼睛，盯着你看时就像是一个含苞欲放的少女。有人说，如果让九月菊背上一个双肩包，穿上校服，混进中学生的堆里肯定就找不出了。

九月菊没有离开婆家再嫁，安安生生地照顾老人，抚养孩子。九月菊的本分，让刘北斗十分感动，他逢人就说："梨园村虽然穷，但梨园村风气正，你看九月菊这孩子没了丈夫，不还是本本分分伺候老的照顾小的，你听到有人说过她的闲话没？"村里有些光棍不这么看。他们认为九月菊床上少个男人，夜里肯定睡不着，就想尽办法补上九月菊床上的空缺。但无论光棍们软磨还是硬泡，九月菊还是没松口。九月菊心里另有想法，即使这想法是水里的月亮雾里的花。

石磨挠挠头："月菊嫂子，你睡着都比醒着的人精，咱村里出什么事你真的不知道？"九月菊说："别卖关子了，你说给嫂子听。"石磨知道不愿错过任何好事的九月菊想知道什么，故意说："确实是个好事，而且这好事是冲着贫困户来的。你要让我告诉你，除非……"

九月菊咬着嘴唇，红着脸，抡起拳头又一阵捶打，嘴上说："你个砍头鬼，叫你瞎说，叫你瞎说……"

石磨缩着头，迎接着软和的拳头温柔的捶击，先前的不快瞬间荡然无存。

怎么说呢，九月菊这个看似没心没肺的女人也很不容易，算上嫁给丁苍耳，她已经结过两次婚。在九月菊十六岁那年，就嫁给了三棵树村的李苣蓿，起因是李苣蓿的爹和九月菊的爹是关系不错的朋友。李家家境殷实，九月菊家的日子捉襟见肘，九月菊的爹就和李苣蓿的爹谈妥一桩婚事。婚后，九月菊就哭着跑回家了，娘问什么事，九月菊拿胳膊肘捣娘几下，呜呜咽咽道："他那个不行！"

九月菊和李苣蓿离了婚，经人介绍，嫁给了丁苍耳。虽然离过婚，丁苍耳父母还是大喜过望，几乎把九月菊含在嘴里——一无钱二无势的人家能娶上媳妇就不错了，哪还有挑剔人家头婚二婚的道理？丁苍耳心疼女人，隔三差五从骆马湖弄来鱼虾，把九月菊养得面色红润，精神饱满。

十五 灭鼠药与恐吓信

梨园村第一书记张天宇履历非常简单，二十世纪九十年初毕业于徐州师范大学中文系，毕业后做过中学语文教师、教育局办公室秘书、县政府办秘书、大湖新区旅游经济发展局局长。除了学校和政府机关，张天宇没去过别的地方，这就是说，他不像一些干部爬阶梯似的从基层步步上升，经历过于复杂。二十多年的经历和磨炼，几乎没有改变张天宇的个性和处事原则，和他接触过的人，无不认为这是一个书生气十足的文化型干部，没被社会乌烟瘴气熏染的知识分子。张天宇的文章写得出众，文笔洒脱，文风典雅，文采飞扬，靠着一支笔走出校园，成了一名颇受领导器重的文秘人员。

张天宇的妻子白梅是一位中学英语教师，张天宇任大湖新区旅游经济发展局局长后，向外推介旅游产品的宣传册上的英文内容，都是白梅的作品。张天宇开玩笑说："老婆，你不仅是我生活上的伴侣，还是我事业上的搭档。"白梅说："天宇，你还没总结到位，我还是监督你的纪委书记。"

白梅说的是实话。丈夫做教师和秘书时，白梅知道他没有一官半职，就无腐败变质之忧。既然心和手都是干净的，做妻子的何忧之有？

2006年，宿雄市市委市政府为了实施引湖纳山战略，在骆马湖畔设立了大湖新区。这里依山傍水，自然资源丰富，为发展生态旅游业提供了得天独厚的条件。不久，张天宇调往大湖新区，任旅游经济发展局局长。张天宇升任旅游经济发展局局长之后，白梅并没有沉浸在激动和喜悦里，她知道张天宇已经转换了角色，由拿笔杆子变为手握权力者，她没少旁敲侧击地提醒张天宇："局长算不上多大的职务，但是如果丧失立场，无视原则，随心所欲，同样会犯很严重的错误。"白梅枕边的提醒，张天宇言听计从，他在心里感谢白梅，感谢上天赐予他聪慧的妻子。

张天宇深知，文化和旅游是孪生姐妹不可分割，他认真研究了文化和旅游之间的关系，文化和旅游融合的途径，时代对文化旅游发展的新要求，人们对文化旅游产品的新期待，文化旅游市场发展走向……阅读了大量资料，亲自带队到周边地区考察一圈回来，张天宇基本找准了骆马湖旅游发展目标和定位，他对这项工作充满浓厚的兴趣，也抱有坚定的信心。站在骆马湖畔，他深情地遥望苍茫的湖水，设想着骆马湖生态旅游产业瑰丽的远景……

面对文化旅游发展的巨大空间，张天宇展翅欲飞的时候，一项新的任务在等着他。

脱贫攻坚作为中央一项重大决策，在全国迅速推行，各地脱贫攻坚工作全面展开，如火如荼，已成为各级党委政府各项工作的重中之重，加快建成小康社会的关键之举。

年初，大湖新区启动了驻村"第一书记"选派工作，张天宇知道自己刚向区党工委李中奎书记汇报了骆马湖文化旅游业发展规划和近期重点工作，目前正着手建设沙滩公园，怎么也不会被选派做驻村"第一书记"。但事情总有意外。驻村"第一书记"名单上，张天宇的名字赫然在列。

一听说名单中有自己的名字时，张天宇极为震惊：一来自己作为城郊出生长大的孩子，虽说城郊也是农村，但这并不是真正意义上的农村，自己又不曾有农村工作经历，这差事肯定落不到他头上；二来作为大湖新区主导产业——环骆马湖生态旅游业急需发展，不容耽搁，况且发展规划已经形成，旅游项目工程即将启动建设。他的大学同学吴新华在区组织部干部科当科长，吴新华打电话给张天宇，让他请客。张天宇一头雾水说："我请啥客啊？"电话里，吴新华笑着说："我还想跟着你一起进步进步。"张天宇觉得这是老同学在调侃自己，也就顺水推舟和老同学说了几句笑话。对入选驻村第一书记，张天宇和吴新华说了掏心窝的话，他苦恼地说："老同学不瞒你说，我万万没想到组织上会选派我做驻村第一书记，我确实不适合做这个角色——我对农村工作一窍不通，这不是赶鸭子上架吗。我的吴科长，你说是不是？"吴新华忽然严肃地说："选派第一书记，区党工委李书记很重视，入选者由组织部几次提供名单，李书记一个名字一个名字遴选出来的，坚持的原则就是选派最优秀、最得力、最能干的干部，到最贫困、最艰难、群众最需要的乡村担任驻村第一书记。"

听吴新华这么一说，张天宇心里得到一些安慰，不管驻村第一书记有多大的"含金量"，在领导心中有多大的"分量"，既然是组织决定就得服从，就没有讨价还价的余地。张天宇想到这是区党工委李书记的"重视"，至少说明自己在李书记的眼里还是优秀的，是得力的，也是能干的干部。

临行前，李中奎书记又专门召集他们这些第一书记们谈话。书记的意思很明确，态度也很坚定，就是积极响应党中央的号召，打一场脱贫攻坚战，全面达小康，不能有一村一户拖后腿。这是一项政治任务，必须以更高的政治站位，更强的使命担当，积极投入并强力推进精准扶贫这一重大民生工程。李书记要求，所有驻村干部，小康不达，绝不收兵。如果有帮扶"不想不愿"者，开展工作"不严不实"者，驻村职责"不明不白"者，严格追责，绝不姑息。

前往梨园村的路上，透过车窗，张天宇看到平阔的田畴，挺拔的白杨，安静的农舍，顿然想起古诗词里吟咏田园的诗句，心情颇为激动。回想着李书记的临行叮嘱，感觉自己仿佛又回到了初进机关时的状态，满腔的热情，点燃了他奋飞的梦想。仿佛一条船，高高地扬起饱满的风帆，迎着风浪，起航在即……

但张天宇十分清楚驻村第一书记肩上的担子多么沉重，扶贫任务多么艰巨，在陌生的环境和思想文化水平参差不齐的群体中，又会遇到怎么的不顺和挫折。对此，他作了充分的估计，但他依然信心十足，想想自己一个在机关工作都能游刃有余的"久经考验"的干部，怎么能驾驭不了一个小小村庄的局面，出色完成"第一书记"的使命？他的初步想法是速战速决，首先拿出最好的成绩向组织汇报。

来到梨园村，张天宇的心里就凉了半截，有一股冷风很快将他心中燃起的火焰吹灭。

梨园村位于宿雄市中心城区北十余公里处，与骆马湖只有三千米之遥。这里交通闭塞，土地贫瘠，由于易受到旱涝等自然灾害，庄稼几乎年年歉收，且除了种地，村民基本没有别的经济来源。这个守着贫瘠的土地，在贫困中度日月的乡村，在老支书刘北斗的带领下，二十多年村里没有发生过一起打架斗殴事件，甚至连邻里纠纷都没有。百姓安定，民风淳朴，是乡里和区里挂上号的"和谐村""文明村"。在梨园村连任了二十余年村支书的刘北斗，连年被县乡两级评为"优秀村干部"。还当选过市劳动模范呢。虽然梨园村的精神文明建设搞得十分突出，但贫困治理始终是弱势，村里的人均收入一直处于全县乃至全市最低水平。全村不足一百户，绝对贫困户就达到八十多户，剩下的几户还不居住在村里，长期在城里打工。每次向上级汇报，刘北斗总是说："梨园村穷就穷在交通不便，资源匮乏。除了种地，没一点别的挣钱路子。就是想搞点副业，一没本钱，二没技术。就拿上几年村里响应上级农业产业结构调整号召，大面积栽种黄花菜来说吧，由于种植技术跟不上，黄花菜产量并不乐观；加上夏季雨水多，一百亩地的黄花菜不是烂在地里，就是烂在家里，风险太大，老百姓实在承受不起损失。后来行情又不好，黄花菜卖不上价钱，家家又刨了黄花菜，继续种小麦玉米。"

多年来，梨园村依靠政府的救助，有较多的村民都享受着国家的低保。区里这次之所以选派张天宇这个正科级干部到梨园村做驻村"第一书记"，也正是考虑到这个小村庄脱贫的艰辛。李书记除了集体谈话外，还单独找张天宇谈话，李书记的意思非常中肯，他对张天宇说："梨园村是经济薄弱村，是全区脱贫攻坚的重中之重，一定要发扬能吃苦、善担当的精神和勇气，扑下身子引导和带领村民脱贫奔小康。否则，全区的脱贫攻坚干得再好，也会因为这个小村而拖了后腿。"最后，李书记还特意交代张天宇，"梨园村有个干了二十多年的老支书，很有能力，一定和他配合好。"

张天宇粗略地了解了梨园村的历史和当前基本情况后，心里的确感觉压力大，李书记一番话对他来说既是命令，也是催征的号角，哪有知难而退的党员，哪有临阵动摇的战士？张天宇很快从担忧和畏难的情绪中摆脱出来。第一书记的责任和使命告诉他，必须迅速摸清梨园村贫困人口基本情况，针对全村集体经济极为薄弱、低保户占全村农户比例偏高这一实际，制定计划，精准施策，实现整体脱贫。

梨园村第一书记张天宇决定从走访调查低保户入手，探寻全村贫困的根源和"秘密"。

事不宜迟，张天宇和村干部匆匆见了一面打了招呼后，就让老支书刘北斗介绍全村低保户情况，随后，他和刘北斗逐户登门拜访。经过详细的入户调查，张天宇发现，梨园村确实是和谐村但没有活力。要说村庄的贫困，根源是交通不便，是资源匮乏，确实是一个方面；但另一方面就是村民太安于现状，整个村庄给人感觉就像一个没有睡醒的人。靠着国家低保和政府救济生活，已经成了梨园村人的习惯。村里不少人家，天暖了连被子也不拆洗，冬天就盖又脏又硬的被褥。张天宇问一个妇女："为啥不学会料理家务？"那女人歪歪嘴说："能吃上饭就够了，讲什么卫生啊。"

任何一件事情的成败，关键在于人。国家给予农村的最低生活保障是救济贫困的，绝不是用来"养懒汉"的。如果一个村庄因为有国家低保和政府救助，有能力的村民也不肯谋致富，这助长的是不思进取、好逸恶劳的不良风气，一些村民赖在家里吃低保，甚至把低保当成了理所当然的事，这怎么能行。村庄的脱贫攻坚，绝不是他这个第一书记一头热，需要全村每一个村民都来共同努力才行。如果不扭转这种不良风气，有再好的项目也难以实施。

在走访中，张天宇认识了低保户石磨，一个三十来岁、没病没灾、身强体壮的单身汉。这真是一个笑话，更是对党和政府扶贫救助政策的讽刺。所以，在正式开展扶贫帮困工作前，张天宇思来想去，决定在村里首先向"不思进取"宣战，向"懒"宣战。而宣战的"靶子"就是梨园村妇孺皆知，年富力强却靠着政府救济，终日游手好闲，睡个懒觉的单身汉石磨——取消他的低保。

可是，张天宇组织召开了三次村支两委会和一次党员代表会，都没有通过，遇到的阻力很大，几乎是一致反对。为什么要取消身强力壮的单身汉的低保就遭到那么多人的反对？这个问题深深困扰着张天宇。

老支书刘北斗每次会议他都参加，却在取消石磨低保问题上保持沉默。在人人表态的环节上，刘北斗说话了。刘北斗认为，张天宇是上面派下来的干部，他是百分之百地拥护，但是说取消石磨低保，他觉得不妥。如果这样做了，一定会影响梨园村的稳定和谐，以毁掉保持了二十年的"和谐村庄"的牌子去开展工作，代价太大了，村里承受不起。

事情就这样陷入了僵局。晚上，张天宇又去刘北斗家，进一步做他的工作。刘北斗还是那个会上的态度和立场，坚决不同意取消石磨等人的低保。最后，刘北斗居然说："张书记，你是上面临时派下来的驻村干部，你哪天调走了，可我是梨园村人啊！所以我必须为全村考虑，为村民的生活考虑，为安定和谐考虑。"

刘北斗的话让张天宇深感委屈，他想，这样的心里装着老百姓，为了维护村庄的和谐稳定，错误地执行国家低保政策的老书记，怎么能理解他的苦衷呢。他想为自己辩驳，甚至想批评刘北斗，但看着他满脸沧桑，他的心软了。

是夜，月亮很圆，皎洁的月光洒在宁静的村庄，村庄像披着婚纱的新娘，在宁静中品尝着新婚的甜蜜。这是贫穷中的甜蜜，是张天宇不无担忧的甜蜜。张天宇一路走着，反思着，不停地质问自己，你是不是有点急于求成了？刘北斗的话再次提醒了他，不能在这里镀镀金再抬腿奔自己的前程，一定要维护好梨园村安定团结的局面，一定要想尽办法让梨园村的村民脱贫致富，让他们过上靠自己双手创造的幸福生活。而要实现这个愿望，不负重托，不辱使命，就必须从改变村民的思想和习惯入手。

那一夜，张天宇无眠，直到早上六点多，他才和衣躺下。

石磨简直是恼羞成怒了。刘北斗和王东方都说第一书记要取消自己的低保，看来老支书同情他，破例给他办下来的低保是保不住了。"我和你的仇算是结下了，张天宇。我遇到你，算我倒了霉。"石磨气得嘴角哆嗦，一个人在土坯房里，像一只无头苍蝇一样晕晕乎乎地走来走去。

让石磨无法忍受的，不是那每月几百块钱的低保金——那几百块钱能养活我？我一辈子就靠这塞牙缝的钱过日子？不，不。要是个男人，就不要靠政府养着。我也是有文化的人，有健壮的胳膊和腿脚，我为什么要靠低保活着！让石磨咽不下这口气的，是张天宇想拿他当软柿子捏，想借取消他的低保来耍逞能，来耍威风。既然你张天宇不问青红皂白就对我下手，我也不能伸着头让你弹。生了一回气，又发了一遍狠，天色已晚，村子里一片安静。石磨要做他的正事了，在他看来，张天宇算什么，天塌下来也要把这事做下去。

次日早上，石磨照常睡懒觉，几只麻雀在他的透风的窗台上蹦蹦跳跳，歪着头向窗户里看。太阳都爬上树梢了，床上的人怎么还在呼呼大睡呢？

大概过了早饭的时辰，肖一刀来了。肖一刀自从搁下杀猪刀，没了往天的神气，一张脸和经营肉铺那几年比起来，大为逊色。肖一刀干啥来了？石磨借他的钱早还他了，不是他催得紧，石磨也不会卷进一场斗殴，蹲了三个月的监狱。石磨对这个村里人都不愿意接近的杀猪佬恨之入骨。

嘭嘭嘭……肖一刀的巴掌拍在石磨破旧的门板上。

"还没睡醒啊，石磨？开开门，我有话跟你说。"肖一刀大声嚷着。

"肖一刀，你耽误老子睡觉……"石磨心里骂着，打着哈欠拉开门。

肖一刀眼睛没看石磨，按屋里扫了一遭，又狗一样皱着鼻子闻闻。"怎么一股泥腥味。"这座土坯房拢共三间，中间堂屋，东西间是卧房，西间紧靠一个土坡——父亲当年在梨园村安家时就选中了这块靠土坡的地，或许在父亲眼里，土坡成了一种象征。石磨住东屋，西屋门锁着，不然肖一刀有可能闯进去。

石磨没接肖一刀的话，只是说："我一个回笼觉还没醒，一刀叔你就来了，啥事快说说。"肖一刀冷笑一声，说："有件事莫非你蒙在鼓里？听说你的低保被取消啦。你吃了几年的低保没有啦。"

肖一刀的话挠到了石磨的痛处，他心里呼地腾起一团火焰，痛苦地咆哮着："都是那个姓张的干的好事，我跟他走着瞧！"

肖一刀见时机成熟，嘴凑过来说："石磨，你要是男人，不能让这个姓张的踩在你的头上，得抓紧给他点颜色看看。你看刘支书多厚道，做了几十年支书得罪过谁？"

石磨说："一刀叔，第一书记又没惹你，你怎么来跟我说这事？"

肖一刀鼻子里喷出一声响："哼，我就瞧不上这种上来就整人的官，俗话说'新官上任三把火'。咱看看他'三把火'能烧出啥结果。"

张天宇大概只睡了两小时的觉，七点多钟就起床了，洗刷完，赶往刘北斗家吃饭。刘北斗看到他两眼通红，面色憔悴，关切地说："张书记，昨夜又没睡好吧？看你脸色多不好，一定注意身体，别在俺梨园村累垮了身体，上级可饶不了我。"张天宇笑着说："刘支书我哪有那么娇气，工作还没开始就垮了身体，我才不愿意呢。"

张天宇吃完饭，走进村委办公室。他看到桌上放着一封信，打开后一看，发现信封里装着一包老鼠药，还有一张只有几行字的小纸条。小纸条上写的内容是警告他做事不要太绝，否则这灭鼠药就会放进他喝水的杯子里，让他站着进来，躺着出去。张天宇觉着这句话很熟悉，这不是电影《保密局的枪声》里的台词吗。

张天宇望着灭鼠药，再看看自己的水杯，去吃饭前他刚刚喝过水，盖子还放在一边。他的脸色瞬间煞白，一屁股坐在椅子上。想不到，自己刚到梨园村还不到一个月，就得罪了人，看来这个不足三百口人，连续多年在市、县"上榜"的文明村、和谐村，居然出这样的插曲。当然，这种恐惧来得快消失得也快，他很快起身，走出办公室，询问外面的人，问他们是否看到什么人进过他的办公室。被问者都摇头，说没见过陌生人进过他的办公室。

　　张天宇决定不去声张，因为对他这个第一书记来说，这件事并非什么好事，如果说出去，必会弄得满城风雨，人心惶惶，也就中了恐吓者的下怀。在机关呆了那么多年，见过形形色色的人，张天宇是不惧威胁恐吓的。但是，这包灭鼠药，也让他不得不去重新审视这个他将要在此工作两年的小村庄。什么人对他有如此深仇大恨呢？张天宇在办公室来回踱步，怎么也想不出这个寄信的人到底是谁。

　　开弓没有回头箭，如果遇到困难就缩手缩脚，一包灭鼠药就摧毁了信心，挡住了去路，那就不是张天宇的性格。他思考片刻，便从椅子上站起来，走出门，喊王东方，让他通知上午村委要召开一个党员代表会。

十六　村部大院里的风波

一个躺在"文明村""和谐村"光环下沉睡的贫困村，等着身负重托的第一书记张天宇去唤醒。从接到驻村任务那天起，张天宇极力说服自己不要因为缺乏农村工作经历和经验而犹豫不决、畏首畏尾。什么是对党的忠诚听党的指挥？什么是走进基层为民服务？在改革开放深入推进中，在全面建成小康社会的伟大实践中，张天宇完全理解一个优秀的党员干部的使命与担当。在脱贫攻坚压倒一切的形势下，组织选派优秀机关干部到经济薄弱村去，是改变广大乡村贫困面貌，促进低收入人口走上富裕之路的有效路径和有力举措，是时代的需要，更是人民群众的期待。

但是，迎接张天宇的，不是全村上下的热情与欢呼，而是威胁与恐吓。张天宇无力地坐在椅子上，眼里闪着泪花。他工作这么多年，无论在学校还是在机关，总的说还是顺利的，他的性格和修养不会让他有什么对立面，更不会让他遭受打击和报复。怎么刚到梨园村就不行了呢，这究竟是怎么回事？

张天宇忙完工作就回到县城的家里。白梅上下打量着他，抿着嘴不说话。张天宇有点不好意思了，说："这才几天，就不认识啦？"

"张书记，看你第一眼我就知道你心里有事，是不是在乡下工作不顺手？"白梅接下张天宇手里的公文包，挂在衣架上，又倒一杯开水端给他。

进了家门，妻子举手投足表现出来的爱意，让张天宇的烦恼烟消云散。他犹豫一会，还是把恐吓信和老鼠药的事说了，白梅或许能帮他分析矛盾根源和处理办法。"我一到办公室，就收到了这份'特殊'礼物。"他说。

白梅问："你才去几天，莫非你得罪了什么人？"

张天宇说："我取消了一些人的低保。你说，国家低保是照顾老弱病残困难户，还是照顾年轻力壮游手好闲好吃懒做的人？"

白梅不以为然地说："这还用问，当然是照顾老弱病残，没有劳动能力和经济来源的人了。"

张天宇嘲笑说："梨园村的低保户里有一半是不符合条件的，有个外号叫石磨的，才三十来岁，没病没灾，成天睡个懒觉，游手好闲——咳，居然也享受低保，这不是天大的笑话嘛。"

"真是胡来。"

白梅听说过，有些村干部利用权力违规上报低保户、发放救济金，再从中捞取好处。那些穷困潦倒急需帮扶的特困户却不能享受政策给予的温暖，他们敢怒不敢言，或者敢言却找不到渠道。瞧瞧，这事偏偏让张天宇碰上了。

白梅说："梨园村干部简直不讲原则。这事处理不好，影响不好？"

张天宇解释说："梨园村支书刘北斗是在台上干了二十多年的老支书，这人在村里德高望重，老百姓都信他服他。他在执行低保政策上是有点欠妥，但他绝不会拿别人的好处。"

"他为什么让三十来岁的壮汉吃低保呢？"

"他也是没办法啊，他怕村民人心不稳，惹是生非，砸了

'文明村'的牌子。"

白梅这就明白了：张天宇取消一些人的低保，"侵害"了他们的利益，所以就收到了恐吓信和老鼠药。白梅很是为丈夫担心，万一出了什么事，谁都担当不起。但她能帮张天宇打退堂鼓吗？能让他趋利避害离开梨园村继续做他的旅游经济发展局局长吗？不能。

白梅说："什么人干的你心里应该有数，不过不要声张，更不要惊动派出所把这事当成案件侦查。就当没这回事，你取消人家的低保，要及时和人家沟通，尤其是那个叫石磨的，对他要晓之以理动之以情，只要你捧出一颗诚心，他会理解你，说不定他会干出大事呢。"

白梅一番话简直让张天宇激动得嘴唇发颤，不知说什么好。他把胳膊环在白梅的脖颈上，默默地表达着感激和钦佩的心情。张天宇这一少见的亲昵的举动，弄得白梅有点不好意思，她顺势偎依在张天宇的身上，温柔地摩挲着男人的手面。

张天宇当晚就赶回梨园村。他又一次主持召开了支委会。张天宇简要分析了当前农村工作形势和扶贫工作的紧迫性。在经济社会发展中，城乡差距是明显的，不容忽视的，缩短和消除城乡差距，是实现全面建成小康社会这一奋斗目标的必要条件和生动体现。如何缩短和消除城乡差距？关键在于发展和振兴农村经济，全面提高广大农民的收入水平和生活质量。而摆在我们面前的现实是，还有部分乡村经济发展十分滞后，有相当一部分低收入群体处在贫困线上。这就要求我们基层党员干部要积极响应党和国家的号召，认真贯彻落实有关脱贫攻坚工作的决策部署，主动配合政府扎实高效推进脱贫攻坚工作，确保在最短的时间内扭转农村经济落后的局面，让低收入农户通过多种渠道获得更高的经济收入，过上真正的幸福生活。

张天宇充满激情的讲话让在座每个人如醍醐灌顶，对这位新来的第一书记如何带领全村干群脱贫致富拭目以待。

张天宇讲完，让老支书刘北斗说几句。刘北斗清了下嗓子，舒展着皱纹说："张书记是区里选派到梨园村来的，他是科班出身，能力和水平都比我高，我就是个大老粗，没什么文化，思想也老了，跟不上时代了。往后，在座的党员干部都要听张书记的，要不打折扣地落实张书记安排的每一项工作。这一点，我首先做到。"

下面的人都笑了，大概是笑主席台上坐着的老支书的话和他人一样朴实。

张天宇笑着说："刘书记太谦虚了。从年龄上说，刘书记是我的前辈，农村工作经历和经验比我丰富得多，对梨园村的历史、民风民情、群众的困难和需求，刘书记了如指掌。组织上选派我到这里来抓扶贫工作，我才有幸走上这块土地，认识善良朴实的父老乡亲，认识我永远尊敬的刘书记。"

会议重点讨论了如何发展村集体经济，实现全村低收入农户全面脱贫问题。讨论这两个问题时，大家也提出了摆在梨园村干群面前的困难——交通条件差，没有一条像样的道路。说到道路，人们自然想到一句老话：要想富，先修路。张天宇把会上每一个人的发言都记在笔记本上，在"村里需要修建一条高标准高质量的道路"这条建议下，画了两条粗线。

今天的会议气氛十分热烈，对一些问题的讨论比较深入、实在，下一步工作重点、步骤、方向，张天宇已经心里有数。

最后，张天宇针对调查了解到的情况，再次明确提出：村里的低保户要重新审核，不符合条件的一律取消。不管涉及谁，不管他根子多硬，本事多大，只要够不上吃低保的资格，就得取消。

会场立即鸦雀无声。虽然没有人明确支持，但也没有人像前几次会上那样公开反对。刘北斗伸出小手指掏着耳朵。为了消除大家的顾虑，张天宇表态说："如果出了什么事，我个人承担。我们这样做，不是心疼国家那几个低保金，是要刹住不正之风。"

开完会，张天宇没有立即上床休息，他拿出一本《扶贫手记》认真看着，他对深入山区，全身心扑在扶贫上的驻村第一书记肃然起敬；他深刻认识到，历尽艰辛，矢志不渝，让贫困山区焕发生机，让困难群体绽放笑容的人和他们的事业是多么崇高和神圣！

张天宇展开笔记本写下这样的文字：

脱贫攻坚是一场战役，有党和人民的信任和厚望，作为一名深入扶贫一线的干部，就应该像勇敢的战士一样，不畏困难，藐视挫折，振奋精神，冲锋在前，坚决打赢脱贫攻坚战。

已经十二点了，张天宇头枕着双手躺在床上，他像等待一场战役一样，心情激动而豪迈起来。

张天宇近乎失眠一样迷迷糊糊地躺着，好不容易合上眼，就被一阵吵闹声惊醒。

梨园村的早晨，麻雀叽叽喳喳地汇聚在树梢。不晓得是麻雀喊醒了梨园村的黎明，还是黎明唤醒了麻雀，总之麻雀欢叫，梨园村的村民就知道该起床了。狗显得异常活跃，在村里叫声连成一片。接着就是一阵脚步声，湿漉漉的晨雾被踏出了水。

张天宇睡眼惺忪地穿上衣服下了床，打开门向外看去。

村部门口围着十几个早起的人，他们像看一场戏一样看着光棍汉石磨疯狂的表情，听他嘴里吐出来的脏话。

"你个不知百姓疾苦的人，给我出来！给我出来……"

石磨像泼妇骂街一样，手指向村委会的院子，纵着身子，跺着脚。

糟糕！大清早石磨就来闹事了。他这不是明目张胆地骂我吗？张天宇头皮发紧，怒不可遏。想到临行前李书记的嘱托，想到白梅的提醒，想到自己的责任和身份，张天宇克制了自己。这小子准是知道了村里要取消他的低保，更知道取消他的低保是第一书记张天宇的主意，所以天一亮就跑到村部来闹事来了。

十多个村民并不都是来看笑话的。有两个村民一人一只胳膊架着石磨。石磨踢腾着腿，扭动着，咆哮着，拼命地想从两个村民的手里抽出胳膊。两个村民死死地架着他，像控制一头野兽。

"刘支书怕他闹事，才给他上了低保。怎么能说下就下了呢。"一村民说。

"咱村里吃低保又不是石磨一人，新来的书记凭什么下他的低保？"又一村民说。

架着石磨的村民愤怒地瞪了说话的村民一眼，说："瞎说些什么！你们是不是想让石磨和张书记打架，闹出笑话给你们看看？"

石磨似乎得到了两个村民的声援，劲头更大了，语言更恶劣：

"……张天宇，我告诉你，我反正光棍一条，没老婆没孩子,你想怎么玩我奉陪到底。我蹲过监狱,大不了你让派出所把我抓去再吃一回牢饭。你不是要取消我的低保吗?出来啊,有本事你给我出来啊!"

石磨侮辱性的谩骂,像冰雹一样劈头盖脸地砸来;又像熊熊燃烧的烈火,炙烤着张天宇。他背倚着门,眼里喷着火,嘴唇痛苦地抽搐着。天啊,我何曾受过这样的奇耻大辱啊。他的心在声嘶力竭地呐喊。

面对石磨有恃无恐地挑衅,不能再躲了。对这种人,如果躲,肯定不是上策,不但有失尊严,也会助长对方的嚣张气焰。直面相对,后果是什么,他无法预测。但事已至此,也必须面对,没有退路。

张天宇用力打开门,气势雄伟地走出去。村民们目光冷峻地看着在梨园村刚上任不久的第一书记。他们的心都提了一截。他们都为这个五官端庄的机关干部捏一把汗。他们都不知道将要发生什么。

张天宇步履铿锵地走到石磨面前,厉声道:"你想干什么?"

石磨看到张天宇毫不示弱,甚至一点怯懦都没有,反而自己两腿有点哆嗦,怒气消了一半。

"有什么事可以通过合理方式反映解决。在大庭广众之下发威耍横能解决问题吗?听说你还读过高中,怎么说话做事这么没有水平?"张天宇直视着不再嚣张的单身汉。

老支书刘北斗风风火火地赶来了,他大老远就看到一群人围在村部门口,和对峙中的两个人。老支书骂骂咧咧奔过来,人们迅速闪开一条道。

还没等刘北斗开口,石磨恶人先告状道:"刘支书,您老来得正好，俺正想问问，您老干得好好的，上面为啥派来这样一个不懂百姓苦的人来咱村做什么第一书记，这不是给您老添堵吗？"

刘北斗用烟杆指着石磨的脑壳，嘴唇哆嗦，胡须抖动，终于骂道："你这个狗咬吕洞宾不识好歹的人，你咋跑这里丢人来啦？张书记是区里派给咱梨园村扶贫的驻村干部，是为梨园村村民办实事来的，怎么能说他不懂百姓苦哩！"

刘北斗一番话似乎并没有镇住石磨，他吐口唾沫说："你们都是穿一条裤子，你怕他，老子不怕他，有种把俺绑去毙了。"

刘北斗怒吼："你给我闭嘴！有本事挣大钱去，甭给我在这里逞能。你两个快把这不懂事的家伙拖回去！"架着石磨的两个村民手上用力拖拽石磨。石磨硬着身子绷直两腿不走。两个村民岂能容他，一使劲把石磨胳膊往上一提一拖，石磨两脚与地面若即若离地被两个村民拖走了。

石磨两条腿不停地蹬着湿漉漉的地面，嘴里狂叫："张天宇，有种我们就来决斗一场，我的拳头闲着好久了。你怕了吧，你……"

村民散去后，站在门口的张天宇始终没说一句话。他像旁观者一样，不动声色地看着石磨被拖走。不过，他从围观的村民眼里看到，大家其实是支持石磨的。在矛盾面前，他属于外来者，是孤立的。如果他有一点不当，很可能会一触即发。矛盾激化，反对他的将不是石磨一个人，而是全村的人。

石磨被拖走了，刘北斗轰走了村民，安慰张天宇说："张书记，实在对不住，是我没管教好，让你受委屈了，看在我一张老脸上，别往心里去啊，千万别往心里去……"

张天宇说："没事，刘支书。是我做事急躁，方法欠妥。"刘北斗明白张天宇话里的意思——几次村委会、党员代表会上，张天宇关于重新审核、调整低保户的提议之所以没有顺顺当当地通过，就是害怕乱了人心，激化矛盾，影响稳定。这是刘北斗所不愿意看到的。但刘北斗还是看到了。

不过，张天宇不会计较石磨，他知道石磨利益受到触动，发发脾气，撒撒野，是可以理解的。不过，这一闹，让他的心里突然产生了一种忧虑。

上午十一点驻村第一书记必须参加区里的扶贫工作会议。张天宇看看手机，已经九点多了，他必须出发。张天宇有车，他这段时间睡眠不足，又心事重重，精神状态不佳，就让王东方开他的车直奔会场。

十七　光棍汉的梦想

张天宇坐在车上思绪烦乱。他一连串地想起了到梨园村上任没多长时间，各项工作还没有正式开展，就遇到了让他头疼的事：部分低保户不具备资格，必须取消；收到老鼠药、恐吓信；村民出言不逊，到村委会闹事……现实和他的想象有着巨大的反差，他简直不敢相信，他会在这样的环境中能有所作为。想到这里，张天宇对今天的会议有点心里发怵——他既无法面对李书记期许的眼神，也毫无把握做好会上的发言，作为刚选派下去的驻村第一书记，必须汇报所驻行政村的基本情况，扶贫工作的切入点、突破口、基本措施和主攻方向，比如扶贫项目引进……

见到李书记，难道滔滔不绝地把梨园村说得一无是处，比如村庄缺乏生气、村民萎靡不振、集体经济薄弱、可利用资源匮乏、个别村民素质低下、冒领国家低保金？这是万万不能的。一个称职的党员干部必须直面困难，踩着困难奋力前行。

各种问题在张天宇的头脑里你来我往，张天宇感觉头脑昏昏沉沉，好像病了一般。迷迷瞪瞪的像是睡着了，王东方说："张书记，到了。"

会上，大湖新区领导一个不少全部出席，会议的重要性不言而喻。

会议由管委会主任吴天住持。吴主任宣布开会后，扫了一眼会场问道："驻村第一书记都来了吧？"台下的秘书马上说到齐了。吴主任说："今天会议主要是听听第一书记的工作开展情况，汇报要直奔主题，实事求是，不要掺杂水分，这是王书记的意思。"吴主任扭头望望身边的李中奎书记，李书记扭头和他对视，并微微点头。

果然要听驻村第一书记的汇报！汇报什么呢，张天宇脑子里一片迷茫，心里有点发慌，再说下去不到两个月时间，情况还不完全熟悉，开展工作无从谈起。不过，在他之前汇报的几位驻村第一书记，不仅做了入户调查，项目引进也全面展开，有的脱贫项目已经进入实施阶段。

轮到张天宇汇报的时候，他只是实事求是地汇报了梨园村的实际情况，然后动用在县政府办做秘书写公文期间训练成的思维，编出了几条"辫子"，概括了自己的构想：一是入户调查做到了精确完成；二是正在精心谋划，依托梨园探出一条致富新路子；三是正在与交通、水利等部门精准对接，争取获得部门支持，改善村庄的基础设施，比如农田灌溉防渗渠、村路建设等。

第一书记汇报完后，李中奎书记作重要讲话。李书记一个小时的讲话，从扶贫的重大现实意义与民生关切开始，既讲了全区的现状，提出了存在问题，也讲了解决措施，更讲了下一步工作路径。他要求，必须全区行动，以脱贫攻坚压倒一切的魄力和决心，坚决打赢这场脱贫攻坚战。

几个小时的会议让张天宇醍醐灌顶，认识到当前脱贫攻坚任务的紧迫和艰巨，更看到了自己脚下道路的崎岖与坎坷。是啊，要彻底贯彻这次会议精神，切实完成驻村第一书记的重要使命，难度可想而知。但张天宇如奔赴战场的勇士，决定投入一场激烈的"战斗"，要让脱贫攻坚胜利的旗帜飘扬在饱受贫困的梨园村上空！

张天宇本想顺便回家和妻儿一起吃顿饭，但他改变主意了，他决定返回梨园村。路上他给白梅打了电话，白梅抱怨说："都快到家门口了，也不来家看一眼，你真把梨园村当自己的家喽……时间长了，你怕是找不到家门了。"王东方在开车，张天宇不好在电话里和白梅说多，怕白梅再说出什么不中听的话来，让王东方听到了不好，就挂了电话，长长地叹口气，瘫坐在车座上，一脸茫然。

王东方对张天宇说："张书记，不是梨园村村民不理解你，是你不理解他们。"张天宇问此话怎讲。王东方说："张书记，你一心一意想带领梨园村村民脱贫致富奔小康，我是最能理解的。我很佩服你。你提出取消一些人的低保，出发点也是好的，是不想让国家的低保养懒汉，不能让他们吃现成饭。你想调动他们的积极性，让他们靠双手靠技术，获得更多的财富，过上更富裕的日子。这我都能理解。"张天宇抬起头，饶有兴致地听着，脸上露出欣慰的微笑——毕竟，还有人真正理解他的良苦用心。

王东方停了停，又说："可是，你没有真正理解大家为啥不赞成你取消一些村民低保这个做法，就比如今天早上，石磨去找你闹事，并不是他完全出于胡搅蛮缠。我和石磨从小学到高中，一直是同班同学，尽管大家都说他好吃懒做，游手好闲，把自己活得人不人鬼不鬼的；可他心里有苦啊，他找不到人诉啊。石磨是个好人，真的。他之所以对你有抵触情绪，是有原因的。"

张天宇吃惊地问："有什么原因？你快说说。"

王东方从后视镜里瞟了一眼张天宇。张天宇身子前倾，竖起耳朵，等着王东方告诉他石磨大闹村委会的背后原因，这对他至关重要，他可能因此掌握一把打开石磨这把锁的钥匙，进而妥善解决梨园村低保户问题。

王东方说："张书记，表面上看石磨冲着你取消他的低保而大发雷霆，甚至出言不逊冒犯你；其实这不是真正的原因。他心里有难言的苦楚，他想办一件大事，想通过产业带动全村人脱贫致富，想通过集体创业摘掉梨园村贫困村、薄弱村的帽子，让这个曾为人民解放战争立下汗马功劳的革命老区村，以崭新的面貌屹立在骆马湖畔。"

张天宇听得全神贯注，他情不自禁地点着头，脸上露出欣慰的笑容。

王东方给张天宇讲了一个故事：石磨家曾经是远近闻名的豆腐世家。他的上辈几代人都是靠开豆腐坊，磨豆腐为生，据说他家豆腐，秘方祖传，堪称天下一绝。乾隆年间，李家就开了豆腐小作坊，由于用料讲究，配方独特，工艺精细，出锅的豆腐没人不爱吃的。不仅平民百姓日日惦记着李家的豆腐，就是达官贵人、地主豪绅也念念不忘，一传十十传百，李家的豆腐名声就传到了宫廷，被选为朝廷的贡品。这在县志上都有记载。据坊间传说，钦差们坐着官船顺着京杭大运河，日夜兼程，一路南下，停在李家屯附近的运河渡口。每次官船开到运河渡口，方圆几里的人从四面八方赶来看景。当时河岸上人头攒动，摩肩接踵，简直超过了庙会，县衙专门派人到现场维持秩序……

张天宇忽然来了精神，眼睛一亮问："东方，你能说说李家豆腐是如何绝？"

王东方说："李家豆腐绝，绝就绝在口味上，有五香味、葱花味等几十种口味，这口味各异的豆腐并非后期加工炮制，而是调料和黄豆同时下磨、入锅的。别说在过去，就是现在的市场也从没有这样的豆腐出售。"

王东方的描述让张天宇口里生津，白嫩嫩香喷喷的李氏豆腐仿佛就在眼前。张天宇感慨道："这是多好的传统工艺啊。长这么大，别说没吃过，就是听都没听过豆腐有如此精致的配方和丰富的口味，真是小食品里有大学问哪。"他又问王东方是怎么知道李氏豆腐的历史的。

王东方说："石磨父母到梨园村落户那年，他父亲李有田讲给老支书听的，老支书又把李氏豆腐的历史和荣辱当故事讲给我听。老支书说他非常佩服李氏家族卓越技艺，鼓励李有田继续经营豆腐，那口味和大清时没多大区别。"

王东方说到这里，声音哽咽了。张天宇也听得鼻子发酸，心生怜惜。他又问李氏豆腐后来怎么没落的。

王东方说："至于什么时候李氏豆腐开始走向没落，我不怎么清楚，老支书没讲过，石磨也没说过（实际上他也不知道）。我就听老支书讲，李氏豆腐制作手艺传到石磨祖父手里没几年，他们家就落难了。石磨祖父受不了折腾，上吊了。石磨父母就逃到了咱梨园村安家落户。改革开放后，石磨的爹又开始做豆腐了。可惜石磨父母没做几年豆腐就死了，老支书很伤心，既为老朋友不幸离世，也为名噪一时的李氏豆腐技艺失传。"

张天宇拍了一下大腿，叹息一声说："可惜啦，实在可惜啦。这个石磨怎么就不能为祖上争口气，重振祖业，把祖上做豆腐的技艺传承下去，非要心甘情愿做一个让人瞧不起的人呢。"

王东方大声地笑起来，说："张书记啊，你误解石磨了，除了我，村里没人能了解石磨的苦衷和抱负——这也正是我要跟你说的。石磨本不想传承祖业，他想通过读书光宗耀祖，他父母意外身亡后，他高考落榜，一蹶不振，甚至想到了死。我劝过他，遇到挫折要挺直腰杆，直面现实，要想得开，看得远，路不是在乎人走的吗。有一次他主动找我喝酒，饭桌上，他向我透露一个重要秘密——他在家里的木匣里发现《李氏豆腐制作秘籍》。他还告诉我打算创办豆腐加工厂，要把李家豆腐，这个百年传承的老工艺恢复起来……"

"那他怎么变成现在这个样子呢？"张天宇不解地问。

王东方深深地叹口气说："……怎么说呢，人有旦夕祸福啊。父母离世、高考落榜已经够他受的了，发现《李氏豆腐制作秘籍》准备重整旗鼓了，接二连三的打击接踵而至。听说去县城边他表姐家借钱回来，碰上同学被一群流氓追打，石磨出手制止却失手把人打伤，蹲了三个月的牢。在别人看来，不务正业、游手好闲就如烙印般成了石磨的专用词。石磨无心顾及别人的非议，一门心思研究《李氏豆腐制作秘籍》。为了熟记豆腐制作配方、流程，他还把《李氏豆腐秘籍》的繁体字内容参照字典翻译成了简化字，抄写在笔记本上，随身携带。他按照秘籍上的配方一遍遍做实验，很快就实验成功了上十种口味，让尘封的朝廷贡品重返世间，为人们提供了舌尖上的美食。他一心想恢复李家豆腐这个'老字号'，一心想开自己的豆腐深加工企业。可在这个偏僻的小村庄，梦想只能是梦想，有技术、缺资金、更无门路。为了实现这个梦想，石磨三天两头往乡里、县里、市里跑，找相关部门寻求帮助，最终无果。政府一再倡导自主创业，发家致富，实际作为普通百姓想创业太难了。后来，石磨的行为引起一些部门的反感，无形中就和他曾经的打架斗殴联系在一起，上面讨厌他找，压力就转到了老支书刘北斗的身上。老支书为了安抚他，不让他再给上面添麻烦，就为他申报了国家低保。后来，石磨就死了心，一腔创业激情灰飞烟灭，从此变得游手好闲，无所事事。"

王东方的声音沉重起来："……重操祖业梦想的破灭，已经让石磨心灰意冷，现在再取消他的低保，不是在他的心上捅刀子吗？心中的怨恨一旦被唤醒，他什么事都能做的……"

王东方一路上滔滔不绝，不仅说出了石磨的人生际遇，梦想与怨恨，还向张天宇介绍了梨园村的历史、民风和获得的荣誉。他说："梨园村是革命老区，抗日战争、解放战争期间，这里都是根据地，党组织领导群众武装斗争的故事流传至今，梨园村的张克先、刘光前就是在解放战争中壮烈牺牲的烈士。淮海战役中，这里一直活跃着一支支前的队伍，家家户户出粮食出牲口出人力，也为用架子车和手推车推出淮海战役的胜利出了力……梨园村的老百姓一直继承着革命老区光荣的革命传统，无论遇到多大困难和灾难，都能咬牙战胜。改革开放后，周边地区都富裕起来了，可梨园村除了几百亩土地，几乎没有别的挣钱路子。老支书一心想带领群众改变这个局面，但他也想不出个法子啊。他为了村民，多次去找上级争取低保，这么做就是让老百姓知道，党和政府没有忘记他们，这是一份关怀，更是实实在在的温暖。

王东方的话让张天宇的沉闷的心明朗了、舒展了。他非常庆幸让王东方给他开车，这个聪明能干的年轻人，居然掌握那么多他闻所未闻的"情报"。这是一个重大收获，它的重要性远远胜过今天的会议！

　　回到村部，张天宇如获至宝地把王东方提供的"情报"记在笔记本上。晚霞布满天际的时候，张天宇漫步在田间小道上。王东方的话又在耳畔响起，如同一场春雨，浸润着他的心田。此刻，他仿佛看到，一条路清晰地伸向远方……

十八　土坯房"秘密"

　　张天宇在田间走着，晚风柔和地吹着他，他的心里有说不出的惬意。落日满面酡红，像一个饮酒归来的智者的面庞，在淡红色的晚霞的烘托下，显得慈祥而又深沉。田里的高秆作物已经熟了，玉米和豆类作物错落有致地立在地里，叶片上均匀地闪耀着落日的余晖。好一幅田园风景图啊！这样的景致，张天宇只是外出读书前看过。那时候，他还是翩翩少年，和他的母亲在茂密的玉米地锄草。锄完草，走出玉米地，站在芳草萋萋的小径上，锄头杵在面前，他看到了和现在一样的落日、晚霞，还有脖子里响着铃铛的耕牛。

　　"我一定要干出名堂来，不负梨园村老百姓的厚望，不负鲜血浸染过的红色的土地……"

　　张天宇像宣誓一样，对着脚下的这块土地，对着眼前这令人沉醉的田园风光，心里充满着庄严和神圣。

　　"张书记啊，我都找翻天啦，没想到你跑这里看景来了。"

　　张天宇正沉浸在遐想中，老支书小跑着过来了，夕阳将他的脸照得棱角分明，很像罗中立油画里的父亲。

　　张天宇心情好，一路上兴致勃勃地和老支书刘北斗说田园农事，庄稼收成。刘北斗很乐意和张天宇聊农村农业农民的话题，在乡村活了大半辈子，心里装的全是乡村，外面的世界再精彩他也不闻不问也不感兴趣。也许是找到了共同话题，刘北斗觉得一下子和旅游局局长缩短了距离。他对张天宇的感情是复杂的。张天宇执意取消石磨等人的低保，刘北斗气他怨他，担心他搞乱民心，惹出纰漏，转身回到区里继续做他的旅游局长；而石磨口出狂言，无理取闹，让张天宇在村民面前失了面子，下不了台阶，刘北斗又愧疚又心疼。

"区里的会上又有啥精神？"刘北斗挨着张天宇的肩问。

"李书记让驻村第一书记汇报呢。听别的驻村书记汇报，我都不知道自己该说什么了。刘书记，你看我到梨园村也几个月了，扶贫工作一点进展也没有……唉，我压力大啊。"张天宇沉重地说。

刘北斗用诚恳的眼神看着他，说："万事开头难嘛，慢慢来，只要你能有办法，一心为咱梨园村老百姓办事，谁要敢不配合，使绊子，由我来教育他。"

张天宇笑笑，刘北斗也笑笑，不过，他笑得有点不太自然，或许他想起了什么。

两人说说讲讲就到了村部。

张天宇刚到梨园村，第一顿饭是在刘北斗家吃的，考虑到今后要长期驻村扶贫，不能把伙食安排在老支书家，就提出在村部食堂用餐，村里安排一个厨师就行了。费用独立核算，由他支付。刘北斗安排他的侄子负责张天宇一日三餐。刘北斗说侄子是村里有名的厨师，炒菜特别好吃，尤其是小鱼炖豆腐堪称一绝。

刘北斗说："张书记你开会将近一天，现在天都快黑了，赶紧吃饭，吃完饭早点休息吧。"说完，手里攥着烟袋杆背在身后，弓着腰走了。

送走刘北斗，张天宇没有回屋休息。他心里一直想着王东方的话，惦记着家族命运跌宕起伏、倍受打击，梦想凋零的石磨，根本没有休息的心思。

张天宇信步走在村里的小路上。晚风微凉，村庄岑寂。晚风温柔地抚摸着他的头发和脸庞，风里带着一些庄稼的清香。张天宇翕动鼻孔，微微张开嘴，让晚风走进胸腔，流进心里。风带走了他的苦闷和烦恼，风也擦亮了他的眼睛和思维。他感觉此时的自己十分清醒，甚至有点兴奋。

在王东方的"情报"到来之前，张天宇对这个"文明村"有点心灰意冷，对躺在低保上安然度日的村民们大失所望——他的确有辞去第一书记的念头，他宁愿冒着被革职处理的风险，也不想在远近闻名的穷困村庄受屈辱栽跟头。

而现在，张天宇的想法完全相反——他不得不冷静地自我反省了。张天宇在心里为自己开了一场批判会。此刻，他仿佛已从原来的驻村第一书记身上跳出来；现在的他，义正词严地批判着对梨园村和它的村民们心灰意冷的第一书记：在机关工作了十多年，可以说自己有激情、有思想，理论水平也不低，最缺的就是了解基层实际少，了解群众意愿少。刚踏进梨园村，新官上任，"地气"没接，就想烧起"三把火"，是自己求"功"心切，结果工作没有抓到点子上，话也没有说到群众的心坎上，事也没有做到群众的意愿上。过去常听群众说："脚上不沾泥土，不是好干部。"为政者，当以民为天。现在想想，自己作为驻村第一书记，更应该深入到群众中间去，只有真正和群众打成一片，成为群众的贴心人，话才能说到群众的心坎上去，事才能做到群众的所想所盼上。我们党的历史和成功经验已经有力证明并将继续证明，人民是推动我们事业的核心力量，群众的心声和愿望，是每一个党员干部干事创业的目标和追求，群众路线，是我们在不同历史时期夺取各项事业伟大胜利的唯一道路。脱贫攻坚是当前压倒一切的历史性任务，是时代赋予党员干部新的职责和使命，我们不能也不允许脱离群众，急功近利，盲目浮躁……

穿过两条小巷子，张天宇不知不觉来到了向他"宣战"的光棍汉家门口。

石磨家没有围墙，三间老屋，青石房基，四面有红砖做墙垛，夯实的土坯做墙体，红瓦屋顶，显得沧桑而破旧。院子不大，四面敞开。张天宇隐约看到，石磨正在压水井边压水，大概有五六分钟，压满了一桶水，一闪身进了门。屋里黑乎乎的，透过窗户，依稀可以看到让人恹恹欲睡的灯光。

天已经黑了，村民们基本都上床休息了，石磨还忙着提水，是做饭吗？想想不对，这不是做饭的时辰。张天宇想进屋看看石磨究竟在干什么，但他犹豫了，这个人因为被取消低保到村部又吵又骂，心里一定还窝着火；如果贸然进去，石磨再次耍横，又没人拉场，那怎么办？看着屋里昏暗的灯光，张天宇立即提醒自己：张天宇，你是梨园村第一书记，你应主动接触群众，倾听呼声，掌握民情，顺应民意，切莫为一点委屈耿耿于怀，斤斤计较！进去吧，也许屋里人正等着你呢。

张天宇感觉有一种力量推着他走进屋子。他走进堂屋，屋梁上吊着一只灯泡，灯光像蒙着一层纱布。没有人。疑惑间，里屋发出轻微响声。里屋的门上挂着一面布帘，布帘上沾满灰尘，除能看清花朵图案，基本辨不清布帘颜色。张天宇挑帘进入里屋后，一个瓦数很低的床头灯亮着，仍未见人。张天宇顿觉奇怪，人哪里去了？张天宇明明看石磨提水进屋，怎么没了人影？难道他是土行孙，遁入地下不成？正纳闷间，忽然哐当一声，吓了他一跳。这声音好像从院子传来，不，确切说应该是从地下传出。张天宇循声找去，看到里屋地面有一个方方正正的洞口，洞口里有几级台阶向下延伸。一缕微光从洞里射向屋内。这是个地下室。莫非石磨在这里偷偷干着什么非法勾当？张天宇警觉起来。他踩着台阶进入地下室，看到墙壁上用毛笔写着两行字，十分显眼，上一行是黑色的字，略微小些，内容是：

李氏豆腐，百年传承，祖传秘方，民族瑰宝。

下一行是红色的字，字体很大，内容为：

下定决心复祖业，排除万难圆新梦。

地上凌乱地摆放着几口大小不一的水缸和各式各样的盆子，两个砖垒的灶台，其中一个上面有一口锅，锅里向外冒着白色的烟雾，石磨正站在灶台前，撅着屁股，好像在挤压什么东西，满屋弥漫着豆香。

张天宇像既激动又惊愕，他没有想到，不显眼的三间土坯房里会有这么一个地下室，一个被村民戏称为"懒汉"的低保户，会在地下室里做着鲜为人知的事。

张天宇没有出声，甚至连呼吸声也努力地控制着。墙上的几行字告诉张天宇，石磨没在地下室做不可告人的事；相反，他在进行着一项承接历史、恢复祖业的实验研究。他不能退出，他要亲眼看看这个豆腐世家的后人，如何在他恨透了的第一书记面前，展示他的技艺和雄心。

打开"一把锁"的时候到了。张天宇兴奋地想。

"咣当"一声响，张天宇下意识打了一个哆嗦，是他的脚不小心碰到了地上的一个白铁皮盆。

"谁？"石磨听到响动后，猛地直起身，回头惊呼道。

"是我，对、对不起……"张天宇看到烟雾中，石磨瞪着一双惊恐的眼睛。

石磨向前走了两步，两只手握成了拳头，乳白色的豆汁从拳头上滴下来，愤怒地望着张天宇，连声道："你是怎么进来的？你是怎么进来的？"

张天宇的心咚咚地跳着，这个鲁莽的人会不会给他两拳？胆怯感转瞬即逝，他和颜悦色地说：

"石磨同志请别误会，请别误会。我路过这里，看到你这么晚还在提水，就进来看看。进屋后，堂屋没人，就进了里屋，这不就来到你的地下室了——满地盆盆罐罐的，你这是？……"

石磨没有立即回答，他用充满敌意的目光逼视这个取消他低保的"外来户"。令人窒息的沉默。尴尬而紧张的气氛里氤氲着喷香的烟雾，那是从铁锅里冒出来的。石磨终于开口说："我什么时候打水是我的事，难道要跟你报告一下？你既然来了，什么都看见了，说说吧，你是不是在监视我？"

张天宇笑了一下，轻轻地摇摇头说："石磨同志，你多虑了。你肯定对我有成见，不然怎么会说我监视呢……既然来了，我们就聊聊吧。"

石磨坚硬的目光软了下来，张天宇的态度让他不得不做出让步。

看到石磨的怒气渐渐减弱，交心的时候到了。张天宇说："之前我工作不到位，没有深入调查就盲目决断。现在，我郑重向你道歉，请求你的理解和原谅！还有，关于你的事情，我听说了，你的家族经过几代人的努力，配制出的五香豆腐，很了不起。如果不是亲眼所见，我不敢相信你会在如此大的压力下，怀有恢复祖业的雄心，并为此在地下室长期研究，尝试着配制出曾让皇上垂涎的精品豆腐。了不起啊，石磨同志，不，李成人同志。正如你墙上写的，那可是百年传统，民族瑰宝啊。让我欣慰的是，你能深刻认识李氏豆腐这个老字号的价值，能确立重振祖业的目标和方向。你为什么不早说呢？至少你要把你的想法告诉老支书啊，如果你有信心和决心恢复祖传豆腐，我愿意帮助你。"

石磨的委屈涌上心头，话里充满着怨气："你问王东方我说没说想恢复祖业，我拿着项目计划书左一趟又一趟往乡里跑啊，几乎跑断了腿，乡里没当回事，我还不死心，又去县里，结果被告知：豆腐加工充其量是小作坊式生产，成不了规模，也不会有什么发展空间。我抱着最后一线希望又去了县里，结果门都不让进。老支书跟我说，乡里主要领导交代他，不许我到处乱跑……"说到这里，石磨的声音哆嗦起来，眼里闪着泪光。

张天宇拍着石磨的肩说："老弟，这些我听说了，你确实碰了不少钉子。想做件事难啦。不过，你要是有心把祖业作为一个项目做起来，我百分之百支持你，我这段时间正愁找不到好项目呢。"

瞬间，石磨不知说什么，眼里充满着疑惑和不解。他没有想到，这个上级派来的政府官员，这个当着众人的面，被他指责和谩骂过的驻村第一书记，闯入他家，是向他道歉来的，更不曾想他能说出帮助自己的话。这是真的吗？尤其是恢复祖业那件事要是让第一书记知道了，第一书记能爽快地支持自己帮吗？石磨转而又想起了这几年为付出的代价，遇到的波折，遭到的屈辱，心里涌起一阵酸楚。

现在，不管张天宇的话是否算数，石磨都觉得那是温暖的风，从他酸楚的心头轻轻拂过。

"请你相信我，好吗？"张天宇向石磨友好地伸出手。

石磨犹豫着伸出手，两只手紧紧握在一起。那一夜，他们交谈了一个通宵。张天宇得知，屡遭挫折的石磨，明着看似放弃了梦想，暗中并没有熄灭心底的希望。他为了不让村里人笑话他，说风凉话，就从明处转移到了暗处，利用村民熟睡之机，在老屋里挖一个阴暗狭小的地下室，开始了他的五香豆腐的实验。由于整夜劳作，那段日子每个早上都起得很晚，不了解内情的左邻右舍都认为他爱睡懒觉，是个懒汉。成为低保户后，他心里极为痛苦，他用不可思议的行为发泄怨愤，对鄙视自己的村民，对冷漠无情的政府官员，对反复无常的命运。他最信任的九月菊也不知道他背后在干什么。她为村里这个饱读诗书的"懒汉"叹过气、流过泪。

张天宇看着眼前这个三十多岁的庄稼汉，满脸的褶皱，显得很是苍老。如果不是听了王东方的介绍，如果不是他今晚碰巧看到，他真不敢相信这个单身男人，会有如此大的信念和决心。

东方破晓时，张天宇才走出石磨家门。刚拐进一条小胡同，石磨就气喘吁吁追上来，塞给他几个热乎乎的鸡蛋。"这是自家草鸡下的，有营养，你吃吧，张书记。"石磨说。

张天宇客气了一阵就收下了，看着石磨远去的背影，张天宇百感交集。

十九　九月菊的谋略

过了谷雨，种子都种下地，风、雨水和阳光用不了多时，就会唤出泥土里的青苗。梨园村别的人家都等着青苗出土的时候，九月菊家的三亩地还没有耕。这可是误农时的事，庄稼人忌讳的事，更是让人说闲话、看笑话的事。节令拿着鞭子追着人，该耕地时必须耕，不耕不行；该下种时必须下，不下也不行，这道理九月菊不是不懂。打小时，她妈就跟她说过："人误地一时，地误人一年。"瞧瞧，你误了地，地就加倍惩罚你。

耕种时节成了九月菊的忧愁。自从男人丁苍耳被一瓶炸药取了性命，九月菊的公公每年都要进城。人老了，干不动体力活儿，就帮建筑队看场子，工钱少了些，能挣一分算一分，总比不挣强。公公一走，整个家里里外外都丢给了她。婆婆半身不遂卧床不起，九月菊成了这个岌岌可危的家唯一支柱。

往年还好说些，九月菊的哥有手扶拖拉机，三亩地一早上就能翻一遍，也不管吃喝。今年不行了，九月菊的哥去年冬天开着手扶拖拉机往地里送猪粪，一滑溜就进了沟，人倒没什么，拖拉机却散了架，没钱修，搁在家里成了一堆废铁。外村有拖拉机，但明码标价对外出租，耕几亩地的费用九月菊根本承担不起。邻村有个单身汉子听说九月菊在耕地上犯了难，就主动找上门，愿意连人带拖拉机九月菊可以一起用，管饭就成。九月菊知道天上不会掉馅饼，料定这个单身汉另有所图。

九月菊虽已失夫，却从不和男人胡来，守着祖上传下的规矩，守着一世声名。那男人最终沮丧地开着拖拉机走了。

眼看家家户户地里的种子都要出了，她家还是一块白茬地，九月菊又气又急，蹲在地头捂着脸几乎哭出了声。那天，刘驼子在地边溜达时，看到九月菊蹲在地头草窝里，以为她在解手，干咳几声。九月菊赶忙站起身，用胳膊肘子抹去眼泪。她不想让刘驼子看到她哭过。刘驼子放眼望望那片白茬地，皱着双眉，郑重其事地说："地得赶紧耕啊，晒白茬要招人骂哩。"九月菊苦着脸说："俺叔你说啥呢，俺又不是不懂，是找不到手扶拖拉机刨哩。"不能再等了，必须找拖拉机来耕，多少钱都得出，砸锅卖铁都不能让三亩白茬地晒着太阳。九月菊决定硬着头皮租邻村一个叫李有吃家的拖拉机。

这天早上，李有吃刚起床，九月菊就到了。九月菊说："有吃哥，咱家情况你也知道，价钱上你照顾点，俺九月菊一辈子记你的好。"李有吃说："月菊妹子，咱这抬头不见低头见的，有难处俺能不帮一把吗？再说，眼下大多数人家都耕过地下过种了，差不多苗都快出了，俺能眼睁睁看着你家的地撂荒？俺可没那个狠心哩。"九月菊心里一热，这个平时看上去老实巴交的庄稼人，说出的话像腊月里的棉被，裹住了九月菊凉冰冰的身子。

李有吃开着手扶拖拉机在地里忙到中午，九月菊提了一瓦罐米汤，用头巾包了几块烙饼和两个咸鸭蛋送到地头。李有吃对九月菊说再耕一趟吃饭。拖拉机通通通地冒着黑烟，被犁铧翻起的泥土，像黑色的波浪在九月菊的眼前翻涌。拖拉机的响声本来是刺耳的，但在九月菊的耳朵里，却是动人的歌谣。

李有吃真的饿得不轻，狼吞虎咽地吃着。九月菊说："有吃哥，慢点吃，别噎着。"李有吃咧着嘴笑了一下，捧起瓦罐咕噜咕噜地喝米汤，米汤顺着嘴角沥下来。九月菊忍不住嗤地一笑，说："有吃哥，你的名字好有意思。有吃，有吃，看来一辈子都不会缺吃的了。"李有吃憨憨地笑了，听着这个女人温存的话语，觉得烈日下的劳作，一点也不折磨人。

李有吃只用了大半天时间耕完九月菊家的三亩田，总算了却九月菊一桩心事——要不了多久，咱地里的种子就出啦。

九月菊只为自家完成了春耕高兴了一小会儿就想到了一个新问题：今年好不容易请来李有吃帮忙，秋季咋办？来年春耕咋办？能年年找李有吃吗？人家的手扶拖拉机又不是专为俺买的，肯定有腾不出空的时候。这么一想，九月菊眼里突然亮了一下，干脆，自己买一台手扶拖拉机，早晚用起来都便当。"我的妈哎，我咋早没想到这个法子呢？"九月菊在心里这么叫了一声。她为这个想法激动了好一阵子。

九月菊想拥有一台自己的手扶拖拉机，这想法的产生还有一半原因是听了石磨的话。石磨告诉她，梨园村第一书记是个好干部，找找他，有他帮忙，就可以享受国家农机补贴，一分钱不出就能有一台属于自己的手扶拖拉机。石磨的话让九月菊如在梦中，她感觉有点不太可靠。她说："兄弟，我听说全村对新来的书记意见最大的就是你，你前些天还去村部找他茬呢，怎么突然又说起他的好来啦？他是不是给了你什么好处，你欠了他的人情？"石磨本想把张天宇那晚去他家的事告诉九月菊，但考虑到九月菊心里搁不住话到处乱说，就说："我听王东方说，张书记是来咱梨园村扶贫的，他是个肯为老百姓办实事的好干部。你说我对他有意见，我承认；我确实那天早上去村部想和他干一仗，出口恶气。但现在想想，我真是犯浑，真是狗咬吕洞宾……"九月菊捧着肚子笑起来。这会儿，她的心思已回到手扶拖拉机上了，她说："张书记真说过一分钱不出就能有一台手扶拖拉机？嫂子最信你，你可不能耍嫂子玩。"石磨说："我还能骗你。"九月菊心里有了底。她无论如何不能错过这个千载难逢的机会。她决定去求张天宇。

拿定了主意，九月菊犯愁了，冒冒失失地找城里来的村干部合适吗？见了面，第一句话说什么呢？九月菊的脸忽然发热变红，就跟当年第一次相亲似的。这是其一。另一个让九月菊犯愁的，是给新书记捎点什么礼物。九月菊几乎想了一宿。求人办事，不能空着手啊。人家是城里来的人，又是干部，见多识广，送点土特产肯定不稀罕，她真想不出送点啥。在村子里她多次和张天宇碰面，这个干部每次见了她都是笑着的，九月菊觉得这个男人性情温和，没什么架子，尤其是和村里的男人比起来，这个男人无论穿着打扮还是言谈举止都是让女人想多看几眼的人。自从失去丈夫后，九月菊感情上陷入了孤独。看着空了一块的床铺，九月菊心里卷起了潮水。她像一根柔软的藤，需要依靠和支撑……她毕竟才三十多岁啊，她毕竟有着和这个年龄的女人一样的渴望。村里有心术不正的男人亲近过她，讨好过她，暗示挑逗过她，甚至有人主动提出为她耕田犁地，就是送她一头牲口也未尝不可。对此，九月菊麻木冷漠无动于衷。她的冷漠激怒了想入非非的男人们。"这个娘们，简直是油盐不进。"他们说。

不过，九月菊对这位城里来的干部颇为关注。只要看到张天宇，她的眼里像点亮一盏灯，她的手下意识地扯扯衣襟或梳梳头发，好像很难为情地会见前来相亲的人。九月菊有过想法。这想法让她诚惶诚恐，让她面红耳赤。想到这个城里来的村干部，这个一表人才的文化人，九月菊对那个莫名其妙的想法产生了厌恶。她诅咒她自己有那个不该有想法。尽管如此，九月菊仍然鼓足勇气，决定去找张天宇。她在心里祈祷着："行行好吧，张书记，只有你能帮我了却一个心愿。"有了这个决定后，九月菊就精心梳洗打扮一番，第二天晚上，等村里的人都入睡后，她走进了村委会。

村委会在梨园村最西头，是个清一色的四合院，百姓称之为"大院"。据说，原来这是一个有钱人家的宅院，镇压反革命那几年，宅院的主人有"通敌"的把柄握在群众手里，被镇压了。这院落成了凶宅，没人敢住。有人说院子里住过一窝狐狸，并说是一个牧羊人在月光下看到的。有村民说，晚上路过"大院"曾听到过狐狸的哭声。那多半是本族的一张皮落在猎户的手里。这当然只是个传说，位于骆马湖畔的梨园村从未出现过狐狸的踪迹。既然百姓不要，村委会就占了这个院子，后来经过维修后，大院就成了梨园村的政治文化活动中心。不过，村民们还是在晚上不愿接近，即使是路过也会远远地绕道避开。

九月菊也知道这大院里的事儿，不过想到能得到国家补助免费拥有一台属于自己的手扶拖拉机，利益战胜了畏惧。她蹑手蹑脚来到村委会，透过虚掩的两扇大铁门，看到西厢房里还亮着灯，这证明领导还没有睡下。她推开铁门，来到门口，轻轻地敲响了张天宇的宿舍门。

接触石磨后，张天宇既激动又愧疚，他为发现一个有望带领全村人致富的年轻人而激动，也为走访调查不够深入，思考判断不够准确，再次挫伤伤痕累累的心灵而愧疚。这个教训是深刻的，也是非吸取不可的。这个教训让张天宇明白一个道理：经历往往胜过空洞乏味的理论，经历才是真正能为糊涂人指点迷津的老师。张天宇不再急躁，他真正意识到，驻村扶贫不是蜻蜓点水式的走过场，不是一蹴而就地捞政绩，更不是哗众取宠地凑热闹。区里之所以严格筛选，层层把关，在选派驻村第一书记上慎之又慎，充分说明这项工作的重要性、艰巨性和严肃性。既然接受使命，就要勇于担当，扛起责任，主动作为。

结合详细的走访，张天宇认真听取村支两委班子的意见，初步提出两项脱贫措施：一是修建一条高质量的道路，打通梨园村和市区连接的通道，并与省道宿新路相接。村民们反映，梨园村就像骆马湖里的孤岛，与外边基本上没什么联系，出来进去走的是一条只能开过去一台手扶拖拉机的砂礓路；路面坑坑洼洼，雨天满路泥水，晴天尘土四起，呛得人睁不开眼，喘不过气。那年连阴雨，路淹在水里进不来车，没有一个贩子进村收购黄花菜，眼睁睁地瞅着黄花菜烂在家里……梨园村老少年年盼、月月盼，盼公家能给梨园村修一条雨淋不坏车压不烂的路。听到村民们这些诉求，张天宇答应他们，他一定把情况向上反映，政府一定会想尽办法筹资修路，一定会赶走这只阻碍梨园村经济发展、造成全村许多村民靠低保、救济生活的"拦路虎"，让梨园村老百姓看到一条几代人热切期盼的宽阔平坦、畅通无阻的柏油水泥路。张天宇还表示，无论遇到多大的困难多大的压力，都不会阻止他修好这条路；如果路不修好，低收入农户不脱贫，他绝不离开梨园村，哪怕当一辈子驻村书记。

另一项措施是发展养殖业。调查中张天宇发现，村里只有极少数人家养猪，那些能给家庭带来可观经济收益的牲口，比如牛羊，全村几乎看不到一头。上几年实行农业产业结构调整，很多地方风风火火搞起了养殖，听说有些养殖户一年纯收入高达五六万元，提前进入了小康。梨园村有自己的资源优势，为什么不能动员群众饲养牛羊呢？

张天宇提出的两项脱贫措施，得到村支两委一致赞同，都说这两件事办成了，梨园村老百姓就不会再受穷了，好日子在等着他们哩。

事不宜迟，说干就干。张天宇和老支书刘北斗商量如何动员组织村民饲养牲口的事。刘北斗说："村民愿意饲养牛羊，就是拿不出本钱。"张天宇说："村里可以出面帮饲养户做小额贷款，再向上面争取点补贴资金，他们再拿出点，不就齐了。"刘北斗说："成。"

张天宇亲自联系外地养殖场，一次性购进十头乳牛和三十只纯种波尔山羊，分给自愿养殖的村民饲养。马大陆和哑巴儿子牵回两只波尔山羊。刘驼子过去是耕田犁地的好手，对牛有感情，饲养牛也是得心应手，就买了一头母牛喂养。他说母牛合算，别看现在是一头，将来就是一群。刘北斗对张天宇说，刘驼子不争气的儿子刘巴根跟城里人赌博输了五千元，后来派出所出面，好不容易追回来三千元。他怎么不想富呢，做梦都想。巴根连个女人都没有。

这一天，张天宇和老支书刘北斗在乡政府开完会，他回到村委会宿舍已是晚上十一点多钟，正准备洗漱睡觉，就听到了敲门声。

一询问，门外应答的是梨园村的九月菊，这让张天宇犹豫了好一阵子。开了门，只见这小女人头发梳得油光闪烁，脸搽得白白净净，有如戏台上的花旦。九月菊用一双大眼睛直勾勾地瞅着张天宇，看得张天宇目光有些躲闪。

"有事吗？"张天宇问。

"领导，我可以进屋吗？"九月菊说。

"如果有事明天再说吧。"张天宇欲关门。

九月菊肩膀挡着门说："感觉领导不欢迎我啊，你不是在群众大会上宣布，只要群众有困难、有意见，可以随时随地找你说吗？莫非你是糊弄我们这些人民群众的吗？"

张天宇觉得这个时候让九月菊进屋说事，万万不妥，孤男寡女在一起，一旦让人知道了，那就说不清了。但九月菊的话让他不得不勉强让她进来，不过不能让她逗留太久。

进屋后，九月菊却不说明来意，只是笑眯眯地看着张天宇，这让张天宇很不自在。"有啥事，请说吧。""领导，你的肩膀……"九月菊说着，用肉嘟嘟的手指着他的左肩，竟颤着胸脯捂嘴笑了起来。

张天宇被她突如其来的话、莫名其妙的笑弄得不知所措，扭头看肩膀，什么都没有。九月菊来到张天宇面前，踮起脚尖伸出手在他的肩膀上轻轻拍了几下说：

"你站那么直，我的手够不着，低下身子嘛！"

张天宇真的低下身子，九月菊在他肩上拍了几下，又凑过脸去，用嘴吹了几下，一股暖烘烘湿漉漉的气流触及张天宇的耳朵，他感觉麻麻酥酥的有点痒，不由得缩了一下脖子，接着就有淡淡的脂粉香灌进了他的鼻腔。他下意识地直起身，后退几步，与九月菊拉开了距离。

"你看，这是啥！"九月菊手里捏着几根头发。驻村以来，张天宇发现自己脱发特别严重，手在头上挠一下，头发就往下掉，他为这事深深地苦恼。看着九月菊手里的头发，张天宇说：“我以为是毛毛虫呢，几根头发就让你大惊小怪的。”

九月菊说：“哎，俺总觉得没有男人的女人过得苦，没想到没有女人的男人也怪可怜的。”这话听上去有惺惺相惜的意思了。

“你到底有什么事？”张天宇显然有点不耐烦。

九月菊生气了：“领导，你平时的温和都是装样子给老百姓看的吧？突然感觉你凶巴巴的，你能帮助俺们脱贫，俺就不能关心关心你？帮你洗洗衣服也成，非得有事才来你这儿吗？”

张天宇说：“你这位同志，到底想说啥？你要是真关心领导的话，我累了，需要休息了。”

“那你脱下袜子，俺拿上马上回家给你洗洗，不然俺今晚就不走了……”九月菊噘着嘴，像一个顽皮的小女孩。

那天晚上，在九月菊的死缠硬磨下，张天宇不得不脱下袜子，那袜子脚后跟处破了手指头大的洞，张天宇有点难为情地笑笑。九月菊一把夺过来，嗔怪说：“领导穿破袜子，不怕人家笑话啊，难不成，你比俺梨园村的人还穷吗？”张天宇没说什么，他挥挥手，示意这个女人赶紧离开。

九月菊走后，张天宇躺在床上，原本很困乏的他，居然睡不着了。这个莫名其妙的九月菊，折腾了半天，张天宇竟然不知道这人到底来找他做什么。

二十　第一书记拍案而起

第二天，张天宇开门一看，就见门口放着一个纸包，他第一感觉是，纸里包的兴许又是老鼠药或别的什么。自从上次收到恐吓信和老鼠药以后，张天宇不得不小心了，他知道，村里对他有意见乃至怀恨在心的村民不止石磨一个。经过那晚几个钟头的长谈，他了解了石磨，石磨也谅解了他。但被取消低保的还有几户，他们没有像石磨那样明目张胆地胡搅蛮缠，谁敢保证他们不会做出别的事来？门口的这个纸包就十分可疑，它像一只眼睛，恶毒地看着张天宇。

张天宇想把纸包捡起扔了，但这个纸包看上去鼓鼓囊囊的，拿在手里有点发软。张天宇慢慢地打开纸包。他不禁笑了，这不是昨晚九月菊拿走的那双袜子吗？袜子脚跟处破了的洞已经补好，细小的针脚几乎看不出是补过的，而且洗得干干净净，还散发着洗衣液的清香。

"领导穿破袜子，不怕人家笑话啊？我就不信，你比咱梨园村的人还穷吗？"

张天宇耳边又响起九月菊的声音。那晚，九月菊的出现很突然，张天宇从来都想不到一个单身女人会找上门来。他第一反应是打发她离开，他是村里的书记，对待村民总不能冷漠得不近人情，况且他摸不准九月菊的真正来意。九月菊提出把他的袜子拿回去洗，张天宇实在拒绝不了九月菊的热情；可九月菊看到袜子上的破洞，奚落这位从没和女性开过玩笑的驻村干部时，张天宇尴尬得简直无地自容，尤其在一个女人面前。九月菊走后，张天宇后悔早没有发现袜子破了，否则，九月菊有再大的本事也休想拿到他的袜子。

张天宇在旅游局上班时，从来没有穿过破袜子，白梅能允许旅游局局长穿破袜子上班吗？来到几十里外的梨园村，一两个月不回家是常有的事，又三天两头和刘北斗一起到养殖户家指导饲养牲口，脚上的袜子磨出洞就不足为奇了。

张天宇拿着袜子进家后，竟有些莫名的惆怅，感觉这个九月菊妇真是奇怪，她莫名其妙地深夜找他，难道只是为了单独和他这个文化人接触吗？此前他们从未单独接触过，彼此也缺乏了解，九月菊哪来的胆量会见村里大多数女人都敬而远之的第驻村一书记呢？更让张天宇感到蹊跷的，是九月菊主动要去洗袜子，补好洗净后悄悄放到门口。难道她早就知道自己的袜子破了，昨晚就是为缝补破了的袜子来的？张天宇陷入严重的困惑中——他十分清楚，自己在对女人这个问题上，几乎像一个中学生。中学时代同桌女生无意中胳膊碰到他，他会像触电那样猛地痉挛一下，心跳加速，热血澎湃。走进大学之后，张天宇看着那些长期被校纪校规禁锢的洋溢着青春气息的男生女生，在伊甸园把爱情演绎得惊天动地。张天宇居然无动于衷。他天生对异性"过敏"，和异性说话不是目光躲闪，就是语无伦次。如果不是白梅主动追求他，说不定这辈子他都讨不上老婆……

张天宇该琢磨琢磨寡妇九月菊了。九月菊看上去就是一株野蔷薇，美得朴实无华，但又藏着一种不可触摸的芒刺。九月菊，村里的低保户，第二任男人死于非命，一个女人撑着一个家，每年春耕都为找不到农机发愁……石磨跟张天宇介绍过九月菊，那时张天宇只知道村里有这么一个女人，没怎么放在心上。张天宇在谈到如何帮扶低保户的时候，无意间和石磨说过，国家出台不少针对贫困地区，特别是广大农村的帮扶政策，比如购买农机政府会给予一定的补贴，农户基本不出什么钱。

九月菊深更半夜来村部到底是什么目的？张天宇思来想去，也没有想出结果。不过，他想，九月菊如果有事找他，她一定还会再来。

梨园村距离宿雄市区不到十五公里，与省道宿新公路相隔四公里。修通梨园村到市区的公路，受益的不仅是梨园村这二百多口人，而是直接涉及三个乡镇的九个村庄，受益百姓是三千多口人。对这项受益村庄、人口较多的交通工程，张天宇极为重视。在他看来，期待一条宽阔结实的公路，不仅是梨园村村民。瞬间，张天宇有一种胸怀乡村、泽被百姓的神圣感和使命感。是啊，从某种意义上说，道路交通是经济发展的命脉。在中国的广大乡村，有多少因交通闭塞、缺乏与外界相连的通道而陷入贫困的乡村，那里的老百姓盼公路盼桥梁几乎盼瞎了眼。张天宇坚信，修路这步棋没走错。

这项工程造价不菲，如何向上打报告，说服交通部门，力促他们将这个项目纳入全县交通设施建设规划，并迅速动工修建，让村民早日看到公路呢？

张天宇先是给乡里打了一个报告，乡党委书记江河水单独就这个报告和他面谈一次。江书记说："天宇同志，你的想法非常正确。你不知道啊，优化全乡交通环境，完善村级交通设施，实现'村村通'，一直列入党委政府重要工作日程。我们几乎年年向管委会递交报告，和交通局沟通协商，都因各种因素而迟迟未能落实。梨园村我知道，全区四十个经济薄弱村之一，低保户几乎占全村人口总数的一半。你们的老支书刘北斗同志不知为修路跑了多少趟，乡里不能给他明确答复，乡里做不了主啊，乡里拿不出钱啦。刘书记又急又气，差点儿蹦起来了。你是区里选派来的驻梨园村第一书记，只要你使把劲，区里能不支持你？"江河水很巧妙地把"球"踢给了张天宇。

张天宇为修路的事，分别向大湖新区有关领导作了汇报，他的理由只有一条：要摘掉梨园村"经济薄弱村"的帽子，实现全村低收入农户整体脱贫，必须修路。路是扼住梨园村发展咽喉的无形之手，如果不斩断这只手，不彻底清除梨园村经济发展障碍，打赢这场脱贫攻坚战谈何容易！李中奎书记见了张天宇，他很赏识地看着张天宇说："天宇同志，这次选派你去梨园村抓扶贫工作，党工委是经过反复研究的、深思熟虑的。你肩上的担子不轻啊。一定要扛起责任，脚踏实地，务实苦干。我相信，有组织的信任，有群众的配合，有你的执着和信念，梨园村的面貌一定会焕然一新，梨园村的群众，一定会过上好日子。关于修路的问题，我也听说了，交通分局、农村工作局将会就此问题进行商榷。"

李书记的话让张天宇兴奋不已。他双手紧紧地握住李书记的手，激动得语无伦次："李书记，有你这话，我、我真不知该说啥了……你放心，就是脱了一层皮，我也不能让梨园村低收入农户再穷下去。"

得到区领导认可后，张天宇立即征求三个乡镇九个行政村以及辖区群众的意见——修建公路毕竟不是梨园村一个村的事。通过协调对接，发现在修路这件事情上，九个村的老百姓的意见是完全一致的，他们都说"这条路修好了，咱们是托梨园村的福，不能忘了人家"。有个牙齿所剩无几的老者拄着拐杖找到村部，当时接待他的是王东方。王东方告诉他，张书记去区里开会了，估计很晚才回来，让老人先回去。老人坚决不肯，说："等到太阳落也要等。"老人等了四个钟头，张天宇风尘仆仆地到了村部。老人跟跄着上前攥住张天宇的手问："你是新来的干部吧？"张天宇说："是的，老人家有事请说。"老人说："听说咱这里要修路？""有这事。"张天宇端一杯开水给老人。老人抱起双拳向第一书记作揖说："谢谢你啦，咱方圆十几里的老百姓一辈子都会记你的好。"

　　大约等了三个月，上面没有任何消息。侧面打听，对方也都不太清楚修路这回事。张天宇坐不住了，他亲自到九个行政村去协调，由他们联名，张天宇执笔给市区交通部门写了书面报告。张天宇多次跑市区交通局与主要领导交涉，市区交通局领导口头上没怎么反对，但迟迟不给批复。

　　张天宇急得上火，寝食难安。他在心里哀求李中奎书记："李书记啊，你说的话可是一诺千金啦，可几个月下来，为啥修路还不见动静？我可是跟几千口村民许诺过的。他们都在眼睁睁地盼着，盼着政府为他们修一条路，盼着村干部能说话算数……李书记，只要能让交通局把梨园村的路修好，九个村村民世世代代都不会忘记政府的好。"

　　这天晚上，张天宇请九个行政村的支书在梨园村村部小食堂吃饭。

　　刘北斗从家里提来一塑料桶玉米酒。他的侄子忙上忙下做了一桌家常菜，他的拿手好戏——一大铝盆小鱼炖豆腐一端上桌，村支书们个个精神振奋，胃口大开，都说真正尝到了人间美味。一桶酒喝了一半，张天宇觉得时机已到，站了起来，扯起脖子喝完一碗酒，说："各位支书，上次大家联名呈给交通局的报告至今没有下文。我想各位不会不关心修路的事，这可不是梨园村一个村的事。为这事，市区交通局我去了几趟，每次去局长们嘴上都答应得非常干脆，可就是见不到批复。今天请各位到这里小聚，一是让大家了解这件事没有着落的原因；二是听听在座的高见，我心里也有个数。"

刘北斗适时做了补充："天宇书记一心想着给咱这里修一条大路，乡里、区里都让他跑得门前不长草啦。迟迟不见文件，天宇书记急得吃不下饭、睡不着觉。话说出去了，修路却没一点动静，肯定有人会说他说话办事没准成。我用老党员的人格担保，天宇书记不是那样的人。他想不想为老百姓办事、能不能为老百姓办事，我心里跟明镜似的。你们都说说这事该咋办，怎么想怎么说。"

胜利村村支书说："区里选派驻村第一书记抓扶贫工作，第一书记提出合理化建议区里就得听他的，就得无条件支持，不然谁还愿意干这个第一书记？"

前进村村支书说："架桥铺路是交通局管的，交通局那边得盯紧点，实在不行，让领导下来看看这里老掉牙的路到底还能不能走……"

村支书们七嘴八舌，矛头都认为解决此问题的关键在交通局。张天宇要的就是推心置腹的话，就是统一的思想，明朗的态度。这是一种策略，更是一种声援。在推进这个工程上举步维艰的张天宇，正需要支书们勠力同心。

张天宇又去了几趟市交通局。这次他改变了策略，不再单刀直入问工程何时立项实施，而是苦着脸说年前不把路修好，村民的情绪很难安抚。这可不是闹着玩的，政治嗅觉敏锐的吴新安局长终于道出实情。他说："你们的请示，局里多次开会研究过了，修路得高标准，一步到位，大家认为这不太现实，因为市交通局需要考虑的是全市交通规划和布局，而不是一个村。你也清楚，国家下拨资金有限，需要急修的路很多。"张天宇说："吴局长，我可以理解局里的难处；但几个月前九个村联名呈递给交通局的报告非常特殊，它关乎一个市里挂上号的贫困村的脱贫问题，关乎全区乃至全市能否全面完成脱贫攻坚任务的问题。"

吴新安局长说："如果在原有路基上进行拓宽改造，我们可以想尽办法挤出改造所需的缺口资金。"

一听这话，张天宇火暴脾气当场就上来了，猛地一拍桌子霍地站起来。吴局长连忙说："张书记有话慢慢说，有话慢慢说，千万别动肝火。"

张天宇的话里带着灼人的热度："如果在原有路基上进行拓宽改造，这是八十岁老汉脸上搽粉——治标不治本。一条路，在近二十年内，先后进行过四次改造，就像一件旧衣服，缝缝补补，到处补丁，哪像条路？钱花了不少，路越修越糟！与其这样浪费钱瞎折腾，不如一次性投资到位，修一条高标准、永久性的道路，这可是关乎九个村、三千多人的脱贫啊！"

张天宇劈头盖脸的批评，让大名鼎鼎的交通局局长无言以对。半天，吴新安无奈地说："张书记你批评得对，我们的工作需要社会监督批评。说句实话，修这条路的确需要一笔不小的数目，我建议你到省交通厅争取。"

张天宇到省里又费尽周折，苦口婆心说了一大堆好话，把修路的利、急陈述详尽。厅长这才松了口，答应可以考虑，但必须立项、申报，审批通过后才能安排建设资金。

从省城回来，在进入市区的红绿灯路口，一个老汉驾驶一辆电动三轮车闯红灯开过来，极度疲惫的张天宇来不及拐弯，撞上了横穿过来的电动三轮车。巨大的惯性下，张天宇的头碰上了方向盘，前额碰出三四厘米的口子，血染红了雪白的衬衣。电动三轮车破损严重，肇事的老汉受了点轻伤。张天宇忍着剧痛，委托别人把他送到附近医院治疗，自己报了警。

在医院，张天宇的伤口缝合了十几针。刘北斗等人提着水果来看望他时，说了不少安慰和感谢他的话。

"没出大事就是万幸啦。"刘北斗用药棉轻轻擦拭张天宇的额头。

"张书记，不是为梨园村修路进省城要资金，你哪会出这事？"

王东方说这话的时候，石磨已将一个削了皮的苹果递到张天宇的手里。

不久，报告得到批复，省区市三级调配资金，通过专家实地考察、测量，形成了初步规划。道路建成后，梨园村人再进城只需不到四十分钟，周围九个村庄均可全面受益。消息一出，所涉村庄的百姓欢呼雀跃。

二十一　挂在树杈上的嘲笑

张天宇不在场时，刘北斗对其他村干部说："张书记是能人，是想办事能办事办成事的干部，就凭这一点我就服他。他刚来那阵子，不管三七二十一就取消石磨和其他一些人的低保，我第一个不赞成他的做法。石磨是好惹的吗？我担心张书记做事欠缺考虑，得罪群众，搅乱民心，把梨园村的牌子砸了。其实我的担心是多余的，我不支持他取消石磨等人的低保也是错误的。他是为咱梨园村好啊，他看得比我远，想得比我周全。你看看，我老早就把修路挂在嘴上，也没少麻烦乡领导，路修了吗？没有。再看看天宇书记，也不过几个月时间，就拿下了修路这个项目。据听说为了修路这件事，天宇书记得罪不少领导，他还和交通局局长据理力争呢。"

老支书一口气说了这么多的话，有自我批评的意味；他的态度是诚恳的，表情是严肃的。这位领导着三百多口人，在奔向好光景的路上艰难跋涉几十年的老支书，当着村干部的面发自肺腑地评价比他小十余岁的驻村干部，就是在树立一种导向，就是要让每个村干部团结在张天宇周围，劲往一处使，心往一处想，不啃下脱贫这块硬骨头决不罢休。

张天宇在区里开完会又去了一趟家。他兴致勃勃地告诉白梅，梨园村的路即将动工了。白梅听了也挺开心，男人驻村不久干成一件大事，可谓首战告捷，得祝贺他一下。白梅炒几个张天宇喜欢吃的菜，拿来一瓶酒。在书房里写完《扶贫工作构想与实施步骤》的张天宇，到餐厅里看到餐桌上放着好几盘菜，惊喜地咂着嘴说："我的白大厨师，手艺卓绝啊。"白梅调侃道："张局长、张书记替梨园村老百姓办了件大事，彪炳千秋哩，我不做几道好菜慰劳你，梨园村老百姓能饶得了我？"

张天宇很爽朗地大笑着，两口子喝了几杯酒，白梅脸像四月的桃花，张天宇鉴赏似的端详着这张脸。他觉得酒像变戏法一样给他变出一张好看的脸。张天宇的脑海里出现九月菊的脸，那张脸上有弯月一样的眉毛，柔情蜜意的眼睛，能说会道的嘴巴。张天宇用力地眨巴一下眼睛，九月菊的脸消失了。张天宇心里有一种莫名的愧怍。他想把九月菊帮他补袜子的事告诉白梅；但瓜田李下说不清楚，忍住了。

天底下哪有比白梅还好看的女人？张天宇看着细嚼慢咽地吃着饭的白梅，心里这么想着。

第二天早上，张天宇带了几件衣服，他准备回到梨园村。驻村以后，他心里有点放不下这个村庄了，好像担心梨园村会出点什么事。

白梅送张天宇出门时告诉他，学校安排教师结对帮扶一个贫困户。张天宇说：

"那就帮扶梨园村的低保户吧。"

刘北斗披着褂子刚从庄稼地回来，还没到村部，刘驼子气喘吁吁地跟他说："北斗哥，你快去马大陆家看看吧。"

"出啥事啦？"

"你快去看看吧。"

刘驼子故弄玄虚激怒了兄弟刘北斗："什么事你直接说，是不是马大陆闯祸了？"

　　自家花了八百元，乡里补贴一千，从养牛场买回一头母牛后，刘驼子精心喂养，疼爱有加，比照顾儿子还上心。他心里感谢张天宇，感谢政府给梨园村派来一位好干部，帮他买了一头牛。当初指望儿子巴根，现在指望一头牛。刘驼子专门从灶房里腾出一间给牛住，单间独门，门是新装的铁门，一把锁结实得铁锤也砸不开。夜里睡觉刘驼子竖着耳朵，一有动静会迅速跳下床，端着手电照一照。牛用绿宝石一样的眼睛看着他，刘驼子这才松口气。刘驼子这样对待牛，正月说他认了一个爹。刘驼子说："你懂个啥？不喂好牛，你能对得起新来的书记吗？"

　　刚才，刘驼子牵着牛去后沟里吃草，经过马大陆门口时，他吓得差一点叫出了声。刘驼子看到马大陆家的桃树上吊着一只波尔山羊，肖一刀拿着杀猪刀，正在一点一点地剥皮呢。

　　"你个没良心的马大陆，伤天害理哩。"

　　刘驼子心里骂着，把牛拴在一棵槐树上，就上气不接下气地找刘北斗告状来了。

　　"马大陆把羊杀了。肖一刀还在剥皮呢。"

　　刘北斗听完他的话，脸一下子黑了，骂骂咧咧地找马大陆去了。

　　刘驼子的目光暗下来。

　　马大陆鸡飞蛋打后，欠一屁股债，生活上有了亏空，一副剃头挑子几乎应付不了两张嘴。村里给马大陆上了低保。第一书记推行产业扶贫，动员贫困户饲养牲口，政府和村集体共同出资帮助他们投资创业。剃头匠马大陆和刘驼子一起享受到这项政策关怀；他家的几只波尔山羊长得膘肥体壮。村里人说："波尔山羊找对了人家。"马大陆的哑巴儿子天天风吹日晒，把羊撵到沟边路旁吃草，天黑了才回来。哑巴扯着脖子喝玉米稀饭时，羊就进了屋，站在饭桌旁围观，不时用叫声提醒主人，让它们也喝上几口。哑巴心领神会，端起碗，羊一口，他一口。哑巴爱羊爱到这个份上，村里人又说："马大陆的儿子命里没有女人，只有波尔山羊。"

有一天，马大陆让肖一刀在哑巴酷爱的波尔山羊心上给了一刀。

肖一刀腰里缠着麻绳，裸着上身，嘴里叼着剔骨刀，两只手小心翼翼地揭着羊皮。

"轻点揭，破了卖不成价钱……"马大陆手指着吊在树上的波尔山羊说。

哑巴远远地站着，红着眼哽咽着。肖一刀撅起屁股，叉开腿，耳根上别着一根烟，全神贯注地展示着手上的功夫。人们屏声静气地看着肖一刀手里的刀自如地运行在血淋淋的羊身上；阳光照在刀刃上，闪着刺目的光泽。肖一刀咬着牙，看上去，他的刀运行中遇到了麻烦。他加大了手上的力度。

肖一刀的每一个动作刺激着哑巴，他从来没有看到如此惊心动魄的屠杀。和他一个碗里吃饭的波尔山羊兄弟，像一根木头一样吊在那里，肖一刀用手扒拉一下，它就缓缓地旋转起来。

沉重的悲伤压过来，哑巴嗓子里挤出尖细的哭声。

"哭啥？哭啥？不是给你找女人，老子才不会杀它呢。"

马大陆无法容忍哑巴儿子没完没了地哭泣——不仅是破坏现场的气氛，也恨他实在不领自己的苦心。

"把刀收回你的杀猪桶，肖一刀！"

一声断喝子弹一样射过来。肖一刀手里一哆嗦，刀哐当一声落地，刀刃插进了泥土里。马大陆从长板凳上弹起身，笑着上前迎接愤怒的刘北斗。人们的目光从血肉模糊的羊身转移到老支书愤怒得有些扭曲的脸上。一条狗旋即叼起地上一块皮肉，钻出了人群。

刘北斗颤抖着手指着那只吊在桃树上的波尔山羊说："马大陆，你看看你这事做得还像话吗？现在上上下下都在搞产业扶贫，都在想方设法提高低收入农户收入。在天宇书记多方协调和亲自帮扶下，咱梨园村养殖产业刚刚起步，正往好处发展的时候，你马大陆却杀羊剥皮。你这是给梨园村老百姓脸上抹黑呢，是打村干部的脸呢。马大陆，你拍拍良心说，村里对不对得起你，出钱给你买羊喂，让你增加收入，让你爷儿俩日子尽快好起来。你倒好，一只羊眼看就能卖了，你却杀了。你不把我刘北斗放在眼里，总得把第一书记放在眼里吧！"

马大陆支吾半天，瞟了一眼肖一刀说："刘书记我确实不对，事先没和你说。肖一刀屋里的不是要给俺家哑巴说个媳妇嘛，过几天女的娘家就过来人，不管成不成，都得好好招待人家。这么一合计，俺就……"

肖一刀附和着："就是，就是。"

刘北斗瞪着肖一刀没说话。他向后勾起脚，烟袋锅对着鞋底用力磕了几下，又挖了一锅烟末，点着火，滋滋地吸了两口，那眼睛仍然瞪着肖一刀。

"净胡来！"刘北斗伸头看看赤身裸体的波尔山羊。

"肖一刀你哪天能做成一件人事？不知道这羊是扶贫的吗？能随便杀吗？我看你怎么跟张书记交代……"

刘北斗领着张天宇进门时，马大陆正拿着一条羊腿送到肖一刀的手里。白玉兰和她家的狗也参与了这场香气扑鼻的盛宴。看到村里两位当家的跨进门，马大陆站起身，吐出一块羊骨头，说："两位书记快上席坐，俺正要请二位哩。"

刘北斗问："女方娘家人呢？"

白玉兰接过话说："过些时来。刘支书，那女有点残疾，大陆儿子也有缺残，保准能成。"

刘北斗没理白玉兰，只对马大陆说："大陆，你给我把杀羊的事好好跟张书记说一说。"

马大陆挠挠头，连声向张天宇赔礼道歉："张书记俺对不起你，真的对不起你。你自从来到俺梨园村，一天消停日子没过过，不是跑上头要钱修路，就是给俺们贫困户买牛买羊。你比刚来那会瘦了，也老了……俺一时犯糊涂，就听了肖一刀的话……唉，我活该穷啊！"

刘北斗说："大陆啊，你知道张书记为咱梨园村几百口老百姓操心费力，忙起来有时个把月连家也回不去一趟；咋就把羊给杀了？咋就想不到张书记让你们养牛喂养的初衷？"

张天宇一到村部就听刘北斗说马大陆把羊杀了，像迎头被泼一盆冷水，心凉了半截。为争取一笔养殖专项扶持资金，他不知去了区扶贫办多少趟，打了多少次报告，才拿到二万四千元。这钱根本不够。他又出面担保，以几个村干部的名义从民丰银行做了一笔小额贷款，一批牲口才顺利到了养殖户的手里。考虑到养殖户缺乏养殖方面的知识和技能，他聘请了养殖场技术人员现场指导，他本人也查阅了大量家庭养殖方面的资料，打印装订成册，几乎每天都要挤出时间到养殖户家讲解饲料配方、疾病防治、饲养环境等知识。马大陆家没有女人，马大陆成天担着挑子遛乡剃头，几只波尔山羊全靠哑巴儿子喂养。张天宇非常同情相依为命的父子，经常上门坐坐，顺便交代波尔山羊喂养要领。哑巴喜形于色地对张天宇打着手语。张天宇看不懂手语，就问马大陆。马大陆说："哑巴说他喜欢羊，他会天天赶着羊去田边吃草。"

现在，张天宇真真切切地看到了一只羊让马大陆给炖了，而且端上了桌。

"怎么能说杀就杀呢？"张天宇指着搪瓷盆里的羊肉，头发几乎竖起来。

"你辜负了张书记一片好心，马大陆。"刘北斗背对着马大陆。

"今天你杀一只，明天他杀一只，这养殖业还怎么搞，拿什么扶贫？还有，要是让上头知道了，哪个来承担这个责任？"

马大陆垂着头，哭丧着脸。

"明天开村支两委会，大陆你做个检查！"

刘北斗撂下这句话，和张天宇出门了。

二十二 "李氏豆腐"项目不能丢

"村民们都注意啦，昨天村里发生一件怪事，说出来让人笑掉牙的怪事。"刘北斗站在村部广播室，手里端着话筒，对着话筒说。马大陆手里捏着一张纸站在刘北斗身边。

刘北斗呷了一口茶，接着说："啥怪事呢？马大陆把家里的波尔山羊杀了，还剥下一张羊皮呢。马大陆为啥杀羊？有人给他儿子保媒，他要招待人家，一头眼看就能卖的波尔山羊就成了下酒菜。大家都知道，咱梨园村是挂上号的经济薄弱村，大部分人家靠低保、救济过日子。为什么？一个字——穷。区里给咱梨园村派来张天宇书记，负责扶贫工作，说明党和政府对扶贫工作相当重视，对低收入农户非常关心。天宇书记上任后，以村为家，吃住在村里。为了修路，天宇书记自己开车去省城协调、争取资金，在回来的路上发生了交通事故，伤还没好透就扑在工作上；听说养殖效益好、脱贫快，天宇书记又是找扶贫办又是跑银行，筹集一笔钱买回一批肉牛和波尔山羊分给低保户喂养。马大陆是怎么做的？他把羊端上了桌——传出去不是天大的笑话吗？依我说，这不是一只羊的问题，是政治觉悟问题，是思想认识问题。这股歪风不治不行。大陆，你把检查念一下。"马大陆接着做了检讨。马大陆在喇叭里结结巴巴的"检查"让九月菊差点笑岔了气。正月一口稀饭喷到了刘驼子的衣袖上……

那次从石磨家回来，张天宇决定帮石磨实现重振祖业的梦想。让百年老字号重见天日，绽放光芒，不仅是对传统饮食文化的传承，也是培育新产业促进贫困地区整体脱贫的选择。石磨钻研《李氏豆腐制作秘籍》，研究豆腐制作配方，挖掘地下室，实验制作多种口味的豆腐，都是在夜间进行的，也是秘密的，除了王东方和张天宇，没有别人知道。石磨那晚送张天宇出门时，请张天宇不要把这事告诉任何人，包括老支书。张天宇用不着问石磨原因——经历过多次打击和挫折的年轻人谨慎了，沉稳了，他在耐心地等待着他期待已久的时刻。梦想和信念给他足够的耐心和动力。他为梦想和信念忍辱负重。

按照石磨的想法，村里投资创办一个豆腐加工厂，为李氏豆腐注册商标，形成品牌，扩大影响，产品才能赢得市场，受到消费者持久的关注和青睐，企业才能发展壮大，效益才能日益攀升。梨园村乃至周边贫困人脱贫致富，将指日可待。

这是多么振奋人心的设想；而让这个设想变成现实需要付出多大的代价！

张天宇做好为实现这个设想付出任何代价的心理准备。这是一件大事，该不该拿到村委会上研究呢？在有关工作比如项目论证、土地审批、资金筹措等还没有落实，就在支委会上讨论创办豆腐加工厂是不是为时过早？况且石磨特意提到不要将他私下实验制作豆腐的秘密透露出去。

这么一想，张天宇决定等时机成熟了再把办企业的事拿到支委会上讨论。

眼下，张天宇考虑的是怎么解决资金问题。他处理完乡里交办的几项工作，就去了石磨家。

石磨的门没上锁，人应该在屋里。张天宇敲了几下门，石磨应几声后打开门。张天宇看到一张因睡眠不足而面色黯淡的脸。石磨一脸惊喜，忙伸出一只手指向屋里，示意第一书记快进屋。

"又熬夜啦？"张天宇的话里带着关切。

"张书记，我几乎一夜没睡，我从《李氏豆腐制作秘籍》里又发现新的东西，说是豆腐脑里添加上某些营养成分，可以增加豆腐的保健功能，对中老年人身体大有裨益啊。"石磨兴奋不已。

张天宇说："照这样说，李氏豆腐不仅拥有多种口味，为人体提供蛋白质、碳水化合物等，还可以通过添加对人体有益无害的成份，增加其保健功能？"

石磨说："可以这么理解。"

张天宇拍拍石磨的肩笑了："李成人同志，听你这么说，豆腐加工厂是非办不可了，等产品出来以后，请专家品尝鉴定，迅速注册商标。这既是对我们产品品牌保护，也是提高李氏豆腐知名度和影响力的有力手段。我看哪，豆腐这个农家食品，经过你的传统工艺和现代配方精心制作，一定会成为人们舌尖上的美食，一定会走进《舌尖上的中国》。"

石磨已经完全不小觑驻村第一书记了，当初那种认为新来的驻村书记是花架子、甚至是夺老支书的权的想法，非常愚蠢可笑；对即将复出的李氏豆腐的评价，对这一足以带动全村乃至更大范围的村民脱贫致富的产业发展走向、产品影响及声誉的预测，无不说明第一书记学识渊博，智慧过人，且有一种钟爱传统美食的情怀。石磨也有一个预测，在贫穷偏僻的村庄，一个以生产加工豆腐为主打产品的村级民营企业很快将横空出世，一个民营企业家将成为全面建成小康社会的时代背景下，一个在贫困中崛起的村庄的代言者。

而这神话般梦想的缔造者，却是一上任就取消怀着梦想忍辱度日的单身汉低保的第一书记。

石磨颤抖着声音说："张书记，你不知道我这阵子心里多高兴啊，自从你说过帮我实现心愿后，说真的，我激动得睡不着觉，一走进地下室做起实验，我就忘记了时间，不困也不累。我相信，人的能量是巨大的，潜力是无穷的，当他遇到知心人的时候，当他被命运引到正常人生轨道的时候……"

张天宇的心情无疑是激动的、感慨的。石磨句句话发自肺腑，句句话叩击他的心。他不善冠冕堂皇，也不懂大话连篇。眼下干事创业，不正需要这样的人吗？

张天宇这次登门，除了了解一下石磨地下室实验进展情况，他还要揭开一个谜；通过和石磨几次接触交流，他觉得到揭开这个谜的时候了。

张天宇告诉石磨曾经收到一包灭鼠药和一张字条，不知是谁干的。张天宇看着石磨，目光里充满着宽容和善意。

我的第一书记哩，你怎么现在提起这一茬呢？你知道老鼠药和恐吓信是谁干的，你咋不早点找他？他那时等着你找他，等着你报警。但你跟没事人一样，全村没一个人提这件事。说明你这个上边来的干部根本没把老鼠药和恐吓信当回事。张天宇现在提起此事，石磨感觉自己是个恩将仇报的卑鄙小人，脸火辣辣地红了，垂着头，手在裤兜里焦躁地摸着。他这一细微的动作张天宇全看在眼里。石磨终于抬起头，吁了口气，说："张书记，我、我有罪……"

张天宇说："不能这么说，毕竟事出有因呀。看到老鼠药和恐吓信，我既生气又疑惑：这是什么人干的呢？我刚到梨园村，没和什么人结下仇，不会有人要害我。后来，我忽然想到，我取消你的低保，你恨我怨我，所以就送了我这份'礼物'。"

石磨问张天宇为啥没有报案，张天宇说想过报案，一查笔迹就会水落石出。但之所以没这么干，是希望石磨主动承认这件事，只有主动承认了，石磨才会真正明白他取消其低保的原因，才会理解和支持他的工作。

石磨说："张书记，不瞒你说，我当心里充满着怨恨，一条狗看我，我都认为那目光是恶毒的……在学校读书那几年，我可不是这样子，我心里充满着阳光，憧憬着美好……"

泪花在这个容易动情的庄稼汉的眼里打转转。石磨为张天宇讲了一个故事：石磨小的时候，邻居黄东升家丢了一头牛，黄家的牛棚正好挨着石磨家的厕所，农村的厕所不像城里，都在各自的家里，而是设在屋外。黄东升第二天发现牛丢了，很着急。一头牛就是一个庄户人家的顶梁柱。牛丢了，黄东升夫妻哭得涕泗横流，像家里死了人。后来，有人说牛是石磨父亲李有田偷的，因为那天晚上的后半夜有人看到李有田在他家牛棚附近走动过。其实石磨父亲那晚是上厕所经过了黄家的牛棚，就让人给诬告了。一传十十传百，村里人都知道石磨父亲是偷牛贼。石磨想去找说瞎话的人评理，让父亲拦住了。父亲说："咱就认了吧，惹不起啊。"后来，父亲卖光了家里的粮食，买了一头牛牵到黄东升的门上，还赔礼道歉。石磨很不理解父亲的做法，父亲就对他说："如果黄家找不到这头牛，女人寻死觅活，就毁了一个家啊，我虽然白贴上千斤粮食，背个偷牛的罪名，但我救了一个家。"后来有人发现黄家那头走失的牛，黄东升亲自上门道歉并还了牛钱。村里人得知李有田承认偷牛的原因后，都说这个卖豆腐的外来户是个大善人。

也就是在那时，石磨幼小的心里就埋下善良的种子。可是，高三那年，父母双亡，沉痛的灾难让石磨痛不欲生。石磨从小就梦想，将来考上大学，毕业后返乡振兴祖业，建工厂，带领父老乡亲战胜贫困，让家乡走出困境，成为拥有和城市一样优美环境的城镇化乡村。可突如其来的灾难让他如临末日，一蹶不振，成了村民眼里游手好闲、惹是生非的懒汉。

石磨还告诉张天宇，那次打架因故意伤害罪坐了三个月的牢，也是一个冤案。那群流氓手持凶器追砍他的同学，他不能袖手旁观，任流氓在光天化日下为非作歹。他奋力阻止并和流氓们产生肢体冲突，对方失手打伤了自己人，报警称他是伤人者。警察根本不听石磨申辩，也不调查取证，就草草结案。此后，在天灾和人祸的双重打击下，石磨感觉朗朗乾坤只是假象，邪恶横行才是真相，因此心里埋下一颗"恨"的种子。后来为了恢复祖业，建李氏豆腐加工企业，从乡到区到市，跑了整整三年，历尽艰辛，饱受屈辱，却无果而终。

最后，石磨说送给张天宇的"礼物"是一种警告，后来去村部挑衅他，是"警告"无果后怨恨的升级。石磨为啥有如此过激的行为？因为他认为张天宇只会耍嘴皮，不为群众办实事。但张天宇无意间发现石磨家的地下室和他的秘密实验后，和他推心置腹的交谈，对他掷地有声的承诺，石磨坚硬冰冷的心才慢慢地变软了，石磨对这个驻村书记有了新的认识，他十分感谢这位驻村书记重新点燃他的希望，托起他的梦想。

张天宇紧紧握住石磨的手，他用这一寻常的举动，表达着无尽的感慨、深沉的惋惜和诚挚的敬意。

　　和石磨再次交谈，进一步增强了张天宇办企业的紧迫感和责任感。办企业不同于修路，这是村集体和个人的自主行为，不需要诸多的部门介入，也不受繁杂的手续和流程困扰。只要资金问题迎刃而解，李氏豆腐加工厂即可建设投产。

　　这天上午，张天宇去区里拜访了农商银行行长。张天宇听说农商银行为响应国家精准扶贫的号召，专门开辟精准扶贫绿色信贷通道，对有技术缺资金的农户提供帮助。此前，张天宇已经和农商银行行长有过一次沟通，想让农商银行行长对石磨的"李氏五香豆腐"给予一百万元建厂贷款支持；当时行长只是口头应允，并没有进入实施层面。银行之所以没有立即启用绿色贷款通道，张天宇是理解的，因为一百万额度的贷款需要有人担保和实物抵押——金融系统对风险评估是严谨而科学的。

　　张天宇又找了区里的刘主任，想让政府贴息。刘主任一听说梨园村要创办五香豆腐加工厂，产品配方来自百年老字号，曾在历史上盛极一时，红遍大江南北，当即赞不绝口："好、好、好。眼下精准扶贫已全面展开，经济薄弱地方正需要寻找项目，发展产业，把企业办到家门口，让老百姓不出村就能挣到钱，这是多好的事啊。"刘主任同意政府贴息，并表示在企业创办和运营中，区里会按照招商引资有关优惠政策给予支持。刘主任问豆腐加工厂准备交给谁管理。张天宇说李成人，外号叫石磨，办豆腐加工厂是他的主意，五香豆腐配方是他祖传的，恢复祖业，兴村富民，是他多年的夙愿。

　　"石磨？村里没人啦？"刘主任有些吃惊。

　　"刘主任，我听说外面对石磨这个人评价不高，名声不太好。那是别人不了解他。历史上有个叫越王勾践的，战败后以柴草为铺，舔尝苦胆。吴王以为他丧失斗志，彻底沉沦。但他哪里知道勾践的心思。"张天宇引经据典，侃侃而谈。

刘主任手指敲着桌面说："天宇啊，他们两人有可比性吗？如果这个企业办成了，遴选企业负责人一定要慎重。"

张天宇拍着胸脯说："我拿人格作担保，这个人没有一点问题。"

和农商银行行长进一步沟通后，加之有了政府贴息，行长表示同意，但必须有三个公职人员出面担保。张天宇用自己的房产证作抵押，又请两个在乡镇工作的同学担保。白梅嘴上没明确反对，但心里不大情愿。白梅把房产证扔到桌上，什么话没说就进卧室去了。张天宇跟进卧室，搂着白梅的肩安慰说："你放心好了，我从不办没把握的事，我认不准石磨这个人，能敢蹚这个水？"白梅扭过身子说："你又不是神仙，这个厂子万一办砸了……咱家可就这一套房子，你可不能让俺娘儿俩住到露天地去……"张天宇说："哪能呢。梨园村赶明儿富了，你也是功臣呢。"

白梅捣了男人一拳："我才不当功臣，我要房子。"

两天后，张天宇带着房产证和石磨及两位担保人找到农商银行行长，行长专门找来信贷科科长做了交代，当天上午在信贷处就办完了贷款手续。张天宇要请两位担保人吃饭，对方有事推脱告辞了。张天宇安排石磨回去抓紧完成一份报告，然后就急匆匆赶往市里。

下午，张天宇在市里约见了大学同学吴鑫富，这家伙近几年靠休闲食品深加工，发了大财，他的食品公司生产的"鑫鑫乐"牌休闲食品，不断刷新市场销售记录，全国开了八家分厂。同学聚会中，吴鑫富曾跟张天宇说："有事需要帮忙的，就说一声。"现在，张天宇找他办事的时候到了。

　　相互见了面，几句寒暄，张天宇说明来意，吴鑫富对李氏五香豆腐很感兴趣，当即表示同意合作，建议对方出让技术，或者以技术入股，作为公司股东之一，每年可以参与分红。

　　张天宇不同意，他的本意并非如此。他希望老同学依靠自己的品牌和影响，无报酬献出经验，帮助石磨办豆腐加工厂，打开市场。吴鑫富不太愿意，说这样做无利可图。张天宇说："作为一个知名企业家，应该商者乐善，多扶持弱者，让大家共同富起来。再说，帮助石磨办厂，不仅是让石磨一人致富，而且可以带动梨园村百姓一起走上致富之路。这是功德无量的大善事、大好事。"

　　张天宇终于说服了老同学，他心系百姓、敢于担当的品质和精神感动了他的老同学。

二十三　一场事故的启示

九月菊自从有了心事，又冒着被第一书记赶出来的风险和他首次接触，对张天宇的好感与日俱增。她帮这位腼腆的城里来的干部捏去肩上的头发，帮他缝补袜子上的破洞，洗净晒干后用纸包了还给他。想想做过的事，九月菊直吐舌头。天啊，你一个寡妇怎么敢跑到单身男人的房间，何况人家还是上头派来的第一书记。你不是和第一书记说几句话就走，你在那个亮着灯的、满是肥皂味的房间里磨叽了几个钟头，又是捏人家肩上的头发，又硬要人家脱下袜子拿回家洗……这要是传出去，丢死人啦。九月菊对着镜子，心里在数落自己，抱怨自己。

那晚去找了张天宇，拿了他的一双破袜子出来后，竟有些后悔，后悔自己为什么找了一趟，啥都没说就走了呢。转念一想，反倒觉得这是聪明之举。如果进门就直奔主题，说了让政府给补贴买农机的事，万一被人家拒绝，话落了地挽回的余地都没有，好事多磨嘛。九月菊不无庆幸地兀自笑了。但帮他做点缝缝补补的事他总不会拒绝吧？袜子不是让自己补了嘛。九月菊从这件事上竟悟出一些道理来，显出几分老城。

连夜精心为他补好袜子，又洗得干干净净，第二天天还没亮，她就用一张纸包好，悄悄放到张天宇的门口……

九月菊接连去村部几趟也没看到张天宇。有次碰上刘北斗，刘北斗问她什么事。她连一点准备都没有，根本拿不出能让刘北斗满意的话来。"俺想问问低保金涨了没有……"她耷拉着眼皮说。刘北斗是好骗的吗？他一下子就看穿了九月菊。他说九月菊你是找张书记的，张书记这段时间正忙着跑修路的事。刘北斗话没说一半，九月菊风一样溜了。

就在九月菊等待机会的时候，一股风传到了她的耳朵里。村里都在议论说："石磨这个不务正业的东西，要时来运转了，张书记要帮助他办什么豆腐加工厂。以后就不是石磨了，是石总了。"人们不是羡慕石磨，而是对他提出质疑，认为他不是那个料，成不了气候，都一个村子住着，谁不了解谁啊。

九月菊听了这事，不像别的村民那样撇嘴说风凉话。村里男人中，九月菊最佩服的人是石磨，她最希望出人头地的人也是石磨。这次，她来到石磨家，她要听听这事是不是真的。如果新来的书记能擦亮眼睛，慧眼识珠，帮一个村里人瞧不起的"懒汉"办厂，那帮我九月菊买手扶拖拉机就不在话下了，我也用不着提心吊胆地去找他求他了。

来到石磨家，九月菊看到石磨正坐在电脑前不知道捣鼓啥。在梨园村，这个"懒汉"是全村第一家买电脑、第一家接通互联网的人。不知是谁走漏了风声，村里人差不多都知道石磨家买一台电脑，一两万呢。有人说，指望种那两亩地能买起电脑？那钱肯定来路不正；还有人说，连个电视机都买不起，却买了那样一个东西，这不是败家吗？有些上了岁数的人忽然有了惊人猜测：莫非这家伙是想和国外联系，当特务不成？一些年轻人取笑说，这货是想通过那个机器，连着网络看裸体女人呢，一个单身汉，能不想那事么？

"你大中午就在捣鼓那玩意儿，你快给俺断了电。"九月菊喊着，忙用胳膊肘挡着眼。

"哟，是月菊嫂啊，好久没见你上门啦。"石磨站起身说。

"怎么听说咱村要办厂，你当厂长……"九月菊问石磨。

石磨说："有这回事。我和张书记没跟别人说啊，村里人怎么知道的？"

九月菊举着一根指头戳了石磨脑袋一下："傻样。你和张书记不说就没人知道？天底下哪有不透风的墙。又不是啥坏事，干吗瞒着……好吃好喝待你，就是得不到你的心……"

石磨赶忙解释说："月菊嫂，我刚和张书记合计办厂时，手里一分钱没有，项目能不能落地根本不知道。本来村里人就门缝里看人——瞧不上我，说出去还不让人当笑话讲？"

石磨告诉九月菊，张书记帮助做了无息贷款，还请了一个食品行业的企业家帮着建厂呢。

就在这个时候，村里突然一阵大乱，接着传出呼天抢地的哭喊声和呼唤九月菊的声音。

"这是咋的了？出啥事了？"九月菊和石磨急匆匆出门，朝着哭喊声跑去。村里人都异常慌乱，老支书刘北斗、驻村第一书记张天宇两人一路小跑，都向着村后的汪塘跑去。通过慌乱的人口中的片言只语，九月菊得知，她哥家的双胞胎女儿，小雨和小风爬上电缆塔，全部摔下来了，估计伤得很严重。

九月菊听了，"哇——"的一声失声痛哭起来；她不相信这是真的，就在刚才，小雨和小风还手拉手去她家玩，怎么瞬间就出事了呢？然而悲剧一旦发生，谁也无法挽回。

九月菊的哥哥头年刚翻新了房子，欠了一屁股债，年初，又摔坏了手扶拖拉机。一开春，哥嫂二人就进城打工了，家里的地留给了六十多岁的老父亲。九月菊的娘身体不好，她爹除了照顾她娘，还得下地。她哥哥家的双胞胎女儿在镇上的寄宿制学校读二年级。

　　她哥嫂外出务工之后，九月菊的爹每个周五都会去镇里将两个孙女接回家，星期六，就让孩子在家陪着奶奶看电视，自己去地里干活。这天中午，九月菊的爹下地干活了，两个侄女出去玩了。她们来到村头的一座架着电缆的铁塔前。姐妹俩上午看了电视里的武侠剧，被剧中的武侠镜头深深吸引了，看到侠客凌空飞起，两个孩子激动得手舞足蹈。妹妹问姐姐："姐姐，你说电视里的人为什么会飞？"姐姐嘟着小嘴说："张开膀子就能飞了。"妹妹说："姐姐，咱下午也去飞吧！"姐姐说："好啊！"现在，姐妹俩站在铁塔前，几乎都想到了电视里"飞人"的表演，于是踩着铁搭下端的铁杠，爬上铁塔，在距离地面不到三米的时候，姐妹俩不知是累了，还是有点害怕，就站在那儿环顾四周。

　　姐姐说："飞吧？"

　　妹妹说："飞。"

　　两个女孩张开双臂纵身"起飞"，她们像树叶一样飘在空中……

　　九月菊的爹哭得呜呜的，老支书刘北斗、第一书记张天宇赶到了现场。由于事情重大，张天宇和刘北斗经过商量，随即将事故上报到了乡里。晚上，乡里的领导都来了，对老人进行一番安抚后，立即组织人员将伤情严重的两个孩子送到医院救治。

　　九月菊的哥嫂得知情况赶了回来。两口子回来后，两个孩子已被送往镇上的医院治疗。幸运的是两个孩子虽摔断了腿脚，但命算是保住了。巨额医疗费让九月菊的哥嫂一筹莫展，他们只是咿咿呀呀地哭，大把大把地甩着眼泪。有人说："孩子是在电缆塔上出的事，塔是公家的，医疗费得由公家出。"

悲伤的九月菊哥嫂心头闪出一个念头，扬言公家如果不认这笔账，就大闹一场。

为避免事态扩大，造成不良影响，张天宇和老支书刘北斗找到九月菊，请她出面和哥嫂沟通一下，就说村里愿意给付所有医疗费用。九月菊正有一桩心事需要张天宇出面才能了却，而思来想去却找不到充分理由；现在，张天宇有求于她了，贷款买手扶拖拉机的事还用愁吗？

九月菊没有辜负张天宇。她先把哥嫂数落一番。她觉得要想说服哥嫂，必须讲究策略，必须先声夺人。

"光顾哭钱，钻钱眼里了，孩子也不管了。"九月菊说。

九月菊的父亲举起枯瘦的胳膊，一拍桌子骂道："都啥时候了，还说这些混账话！"

哥嫂红着眼制止了父亲。

"既然事情出来了，就想办法解决，不能赖人讹人，对吧？"九月菊往嫂子身边凑了凑，"张书记说了，孩子摔伤是个意外事故，作为监护人也不能说没有责任。考虑到家里困难，一时拿不出那么多的医疗费，治病钱村里出了。"

九月菊的话让她哥嫂心中有了底，嫂子抹去眼泪，说：

"妹子，全听你的。"

区党工委李中奎书记得知此事后，大为恼火，在会上点名批评张天宇，指责张天宇扶贫工作没有抓好，反而抓出安全事故，造成不良影响。

张天宇满腹委屈，他没有想到会出这样的事。事故发生后，他迅速向乡党委政府主要领导汇报事情经过，及时诚恳地与家长沟通协商，村里全额支付医疗费。事情方得以妥善解决。在妥善解决事故纠纷上，九月菊发挥重要作用。张天宇不

敢相信，在关键时刻，作为孩子的姑妈，九月菊能站在村委会
的立场上看待和处理问题。

　　孩子摔伤的事故给张天宇一个深刻启示：如果不能为群众
就近创业创造条件，他们迫于生计外出务工，非但不能迅速脱
贫致富，就连留守儿童的安全也无法保障。

二十四 梨园村不能没有企业

事故的发生，让张天宇强烈意识到：要想让乡村留住青壮年，让乡村重新焕发生机，农村真正拔掉穷根，必须有产业、有项目。这才是脱贫唯一途径。

人生如果总是担心失败，总是畏首畏尾，梦想永远是梦想。世上没有绝对的成功，不去尝试怎么就知道不行呢？

张天宇知道石磨有恢复祖业创办企业的意愿后，被年轻人的一股激情和热血所震撼和打动，他愿意竭尽全力扶持他。但接下来办贷款、办土地使用证以及动员同学加盟扶持等一系列的事情中，张天宇遇到了不少困难和阻力，他的决定产生过动摇，尤其是区里刘主任对石磨的质疑，让他对全村干群是否支持石磨牵头创办企业领导企业，产生深深的忧虑。

而事故所带来的启示，让张天宇进一步明确了目标和方向，坚定了决心和信心。

开弓没有回头箭。张天宇就是一支箭矢，他要攒足力量，射向既定目标。

村部会议室里，张天宇首次公开披露梨园村有史以来一件极其重要的事项。

张天宇先通报了不久前村里发生的两名女童摔伤的事故和事故处理情况，要求村支两委干部和党员要进门入户做好安全教育，引导村民增强安全意识，提高安全事故预防和处理能力。接下来，他隆重推出一个人，他要让在座各位党员干部重新认识这个人。

张天宇目光炯炯地看着党员干部们，动情地说："同志们，梨园村李成人这个人我想在的各位座没人不认识，你们都叫他石磨，他小时候经常帮父母推磨做豆腐，村里人就送给他这么个雅号。"

会议室的人不约而同地笑了。他们笑完又面面相觑，心里嘀咕着张天宇提这个早睡晚起的光棍汉干啥。他的低保不是被取消了嘛，莫非石磨最近又出啥事啦？村干部们交头接耳地议论着。

张天宇干咳一声说："等我把话讲完你们再议论。李成人这个人第一次见到他，我也比较反感。年纪轻轻的就吃低保，这很不正常；不务正业，游手好闲，爱睡懒觉，好吃懒做，这大概就是村里人对他的评价。今天我告诉大家，你们看到的只是表象，李成人同志心里想些什么，他计划做什么，他追求什么，你们知道吗？"

刘北斗一袋烟吸完了，烟袋锅对着桌腿磕了几下。他说："石磨这孩子本性不坏，臭毛病确实不少……不过，村里确实没人知道他心里想些什么，就知道他爱睡个懒觉，成天晕晕乎乎的……"会议室急雨一般地响起一阵笑声。

张天宇无奈地笑了一下，迅即收去笑容，说："其实，李成人同志心里揣着一个梦想，多年来，他一直为这个梦想默默地干着一件不为人知的事情。他的家族可以称得上豆腐世家，因为历史原因，曾辉煌一时的李氏豆腐销声匿迹了。李成人决定恢复祖业，办一个五香豆腐加工厂。为这事他四处奔走，屡屡受挫……后来他就变成了你们看到的样子了。"

张天宇的声音慢慢低弱沉重起来。

刘北斗心里疼挛一般地疼痛，他不敢相信，他看着长大的石磨，心里会藏着惊心动魄的秘密；他这个和卖豆腐的李有田情同手足的老支书，怎么就蒙在鼓里呢？石磨啊石磨，你咋就瞒着我呢，咋就不跟梨园村当家人吱一声呢。你就知道我刘北斗使不上劲？村里那么多人反对，我不照样给你小子办了低保？

一支委委员问："张书记，听说咱村要办企业，可有这事？"

张天宇说："没错。今天开会主要是研究办企业的事。我跟区领导汇报了，梨园村将办一个李氏五香豆腐加工厂，办厂的手续和建设资金全部搞定了。我没有提前跟各位说，是时机尚未成熟；现在准备工作基本到位，马上就能开工建设了。为什么叫'李氏五香豆腐加工厂'呢？因为生产出来的豆腐用的是李成人祖上研制的配方，生产工艺基本保留几百年前进贡朝廷的李家豆腐的工艺元素。我准备让李成人同志担任企业负责人。大家如有意见，可以当面提出来，千万不要当面不说，背后乱说。"

村委会副主任赵万里说："张书记，咱先不说谁来做这个负责人，咱就说豆腐加工厂吧，真的能办起来？那可不是一钱两钱的事。只听说乡镇能办这个厂那个厂，没听说村里也能办厂。你看梨园村又僻又穷，谁来你这买豆腐？"

刘北斗说："村里为啥不能办厂，华西村不也是行政村吗，人家村里全是厂，家家都是股东，人人都是工人。问题是石磨当这个负责人我感觉不合适。他没办厂经历，也缺乏经验，就怕……砸了，那不知多少人跟着倒霉。"

张天宇说："刘支书得的有点道理。不过，我是了解李成人的，我不信任他也不会把厂子交给他。知人善任，用人不疑，疑人不用，是我们一贯用人原则和作风。"

刘北斗还是不服，转着眼睛思忖半天说："要是这个石磨关键时候撂挑子，或者出了别的什么岔子，丢的不仅仅是他一个人的脸，而是整个梨园村人的脸；辜负的不仅是你一位领导，而是上至区党工委管委会等各级领导的信任。"

人们七嘴八舌，众说纷纭，始终未形成统一意见。

这个局面在张天宇意料之中。但众人的强烈反对不能不引起他的深思。

石磨变成企业家，这步棋走得真有点险。老支书刘北斗的意见也是十分中肯的，不能不去听，或许这次又是自己犯了急于求成的错误不成？李成人到底能否胜任？真如老支书说的那样，那该怎么办？张天宇心里多多少少担忧起来。

张天宇思来想去，或许最好的结果就是让他拿技术去找同学吴鑫富入股，这很稳妥，可这样做等于白白送掉一个项目，梨园村百姓得不到任何好处。是冒险一试，还是采取稳妥的办法呢？

两个摔伤女孩痛苦扭曲的表情、九月菊哥嫂的愤怒和悲伤、李中奎书记高亢的斥责和犀利的眼神……一一在张天宇的脑海里浮现。他狠狠地咬咬牙——这个文质彬彬的第一书记要孤注一掷了。

张天宇一直惦记着《"李氏五香豆腐"可行性报告》，也不知李成人写出来没有。

傍晚，夕阳的余晖给村庄披上绚丽的金纱，梨园村酷似西方油画里的村庄。地里的庄稼静立在晚霞里，风抚摸着玉米碧绿的叶片，倾听着它们生长的声音。

树林里、河道边，漫步着吃草的牛羊。一群牛站在骆马湖西岸的霞光里，像镶嵌在黄昏中的一组精美的浮雕；一只黄牛高昂着头颅，像一个抒情歌手，对着巨大的落日哞哞叫着，那是献给落日深情的赞歌。

张天宇和石磨走在村外宁静的小路上。

张天宇问石磨对办好豆腐加工厂有多大把握，并说这个项目成本很大，上面领导都在关注，只能成功，不能失败。石磨知道自己长期以来貌似无所事事的表现，给村里人留下不良印象，甚至没人能瞧得起他，现在听说他要恢复祖业，还不在村里炸了锅。九月菊那天上门询问，不知是出于好奇，还是想落实一下村里腾起的议论是不是真的。父母罹难、高考失败的双重打击，让他万念俱灰，形如枯槁。而《李氏豆腐制作秘籍》唤醒了他，让他找到了振作的理由。

他开始了长达三年的研究与实验。

而这，却不为人知。

由此，他忍受的屈辱以及由此带来的苦恼和悲切，像一汪脏水浸泡着他，淹没了他。"懒汉"之类的称谓成了他的标签，他的代名词。他含着热泪，在昏黄的灯光里，在孤独和寒冷中，进行着祖传配方研究和五香豆腐制作实验，直至驻村第一书记的到来。

在驻村第一书记张天宇面前，石磨找到了自信，重获了尊严，他有很多话要告诉他，他多么希望张天宇能耐心地做他忠实的倾听者啊。

石磨在张天宇面前打开了心扉。

一个人如果生活在所有人的怀疑、讥笑和不信任中，这个人就是再努力，得到的同样是讥笑。其实，那么多年我一直在伪装，装作无所作为，这样做也是为了生存，因为我必须去适应身边的环境，坚强地活下去，只有活下去才有机会圆上自己的梦。在梨园村我没有亲人，甚至没有真正的朋友。百姓是善良的，是敦厚实在的，但百姓也有他们的局限性，就如我第一个在村庄买电脑、接通网络的人，落后的乡亲们没有一个人相信我是干正事；就如我曾经为了振兴李氏豆腐找各级政府，没有一个人相信我说的是真的。不知他们是以貌取人，还是怕担风险？为了阻止我对他们的"打扰"，我被拦在门外，还打电话给老支书，让老支书管好我，别让我乱跑。老支书同情我，又害怕我出去给他惹麻烦，就给我办了低保。我心里在哭泣，所以我后来胡搅蛮缠，我不思进取，破罐子破摔……人都怕我、躲我，而背后都在辱骂我，嘲笑我。这么多年，我就像一个浑身长满刺的刺猬，是为了保护自己，为了活着……

石磨推心置腹的一番话，如同向张天宇打开一扇门。张天宇看到的是与地下室完全不同的景象——一个意气风发的年轻人，手持书面报告出入于政府大院；被拒绝后垂头丧气地行走在村路上的孤独；百无聊赖的游走和一蹶不振的形影……石磨的"独白"，进一步证实了张天宇的判断——这是一个多好的青年啊，有志向，有梦想，有追求，只是现实阻挡了他实现梦想的路径，命运封闭了梦想飞翔的空间。

张天宇也有心里话要对石磨说，这或许是他驻村以来说得最多发自肺腑的一番话。张天宇说："我之所以要帮你，不仅仅是让你圆了梦想，更为重要的是，为了我此行的初衷，为了贫穷的梨园村，为了全村的老百姓。我想以点带面，想让你和你的李氏豆腐成为带领百姓致富的奔小康的抓手。所以，从今以后，在你的心里不能光想着自己，还要想着全村的百姓，让大家都能在你的带领下脱贫；或许大家曾经嘲笑过你，但对你而言，你应该想到这些都是你前进的动力。你现在需要消除一切恩怨，想到每一位梨园人。从今以后，你将脱胎换骨，不再是一个游手好闲、沉沦堕落的单身汉，而是一个带领全村百姓致富的农民企业家啊。"

石磨眼里含着泪花，咬着嘴唇说："张书记你说得对，我恢复祖业，打响李氏豆腐这个百年老品牌，为的正是全村人。梨园村人生活得太苦了，观念落后，思想迂腐，几代人靠着几亩薄地，如今只能说是勉强解决温饱。青壮年纷纷放弃土地，涌向城市打工，勉强求生存。很早我就想，如果梨园村能有自己的企业，大家就完全不用进城打工，在家门口就能上班赚钱。这是多好的事啊。"

张天宇一边聆听，一边看着不断加重的夜色。

石磨继续和这位知心人诉说着："我这么多年来忍辱负重，暗中研究祖上产业秘方，反复实验，终有所成；虽然在恢复祖业上困难重重，举步维艰，但我没有放弃，我没有放弃啊。我苦苦等着的就是这一天。这正应了那句话：机会是给有准备的人。当然，没有张书记你这个好干部，我和整个梨园村老百姓所期所盼或许还会遥遥无期……"

有了和石磨的深入交谈，又详细看了石磨写的《"李氏五香豆腐"可行性报告》，张天宇不觉大为震惊。他无法相信，这份内容翔实、见解独到、论证有力的报告，是出自一个农民之手，而且完成速度之快，专业水平之高，更是出乎意料。张天宇拿着报告去找石磨，对这份报告的生成表示质疑。石磨告诉张天宇，这份报告不是一个月两个月所能完成的，而是历时近二十年。他打开电脑里的文件，张天宇几乎惊呆了，他看到了大量的关于李氏豆腐配方、豆腐深加工流程、现代民营企业管理等文档资料。那一刻，张天宇沉浸在一种遐想中，他恍惚看到，在宁静的夜间，一个青年在昏黄的灯光下，一会儿凝眉深思，一会儿敲击键盘……

在确定豆腐加工厂负责人这件事上，张天宇认为非石磨莫属。尽管仍有不少阻力和反对意见，张天宇以他对石磨的了解和信任，以他驻村第一书记的身份，掷地有声地做出了这项重大决定。

有人在刘北斗面前说，张天宇这是目中无人，是独断专行，是在出风头，谋政绩。老支书刘北斗的确反对石磨做企业负责人，这一态度完全基于担心石磨毛手毛脚砸了企业坏了大事。但那天会上听了张天宇一番话，回家又有老伴一番疏导，心里也就想通了；对别的持反对意见的村干部，刘北斗主动做他们的思想工作，说村里办企业归根结底是为梨园村三百多口老百姓，必须统一思想，认识一致，行动一致。张天宇听王东方说："刘北斗是认死理的人，他不同意的事情，都不会改变；这次改变立场，在他二十多年村支书生涯中，还是第一次。"

李氏豆腐厂厂址选在一个废弃的学校内。资金到位，厂址选定，石磨做了二十多年的梦，终于要变成现实。梨园村，这个祖祖辈辈以农为生的乡村，第一个企业正式破土动工。

驻村第一书记对老支书说："刘书记，如果没有您支持，李氏豆腐加工厂就动不了工啦。梨园村低保户就要成为企业家喽。这是您老的面子，更是梨园村的福气。"

　　刘北斗有些矜持地笑了，舒展着皱纹说："你才是咱梨园村的大恩人啦……天宇书记，有件事差点忘了，乡宣传科同志打算让我给学生作报告，说什么讲述老区故事，弘扬老区精神，振兴乡村文化……"

　　张天宇说这是好事。

二十五　大爱光辉与农机合作社

　　村里传出风声，梨园村李氏五香豆腐加工厂即将开工建设，石磨任厂长也是板上钉钉。九月菊心花怒放，激动得手忙脚乱，砸鸡蛋烧汤中，扔进锅里的居然是蛋壳。她气得直跺脚，甜蜜地愤怒着。"该死的九月菊，又费了一个鸡蛋。又不是你当厂长，你激动个啥？"她从锅里捡出蛋壳，扔到地上，愤怒地踩上一脚。

　　九月菊兴奋不已，巴不得手里有个喇叭，嘴对着喇叭在村里广播广播。没有喇叭也行，就用嘴说。先说给谁呢？九月菊根本不用思考就想到了赵美玉。赵美玉是村子里最能和她说上话的人。

　　赵美玉也终于怀孕了，生了一个长得和孙裁缝如出一辙的男孩。九月菊喜欢这孩子。一次，赵美玉正在和面，九月菊来了。说了几句话，孩子醒了。赵美玉两手都是面，让九月菊帮着抱抱孩子。那小家伙脾气倔，哭得不依不饶。赵美玉洗了手，把孩子接到自己怀里，忧戚地说："这孩子最近老是哭闹，奶也不吃，看上去比以前瘦了一圈。"九月菊说赶紧带医院看看。

　　当九月菊再次来到赵美玉家，她发现房门上锁了。打电话一问，赵美玉在电话里哽咽着说："菊姐，毛毛发一夜高烧，五更头俺和他爸带来市医院检查……唉，咋会是这种病啊……"赵美玉泣不成声。九月菊也急得跺脚："咋啦？咋啦？发高烧咋啦？"

"医生说是白血病，叫俺再到苏州儿童医院复查……咋得这么倒霉的病啊。"那头电话就挂了。

赵美玉和孙裁缝连夜赶到苏州为孩子看病。看到诊断结果，赵美玉两眼一黑，瘫在孙裁缝的怀里。白血病，像一张狰狞的面孔，怒视着婚后五年得子的乡村夫妇。

孙裁缝小心翼翼地问医生治好孩子的病大概需要多少钱。问完后，他像一个孤注一掷的赌徒等待运气一样，等着医生那张嘴。医生深沉地看了他一眼，伸手扶了扶眼镜，对孙裁缝竖起一根食指说："大概得这个数。"孙裁缝两眼圆睁，张大嘴巴，倒吸一口气说不出话，生怕说出那个数目会要了自己的命。赵美玉说："十万元啊？医生。"医生职业性地摇摇头，说："一百万元。"听到这个数目，孙裁缝像咔嚓一声让人扭断了脖子，头耷拉下来，拐杖哐当一声砸在地上，随之一条腿跪了下去。医护人员七手八脚地把孙裁缝扶到病床上躺下。赵美玉和孩子的哭声抱成了一团。医生稳定他们的情绪后，用安慰和鼓励的语气说："白血病需要做骨髓移植手术，孩子还小，以我院的医疗实力完全可以治好孩子的病。医疗费的确很高，除了医保报销、建档立卡户政府救助，还可以参加社会慈善募捐……无论花多少钱，对挽救一条生命而言，都是值得的。"

一百万元，一条幼小生命，孙裁缝进行着痛苦的抉择。

为孩子办好住院手续后，孙裁缝赶回梨园村。孙裁缝双膝跪在老支书刘北斗面前声泪俱下。刘北斗双手把他搀起来，用庄严神圣的语调说："孩子啊，不要怕。有我在，有天宇书记在，有梨园村三百多个老百姓在，一定能把孩子的病治好……"

　　张天宇主持召开由全村党员干部参加的为白血病患儿募捐善款献爱心专题会议，现场共募捐善款 8756 元。刘北斗从贴身衬衣口袋里掏出手绢层层包裹的 800 元钱，说："这是家里卖羊钱，一个不留……"看到这个饱经沧桑的老支书层层打开手绢颤抖的动作，张天宇的眼睛湿了，在座所有的党员干部向梨园村领头人投出了敬佩的目光，充满着朝圣般的色彩。

　　次日，在党员干部带动下，全村家家户户都加入了捐款的行列。刘驼子卖了一头牛，捐款 600 元，马大陆把将近一年走村串户挣来的剃头钱全部捐了出来，宿北大战中为部队做了八十双布鞋，被评为支前模范的五保老人孙刘氏拿出置办棺材的钱交给了刘北斗，她抹着眼泪说："拿着，北斗。没有共产党俺活不到今天，你这些当干部的都没少捐，俺没有不拿钱的理……你能眼睁睁看着孩子生病不给治？救人一命是积德行善哩……"

　　靠梨园村干群爱心募捐，对一百万巨额医疗费来说不过是杯水车薪。张天宇安排王东方写一个汇报材料交给乡民政科和扶贫办，借助他们发动更多的人加入募捐队伍。

　　不久，张天宇从扶贫办得到一条可靠的消息，说宿雄市老区开发促进会正在策划以救助大病特困人群为宗旨的"携手助老区·宿雄行"社会慈善募捐项目，项目经省扶贫基金会审批后，在公益平台发布，面向社会开展线上募捐。

　　喜从天降。张天宇把募捐工作交给王东方负责。尽管很多事情在等着他催着他，但张天宇始终没有放松对慈善募捐活动的指导与推动。没到六个月，赵美玉共收到市老促会代转善款 87652.7 元。

赵美玉的孩子顺利完成骨髓移植手术，不久即康复出院。赵美玉和孙裁缝来到村部，张天宇和刘北斗正讨论着筹备办厂的事，夫妻二人扑通一声跪在两位村干部前，泣不成声地说："两位领导，俺孩子的大恩人啦，让俺们替孩子给二位磕个头吧……"张天宇和刘北斗立即躬身上前，把他们扶起来。刘北斗说："要感谢就感谢全村老百姓，学校的老师学生，全国各地不知姓名的好人吧。"

张天宇跟白梅说了组织社会力量为赵美玉孩子捐款治病的事。白梅说赵美玉家一定很困难，主动提出与她结对帮扶。张天宇握住白梅的手说："我代表赵美玉全家感谢你，白梅同志。"白梅噗的笑了一声，擂了自己的男人几拳。

这天傍晚，张天宇来到骆马湖畔，信步在两边长满青草的村道上。落日余晖洒在骆马湖面，湖水跃动着金色的霞光。张天宇心里漾起柔和的暖意。他像诗人一样，心里吟咏道：太阳，您在沉落的时候，依然不忘把一抹光辉涂抹在美丽而清冷的浪花上；用爱与仁慈触摸无助、孤独与忧伤……

九月菊对一台手扶拖拉机念念不忘。公路早就在修了，估计很快就能行人走车；那个挂着石磨祖上牌子的豆腐加工厂很快就动工了。张书记要紧要忙的时间过去了，该轮到她九月菊出手了——再耽误就怕没机会了。

这天深夜，九月菊再次来到村委会，肩上扛着一个鼓鼓囊囊的包袱，拿着手电筒，深一脚浅一脚摸黑前行。九月菊蹑手蹑脚地走着。

张天宇反复研读石磨的可行性报告，又做了多处修改，时间已是深夜十一点。洗漱完准备休息，门就开了，一个女人扛着包袱闯了进来。张天宇一看是九月菊，有点不知所措。九月菊像女主人一样放下包袱，气喘吁吁地坐在沙发上。九月菊说："领导，俺是给你送床垫子的，上次俺看到你的床上铺得太单薄，晚上睡觉一定不舒服，俺就专门给你缝了一个床垫子，用了七斤棉花，可软和了。"

张天宇似笑非笑地说："你这是干什么，我不需要，请你拿走吧！"

九月菊一脸委屈地说："不就是一面床垫子嘛，俺又不会吃了你，也不会污了你的清白。"

张天宇说："九月菊同志，你作为一个妇道人家，大半夜跑来我这里，就不怕招来闲话？"

九月菊把鬓角的头发拢到耳后说："没人看到，张书记。我能给你面子，你就不能给我个面子？"就打开包袱，拿出床垫，走到床前准备铺上。

张天宇欲上前阻止，九月菊一闪身拦住了他。九月菊是个犟脾气的女人，想做的事情是任何人都阻挡不了的，况且这次来是经过深思熟虑的，她打算今晚一定要把买农机的事跟张天宇说了。她对张天宇说：

"张书记你是干部，你放心，俺不会给你丢人，俺铺好垫子就走。"

张天宇说："你有啥事就直说吧。"

九月菊说："俺想要一台拖拉机，听说上级有啥农机补贴，不用出钱就可以免费得到，所以俺想请你帮忙，又怕说了你不答应俺，所以，所以俺……"

张天宇望着憨态可掬的九月菊，心里忽然涌起一股暖流。想想自己到梨园村做驻村第一书记这么长时间，天天忙得焦头烂额，根本没回家几次；多次去城里开完会就匆匆返回，他晓得，那扇亮着灯光的窗户在等着他，那双有着几分抱怨和期待的眼睛在等着他。每次听到白梅的抱怨，张天宇总是在电话里对她说："老婆，辛苦你了，等我忙完，等梨园村的老百姓都脱贫了，我就回来陪你们母女。"白梅说："等你回来这个家就没了。"

九月菊让张天宇过去帮她铺床垫，张天宇走过去，和九月菊一人捏住床垫一端，配合得如此默契。铺好后，九月菊拍拍床垫，说："你看，多软和啊，晚上睡觉身底就不硬邦了。"

张天宇暗暗对九月菊生出好感，这好感并不是异性之间的吸引，而是对一个失去丈夫的女人独立支撑家庭的生存能力的欣赏和认可。现在，面前这个女人想要一台手扶拖拉机，并非想讨公家的便宜，是实实在在的种地人的基本诉求啊。九月菊还告诉张天宇，她想靠国家补贴买一台手扶拖拉机，除了种好自家的地，每年春耕，还可以为村里没有农机的农户提供方便，那些家里穷的农户，可以免费使用。她说，这些年，不少人家都是租邻村的农机耕田的，租金高不说，有时还不能及时租到，往往误了农时。

农村脱贫攻坚，任务相当艰巨，关键是什么？关键在于"人"。从改革开放以来，农村最大的发展就是吃不愁、穿不愁，但距小康的目标还很远，如一些农民，他们日思夜想的是发家致富，但最缺的是技术，是方法。用他们的话说："给钱好是好，可花完了就完了，其实我们最需要的还不完全是'金子'，而是点'石'成金的那个手指头，如果多来点实用技术就好了。"还有的农民，技术有，点子有，最头痛的是资金，用他们的话说："如果能给俺一个'支点'，俺肯定能率先

232

小康，还能帮到乡亲。"国家一再说精准扶贫，如何精准，精准就是要因地制宜出实招，因人而为用实劲。想到这里，张天宇说："我会帮你的，你说得对，得到拖拉机不光为了自己，心里还想着全村村民，这实属难得。我希望你能找几户村民成立一个农机合作社，我保证帮助你们弄到补贴，让整个梨园村村民实现耕作机械现代化，这也是我应该做的。"

听了张天宇这话，九月菊扑闪着眼睛说："这俺得给你烧高香了，你是俺们村的大恩人啊，张书记，自从你来到俺梨园村，俺们老百姓可有盼头了，你给俺村修路，给俺村困难户买牛买羊，还在梨园村办豆腐加工厂，把一个人人都瞧不起的单身汉石磨扶到厂长的位置……你说这是不是梨园村老百姓几百年修来的福？"

张天宇说："话不能这么说。帮梨园村村民脱贫是我的职责，你说这些都是我分内该做的事。不过，离上面的要求，离村民的要求，还有一定差距。"

在听了张天宇的答复之后，九月菊高高兴兴地回去了。

夜深沉，梨园村格外宁静。

二十六　金秋的收获

天高云淡，大地流金，瓜果飘香，梨园村又迎来一个金色的秋天。

这年秋天，对梨园村百姓来说意义不同凡响：一条高标准的公路直通梨园村。公路两侧安装着由市里上市企业出资购买的路灯，路灯间栽植雪松和黄杨，把一条崭新宽阔的柏油路点缀得非常气派；村东，原来那所废气的学校已经荡然无存，一个现代化的食品加工厂拔地而起，工厂里忙碌的是梨园村的百姓，他们都说："没有想到种了半辈子的地，也能当上按点上下班的工人。"这一切唤醒了梨园村人潜在的激情，这座扎根在骆马湖畔，千百年来以土地为生的村庄，发生了彻底的变化。鸟儿们在村庄上空飞翔，它们在俯瞰着这人间喜人的气象。

上午，金色的阳光洒满大地，天地间变得一片金黄。梨园村人的心情也像这金色的阳光，透亮而明朗。村部前的水泥场上，临时搭建了一个人舞台，舞台上一字排开，摆放着桌椅板凳。当天，区党工委书记李中奎在乡领导陪同下，来到了梨园村。这一天，梨园村公路通车剪彩；李氏五香豆腐加工厂一期工程完成，正式开业；骆马湖畔第一个"兴农农机合作社"正式成立挂牌。三件大事，件件都让李中奎书记兴奋不已。

大会就要开始了，张天宇忽然发现老支书刘北斗还没到，梨园村百年不遇的大喜事上不能没有他。他让王东方亲自去老支书家请他。王东方回来说刘支书到镇中学作报告去了。张天宇拨通刘北斗电话，电话里隐约传来刘北斗的声音：

"……同学们啦，咱这里是革命老区，宿北大战就发生在咱这里哩。你们年轻人一定要记住共产党和党领导的队伍是怎么打下的江山的，咱应该怎样守住江山，把红色基因传下去……"

电话里有人说话了："喂，你好，刘支书正在给学生作报告呢，请等一下，我让他听电话……"

刘北斗说："天宇书记，我在讲课啊，那边活动我就不过去了。"

张天宇说："您老是梨园村当家人，这么大事您不来不行啊，李书记特意问到您呢。"

"好，好，我这就去。"

大会开始前，李中奎书记在大家陪同下看望了几个农户。很少见到"干部"的村民十分开心，他们簇拥着李书记说说笑笑。九月菊说："这么大的干部能来咱村，都是驻村第一书记的功劳，如果没有他，石磨怎么能办起食品加工厂，成了梨园村第一个企业家呢？"肖一刀说："你九月菊也该知足了，你不仅有了自己的手扶拖拉机，还当上了农机合作社社长，你上辈子积德啦。"刘驼子和马大陆咧着嘴笑开了。吴水仙逗着赵美玉怀里的孩子说："看看，咱梨园村今天多热闹，天上飘着好多大气球哩，要不要？让你妈给你摘一个来。"那孩子身子向上挺着，手伸向了空中飘着的气球。

李中奎书记在大家陪同下，看望了村里一个五保户，慰问了一个参加过解放战争的老党员，又看了新建的李氏五香豆腐加工厂。李书记不时问这问那，老支书刘北斗、第一书记张天宇忙着介绍。从李氏五香豆腐加工厂出来后，李书记停下了脚步，他望着加工厂创办人石磨。石磨一身西装革履，头发梳得油光可鉴，俨然一个出入隆重场合的绅士。李中奎伸出手，在石磨的肩上拍了一下道："浪子回头金不换，如今成为青年企业家了，就一定要肩有担当，胸怀大局，为了梨园村的百姓，为了生养你的这片土地，做出一番成绩来，千万不能辜负大家的信任啊！"

石磨没有想到，李中奎书记对他这么了解，看来他的浪荡、不务正业的声名已人尽皆知。其实，石磨认为大家都理解错了，人们看到的只是他的表象，他真正的所思所想，知道者寥寥无几。用不着向任何人解释，只有把企业做大做强，只有打响李氏豆腐品牌，只有让梨园村的百姓在这个传承百年食品工艺的新企业的引领和推动下，走向小康，人们才会真正看到游手好闲乃至惹是生非表象背后，隐藏着的一颗顽强拼搏的心！

张天宇把李中奎领到石磨家，说有个神秘的地方很值得一看。同行者大为惊奇，老支书刘北斗更是疑惑不解，自己做了几十年的支书，还没听说过梨园村有什么神秘的地方。石磨有些紧张，他担心张天宇书记会不会把领导们带到他家，看他的"地下实验研究室"？果不其然，张天宇把李书记一行直接领到了石磨家的"地下实验研究室"。

大家在张天宇带领下，走进石磨家的老房子。老支书刘北斗不知张天宇葫芦里卖的什么药，担心在李书记面前出洋相，试图阻止。张天宇见此笑着说："刘支书，您恐怕不知道这间屋子里的秘密吧？一会大家就看到了。"

石磨不想让李书记他们知道屋里的秘密，尤其是不想让刘北斗知道，就踩着地上的一块门板说："屋里脏兮兮的，没什么好看的。"张天宇让他挪开门板。大家看到一个三尺见方的洞口，顺着台阶下去，地下室盆盆罐罐一览无遗。李中奎书记十分惊诧，问挖个地下室干什么。

张天宇告诉大家，他带领导们来这里参观，是想用事实告诉大家，为什么要鼎力支持李成人创办豆腐加工企业，即使众人反对，仍不改初衷。张天宇瞟了刘北斗一眼，继续说："大家看到的这个地下室，就是李成人用了整整四年的时间，而且是在大家都已入睡的深夜，他一点一点挖，四年，一千多个夜晚，一个人，一把小铁锹，一个笿筐，硬是挖出了一个'地下实验室'。他这样做的目的，就是为二十年前的那个梦想，为了传承祖上留下的瑰宝，圆上一个梦。这就是李成人，人们认为游手好闲、不务正业的李成人。"

现场一片惊呼。刘支书躲到人群背后，抽着他的老烟杆。李书记问石磨为何在地下搞，还是在晚上。石磨说主要是因为自卑，不想让村里人知道自己在研究祖传秘方，更不想让人知道自己有恢复祖业的"野心"。尽管人们瞧不起自己，但那个梦想像一只无形的手，推动着他，像一声殷切的召唤，在他的耳边响起——不要辜负梦想，不要辜负祖上的期望……石磨没有放弃，始终在努力。是的，没有人相信他，不务正业、无所作为是他的"标签"，他无法从人们的意识里剔除这样的标签。

张天宇插话说："多少个安静的夜晚，李成人同志就是在这里一遍又一遍，按照祖上的配方，不厌其烦地做着实验，没人知道他失败了多少次。作为一个农民，他第一个买电脑，第一个接通网络，主动与外界对接，接受新的思想，学习新的技术，不断丰富自己、提升自己，这一切都是在为今天做准备。这样的人能不成功吗？这就是我为什么坚定选李成人的原因，也是我相信李成人的原因。"

李中奎书记看着墙壁上那两行用毛笔歪歪扭扭写着的字：

李氏豆腐，百年传统，祖传秘方，民族瑰宝。下决心复祖业，排除万难圆新梦。

他说："这是一位困难压不倒、风霜摧不垮，一个心底有梦想、有抱负的好同志，确实值得大家学习，我们现在建设小康社会，就需要这样的同志和精神。"

离开石磨家，张天宇走到李中奎书记面前，诚恳地说："李书记，感谢你把我派到基层，你的决策是英明的，对我的锻炼是全方位的。到村里担任驻村干部这三年，收获颇多，梨园村的百姓看到这巨大的变化，说感谢我，其实，说实话，我最应该感谢梨园村的百姓。"

李中奎问张天宇有哪些收获。

张天宇说："从参加工作开始，始终在机关工作，在组织关怀和培养下，从普通科员到正科级干部，我总感觉自己对基层是十分了解的，对基层的工作是胜任的。作为一名旅游局局长，来管理一个小村庄，应该是轻车熟路、游刃有余才对。但事实不是这样，通过这几年驻村，我真正看到了自己存在的不足，也让我真正明白，原来离基层是那么的遥远，心与老百姓的距离绝不是'最后一公里'。"

听了张天宇的"收获"，李中奎书记甚为高兴，他似乎明白，选派机关干部驻村，不仅仅是推动脱贫攻坚的举措。他说："党中央要求我们，要一切为了群众，一切依靠群众，要求我们广大党员干部必须亲自下到基层，亲自走到民间，亲自深入实际，亲自进入田野，真心真意为群众谋发展，为人民干事创业，也就是说一定要权为民谋、利为民享、情为民系，坚持把每一项工作都落到实处，坚持把每一项任务都贯彻实际，不做表面文章，不搞形式主义。这也是我们这个执政党的根基和赢得群众拥戴的法宝。可真正能做得到的不多啊，如果我们的发展一旦脱离了实际，离开了群众这个大基层，即使速度再快也会出问题的……"

梨园村公路通车剪彩；李氏五香豆腐厂一期工程竣工、正式开业；第一个"兴农农机合作社"正式挂牌。三项活动合一，就要开始了，百姓自发点燃了鞭炮，天高云阔，金色的阳光下，整个梨园村被爆竹点燃了、沸腾了。

是的，如今公路通了，企业有了，农机合作社成立了，梨园村和它的村民们在贫苦中跋涉上百年的历史终于终结，这个所谓的文明和谐村，终于迎来了由强大的经济力量推向繁荣与振兴的美好时光。

张天宇和刘北斗并排走在宽阔洁净的柏油路上。风掀起刘北斗的白发，根根白发上承载着打着岁月烙印的沉重的故事。公路旁边的土路上走着一群牛，刘驼子扛着鞭子走在后面。见两位村干部走来，刘驼子矜持地摸着下巴，笑着说："两位领导闲逛啊？"

刘北斗说："一晃眼，牛长这么大啦。"

刘驼子说："嗯呐。村干部指的道，俺是走对啦。"

张天宇说："只要时间、工夫跟上，养殖业大有前途呢。"

刘驼子扬起鞭子甩了一声脆响，一头年轻的花脖子公牛领先奔跑，其余的牛紧跟其后；一头上了岁数的老牛发出低沉的吼声，吃力地举蹄向前，却远远地落在牛群之后。

刘北斗叹口气，感叹道："老喽，跑不动啦……"

张天宇看了刘北斗一眼，若有所悟地笑了。